Jasmin Romana Welsch

Evig Roses – 2

Evig Roses (Band 2): Verführen will gelernt sein

Seit ich als Escort bei ›Evig Roses‹ arbeite, ist mein Leben wirklich spannend. Extrovertierte Menschen, luxuriöse Wohnungen, interessante Veranstaltungen. Außerdem ist mein launischer Boss eine Sarkasmus-Schleuder und ich erleide mindestens einen nervösen Anfall pro Buchung. Ja. Der Job ist fordernd. Vor allem in letzter Zeit. Finn ist speziell, Marcel hat Wahnvorstellungen und Lias … ja, wie das gelaufen ist, lässt sich nicht wirklich mit einem Wort zusammenfassen. Oder doch: Dornen! Auf alle Fälle weiß ich jetzt, dass es nicht immer glamourös ist, eine Rose zu sein. Denn egal wer mich bucht, ich muss für jeden blühen.

Die Autorin

Jasmin Romana Welsch wurde 1989 in Graz geboren und lebt auch heute noch mit ihrem Mann und ihrer Hündin Yuki in der Steiermark. Obwohl sie bereits im Teenageralter das Schreiben für sich entdeckte, begann sie ein Jurastudium. Erst nach der Veröffentlichung ihres ersten Romans widmete sich die junge Autorin gänzlich der Schriftstellerei. Aus ihrer Feder stammen mehrere Jugendbücher, in denen sich fast immer humoristische, aber auch dramatische Akzente wiederfinden.

JASMIN ROMANA WELSCH

EVIG ROSES

BAND 2: VERFÜHREN WILL GELERNT SEIN

New Adult

STERNENSAND

www.sternensand-verlag.ch I info@sternensand-verlag.ch

1. Auflage, Oktober 2018
© Sternensand Verlag GmbH, Zürich 2018
Umschlaggestaltung: Jasmin Romana Welsch
Korrektorat: Sternensand Verlag GmbH I Martina König
Satz: Sternensand Verlag GmbH
Druck und Bindung: Smilkov Print Ltd.

ISBN-13: 978-3-03896-012-6
ISBN-10: 3-03896-012-6

INHALTSVERZEICHNIS

GESCHWISTERLIEBE

ch weiß nicht, wieso das Klischee, dass Einzelkinder sich besitzergreifend verhalten, in der Gesellschaft so weit verbreitet ist. Wäre ich ein Einzelkind, wäre ich in der Gewissheit aufgewachsen, dass mir garantiert niemand den letzten Joghurt wegfrisst oder sich die Fernbedienung in die Hose steckt, damit ich nicht umschalten kann. Ich wäre total gechillt mit den Dingen in meiner Umgebung umgegangen und müsste sie nicht wie ein Bluthund bewachen. Täte ich das nicht, würde nämlich alles, was mir Freude macht, im Mund oder in der Hose meines Bruders verschwinden.

Oh Mann, klang das gerade sexuell. War nicht beabsichtigt. Ich wollte damit nur sagen, dass ich mein Spielzeug und meinen Süßkram nie aus den Augen lassen konnte, weil … Na großartig, jetzt ploppen da Bilder auf, für deren Auslöschung ich keinen Therapeuten, sondern einen Exorzisten brauche.

Die Zeilen, die ich gerade auf dem Sperrbildschirm überflogen habe, verseuchen aber auch meine Gedanken.

Ich werfe Kevin einen letzten mahnenden Blick zu, bevor ich meine Konzentration wieder weg von meinem Eisbecher hin zu meinem Handy lenke.

Ernsthaft: Friss ihn mir weg und ich mache mich zum Einzelkind!

Er sieht sich nur desinteressiert im Café um und klopft mit den Fingern gegen das leere Glas vor sich.

Ich öffne den WhatsApp-Chat und beginne, die eingegangenen Nachrichten zu lesen. Sie sind von Jan. Wir haben uns seit dem denkwürdigen Tag meines Vorstellungsgesprächs in der Agentur nicht mehr gesehen. Der Tag, an dem wir meine Klamotten zerschnitten, zusammen die Nerven weggeschmissen und gevögelt haben. Irgendwie hat uns das noch näher zusammengebracht. Nicht unbedingt das Vögeln, sondern der Job.

Sich in derselben Escort-Agentur zu prostituieren, ist wohl eine hervorragende Basis, um die freundschaftliche Beziehung mit seinem Ex zu festigen. Dieser Ratschlag steht so aber mit Sicherheit in keiner einzigen Frauenzeitschrift.

Jan
Hey Emmchen. Wie geht es
meiner Lieblings-Uschi?

Ich bin mir sicher, dass er nicht ›Uschi‹ schreiben wollte. Die Autokorrektur zensiert nur seinen versauten Humor.

Jan

Ich hatte letzte Nacht einen
verdammt geilen Traum von
dir! Sag Bescheid, wenn du
wieder etwas Übung und
Feedback brauchst – I teach you
love, Baby. :)
Abseits meiner absolut
instinktgetriebenen und rein
sexuell gesteuerten Fixation auf
deinen Körper können wir aber
auch mal wieder einfach Kaffee
trinken gehen. Die Sache mit
dem Nicken sollte vielleicht
nicht zu viel Platz in unserer
Freundschaft einnehmen.

Sicher. Ich bin auch der Meinung, dass unsere Freundschaft nicht darauf beruhen darf, dass wir ständig nicken.

Aber ich verstehe Jans Fixation durchaus – es geht mir mit ihm nicht anders. Mit ihm zu nicken macht einfach Spaß.

Er muss mir unbedingt von seinem Traum erzählen, aber ohne Autokorrektur-Filter.

Jan

Melde dich, wenn du Zeit hast.
Wir müssen über die Agentur-
Sause am 14ten reden! Mega
Schaulaufen! Was ziehen wir
an?! Ja, ich bin auch noch
schwul – vergesse ich selbst
manchmal, aber dann sehe ich
Supernatural und fantasiere von
Sex mit zwei Dämonenjäger-
Brüdern. Wärst du dabei? XD

Sex mit zwei heißen Fantasy-Charakteren muss man mir nicht
zweimal anbieten. *Jasper Cullen* war jahrelang mein Book-
Boyfriend. Dann wurde er von *Keon* aus *Krieger des Lichts* abge-
löst – aber wir führen eine sehr offene Nerd-Girl-Halb-
Erzengel-Beziehung.

Ja zu allen deinen Vorschlägen
und Angeboten. :)
Hast du Dienstagabend Zeit?
Kann ich bei dir
vorbeikommen? Von was für
einer Agentur-Sause sprichst
du? Ist an mir vorbeigegangen.
Ach, und Uschi geht es gut. Sie

hat die Behandlung der
Kosmetikerin gut überstanden.
Ganz im Gegensatz zu
Hannelore. Hannelore war
danach nie wieder dieselbe.

Während ich auf *Senden* drücke und meinen Anal-Bleaching-Witz begrinse, sehe ich etwas aus dem Augenwinkel, das meine Stimmung umschlagen lässt.

»Kevin!«, fauche ich, als mir bewusst wird, dass das, was ich da immer mal wieder in der Sonne reflektieren gesehen habe, ein Löffel ist.

»Was denn? Ich mache doch gar nichts!«, entgegnet er und ist frech genug, das mit vollem Mund zu behaupten.

Ich knurre in meinen beinahe leeren Becher. »Du verfressene Kröte! Das war mein Eis!«

»Du hast es aber nicht gegessen! Es war schon am Schmelzen, während du wie eine hypnotisierte Seekuh in dein Handy gegrinst hast!«

»Hast du mich gerade Seekuh genannt?!«

»Du nennst mich seit achtzehn Jahren Kröte!«

»Ja, weil du eine bist! Sehe ich für dich aus wie eine Seekuh?!«

Er grinst. »Na ja. Vielleicht gibt es enorm dürre Seekühe – dann ja.«

Ich würde ihn gern in den Schwitzkasten nehmen und ihm Kopfnüsse geben, bis er nach unserer Mama schreit, aber das funktioniert leider nicht mehr, seit er zwanzig Zentimeter größer und zwanzig Kilo schwerer als ich ist. Das hält mich für gewöhnlich nicht davon ab, es trotzdem zu versuchen, aber hier, mitten im Terrassenbereich eines Cafés, meinen Bruder zu bespringen und zu versuchen, ihn in den Schwitzkasten zu nehmen, würde wohl etwas wahnsinnig anmuten. Für Einzelkinder. Jeder mit jüngeren, vorlauten Geschwistern würde mich verstehen.

Ich seufze meinen Groll weg und winke die Kellnerin mit der Rechnung heran. Kevin macht das, was er in Perfektion beherrscht: von der Teufelskröte zum Engelsfröschchen mutieren.

»Lass stecken. Ich lade dich ein«, bietet er an und zückt sein Portemonnaie.

Ich weiß die Geste zu schätzen, zumal mir bewusst ist, dass er mit sehr wenig Taschengeld auskommen muss. Unsere Mutter überweist ihm monatlich gerade so viel, dass es für maximal zweimal Ausgehen reicht. Dass er einmal davon in seine Schwester investiert, ist lieb.

Ich wäre selbst noch immer ziemlich knapp bei Kasse, hätte ich das Geld, das Vincent mir fürs Shoppen gegeben hat, nicht behalten dürfen. Claire hat alles vorgestreckt und mit ihm abgerechnet. Wirklich sicher, ob ich das Bargeld ausgeben darf und nichts zurückgeben muss, bin ich aber nicht. Ich hatte noch keine Gelegenheit, Vincent darauf anzusprechen. Bei unserem letzten Gespräch habe ich einen ausgeprägten Anschiss für meine Nachlässigkeit kassiert. Als er mich wegen der versäum-

ten Rückmeldung nach meinem ersten Kundentermin ange-
faucht hat, ist mir das Herz in die Hose gerutscht. Ihn gleich
darauf wegen des Geldes zu fragen, war keine Option. Ihn danach anzurufen oder ihm zu schreiben auch nicht.

Mal ehrlich: Wer traut sich schon, einfach so beim Obervampir durchzuklingeln oder ihm eine WhatsApp-Nachricht zu
schreiben?

Klar, ich habe seine Nummer, aber Vincent ruft man nicht an
– denke ich. Kaum jemand bekommt Termine bei ihm, und sei
es nur für ein paar Minuten. Ich glaube, mit dem Gebrauch
seiner Handynummer verhält es sich nach dem *Men in Black*-
Prinzip:

Rufen Sie uns nicht an, wir rufen Sie an! Und gehen Sie nach
dem ersten Klingeln ran, sonst trifft Sie unser geballter Zorn!

Ich warte also noch auf die Gelegenheit, mich bei ihm wegen
der tausend Franken zu erkundigen. Von denen mittlerweile
nur noch achthundertfünfzig übrig sind. Bis dahin gebe ich das
Geld weiterhin in kleinen Dosen aus, die mein Gewissen gerade
so erträgt.

Geht auch nicht anders, ohne Vincents Geld wäre ich nämlich
absolut blank, bis das Honorar meiner letzten Auftragsarbeit
eingeht.

»Hast du Bock, dir die Bären anzusehen?«, fragt Kevin und
kramt in seiner Tasche.

Das ist keine erneute Beleidigung, sondern eine berechtigte
Frage, zumal wir im Zoo sind.

»Vielleicht finden wir einen, der dich heiraten will«, fügt er hinzu.

Okay, das war eine Beleidigung, für die er einen Schlag in den Oberarm kassiert, der nicht den gewünschten Effekt erzielt. Kevin murrt nicht mal. Ich schon.

Aua. Die Kröte trainiert neuerdings. Die Muckis sind mir noch gar nicht aufgefallen, obwohl er dieses ziemlich enge blaue Shirt anhat. Wahrscheinlich trägt er den vorzeigbaren Körper schon länger mit sich herum. Man checkt seinen Bruder aber auch nicht ab, wenn man ihm begegnet.

Für mich sieht er die meiste Zeit wie der rothaarige Troll aus, der im Stockbett unter mir geschlafen und immer gegen meine Matratze getreten hat. Irgendwann zwischen dem Wechsel auf das Internat und jetzt ist er aber anscheinend zu einer ziemlich ansehnlichen Kröte mutiert.

Als Jan damals behauptet hat, dass er Kevin attraktiv findet, war mir nach Kotzen zumute. Jetzt sehe ich das aber auch – auf eine durch und durch schwesterliche Weise, die kaum noch den Drang in mir auslöst, mir selbst eine Ladung Pfefferspray zu verpassen und kurzzeitig zu erblinden. Kaum …

Kevin rümpft die Nase, sieht aber nicht vom Infoprospekt auf, das er vermutlich gerade auswendig lernt, weil er ein Freak ist.

»Was starrst du mich so an? Noch nie einen Typen gesehen, der lesen kann? Nicht dein Beuteschema, oder?«

War klar, dass ich für das Mustern so einen Spruch kassiere.

»Sag mal, gehst du deinen Mitschülern und Lehrern eigentlich auch so auf den Wecker? Kein Wunder, dass du deine Schwester mit in den Zoo nehmen musst.«

Oh, das war fies von mir.

Kevin sieht von den bunten Seiten auf und funkelt mich an. »Entschuldige, dass ich Zeit mit dir verbringen wollte. Wenn ich das nächste Mal an Freikarten komme, rufe ich dich garantiert nicht an.«

Jetzt ist er eingeschnappt. Irgendwie zu Recht. Ich bin ihm dankbar, dass er angerufen hat. Seit Kevin am Internat ist, sehen wir uns kaum noch. Die Karten für den Zoo hat er bei irgendeinem Schulwettbewerb gewonnen. Er hätte sich durchaus mit einem Freund oder einem Mädchen, auf das er steht, einen schönen Tag machen können – hat er aber nicht. Er läuft hier mit seiner großen Schwester herum, die sich manchmal etwas im Ton vergreift.

»Ich bin froh, dass du angerufen hast. Das weißt du, Kevin. Sei nicht eingeschnappt. Lass uns zu den Bären gehen, dann darfst du dir auch einen Schwager aussuchen.«

Er kann sich das Grinsen nicht verkneifen. Das ist das Wunderbare daran, Geschwister zu haben: Man schreit sich an, man wirft sich Zeug an den Kopf – sowohl metaphorisch als auch wörtlich –, und trotzdem hat man sich hinterher immer gleich lieb wie vorher.

Man kann nicht immer mit, aber definitiv nie ohne den anderen.

Die Bären sind faszinierend. Einschüchternd dominant, und trotzdem hat man das Gefühl, dass man sie kuscheln kann, wenn man sie erst mal kennt und sie einen akzeptiert haben – ja, ich kann sehen, dass ich so etwas irgendwann heirate. Der schlanke schwarze ist Vincent, der große dunkelbraune Victor, der kleine niedliche Jan … Mann, das sind echt meine Tiere.

Während ich Fotos schieße, lehnt Kevin am hölzernen Geländer und übt für sein Vorstellungsgespräch bei *National Geographic*.

»Malaienbären sind die kleinsten Vertreter ihrer Art. Sie erreichen eine Schulterhöhe von siebzig Zentimetern und werden auch Sonnenbären genannt.«

»Danke, du *Welt der Wunder*-Tonspur«, murmle ich vor mich hin und wundere mich im nächsten Moment darüber, dass er gar nichts Biestiges erwidert. Er weiß, wie die Sache läuft: Sarkasmus-Pingpong. Außer wir essen, dann sind wir kurz still.

Kevin schweigt aber auch jetzt, was mich dazu bringt, mein Handy wegzustecken und prüfend zu ihm rüberzuschielen. Entweder futtert er schon wieder etwas oder …

Klar, Mädchen.

Die beiden stehen neben ihm am Geländer und grinsen ihn verknallt an. Sie sind allerhöchstens sechzehn – was in Ordnung ist, Kevin ist nur zwei Jahre älter.

Ich habe ihn selten mit Mädchen gesehen – was wohl hauptsächlich daran liegt, dass er mit fünfzehn aufs Internat gegangen ist und ich nicht mehr allzu involviert in sein Privatleben bin. Was ich aber mit Sicherheit weiß, ist, dass er eher mit der Brünetten als mit der Blonden liebäugelt. Die Blonde ist ziemlich zierlich und sehr, sehr schlank, was nicht wirklich sein Fall ist. Er nennt mich auch immer *dürre Ziege*.

»Du weißt ja wirklich viel über Tiere. Willst du später mal Tierarzt werden?«, fragt die Brünette und blinzelt ihn neugierig an.

»Nein. Ich will in die Politik. Aber ich interessiere mich für vieles abseits davon: Zoologie, Musik.«

»Ach echt? Spielst du ein Instrument?«

»Ja. Klavier.«

»Wie cool!«

Die Mädchen kichern begeistert und ich ziehe beeindruckt eine Braue nach oben. Kevin klingt ein klein wenig nach Angeber-Arschloch.

Außerdem lehnt er da wie der selbstbewussteste Achtzehnjährige der Welt. Das zieht wohl ungemein. Dass mich das wundert, liegt nur daran, dass er mein Bruder ist. Ich weiß, dass selbstbewusste Jungs und Männer mit spöttischem Augenaufschlag anziehend wirken können. Dass Kevin diese Nummer draufhat, ist mir aber neu.

Klugscheißen: ja. Aber dabei so cool wirken? Respekt.

Man könnte sich jetzt so richtig für den Kleinen freuen, weil er bestimmt jeden Moment eine Telefonnummer abstaubt und nächstes Wochenende auf ein Date geht. Könnte man. Muss man aber nicht.

Ich setze mich grinsend in Bewegung, bleibe dicht neben Kevin stehen und ernte überraschte Blicke von den Mädchen, die mich bis gerade eben gar nicht bemerkt haben.

»Du, Brüderchen, ich will dich ja nicht stören, aber es ist halb vier und du hättest deine Tabletten um drei nehmen sollen. Du weißt, was der Arzt gesagt hat. Wenn du sie nicht regelmäßig nimmst, hast du wieder den ganzen Tag Durchfall.«

Jap. Saudämlicher infantiler Witz, aber die Mädchen glauben meinen eindringlich gesprochenen Worten. Sie sind vielleicht doch eher fünfzehn oder vierzehn, wenn sie mir den Schwachsinn tatsächlich abkaufen. Sie sehen betreten auf den Boden, winken dann entschuldigend und ziehen weiter.

Kevin knurrt mich mit hochgezogener Braue an. »Echt jetzt? Wieso?«

Ich lache. »Die waren zu jung für dich. Du Klavier spielender, Zoologie begeisterter Schönling mit Darmproblemen!«

Kevin setzt sich murrend in Bewegung. Allzu übel nimmt er mir den Auftritt aber nicht. Er darf wieder Herzensbrecher spielen, wenn ich nicht dabei bin. Heute ist Geschwister-Tag.

Der Löwe schläft, die Affen machen verstörende Dinge mit ihren Fäkalien und im Streichelzoo werden wir von dominanten Ziegen verfolgt. Dafür sind die Erdmännchen mein Tages-Highlight. Hatte ich vorhin behauptet, Bären wären meine Tiere? Erdmännchen sind meine Spirit Animals!

Die Dinger sind so schrullig und verpeilt, dass ich mich absolut mit ihnen identifizieren kann. Eines späht auf einem kleinen

Hügel und ist eigentlich dafür da, um die anderen zu warnen, sobald Gefahr droht. Es verpasst aber seinen Einsatz und erschrickt nur, als ein Rabe vorbeifliegt. Als es vom Hügel kullert, bin ich mir sicher, dass ich mir mit diesem Tier Gene teile.

»Können wir endlich weitergehen? Wir stehen seit einer halben Stunde bei den bescheuerten Erdmännchen herum.«

Kevin wird langsam ungeduldig, aber ich bin noch nicht fertig damit, mein Leben auf die kleinen pelzigen Chaoten zu projizieren.

»Ich will noch ein paar Videos machen«, entgegne ich und höre ihn seufzen.

»Von mir aus. Ich hol mir Pommes. Willst du auch welche?«

»Nein danke.«

Ich breche in schallendes Gelächter aus, als mir auffällt, dass es ein Erdmännchen gibt, das viel größer und irgendwie muskulöser ist als alle anderen – so was von Victor! Ich muss das filmen!

»Wie kann man nur dermaßen leicht zu unterhalten sein?«, mault Kevin verständnislos vor sich hin und verschwindet in Richtung der kleinen Pommesbude um die Ecke.

Er kann meine Erheiterung über die Tierchen nicht nachfühlen, weil er natürlich nicht dieselben Assoziationen ziehen kann – zum Glück.

Diesen Teil meines Lebens will ich für immer von ihm fernhalten. Auch wenn das Ganze in der Erdmännchen-Fassung einfach nur zum Schießen ist.

Die Videos, die ich mache, verschicke ich an Jan. Er kann kleinen, witzigen Chaoten-Tieren auch viel abgewinnen – deshalb war er vermutlich mit mir zusammen.

»Ich habe noch nie jemanden gesehen, der sich so köstlich über Nagetiere amüsiert.«

Im ersten Moment denke ich, dass Kevin schon zurück ist, aber die Stimme ist mir fremd. Ich wirble auf dem Absatz herum und sehe mir das kokette Lächeln des Fremden an, der hinter mir steht. Er ist ungefähr so alt wie ich – brünett, gut gebaut und entweder verarscht er mich oder ...

»Du siehst beim Lachen unheimlich hübsch aus.«

Oder er flirtet mit mir.

»Ich bin mir gerade nicht sicher, ob du echt bist. So verboten schön kann doch keine Frau sein.«

Ach du Scheiße, er flirtet so schmalzig offensiv wie ein südländischer Pferdehändler aus einem Groschenroman. Solche Typen sind absolut nicht mein Fall. Wenn er mich gleich noch fragt, ob ich vom Himmel gefallen bin, kriege ich entweder innere Beklemmungen, die nach Epilepsie aussehen werden, oder ich kotze im Strahl – ich kann mich noch nicht entscheiden.

»Deine Haare sind wunderschön. Bei so viel Feuer in deiner Mähne ist es kein Wunder, dass mein Herz brennt.«

Uhhh ja, da ist er! Der schmierige Anmachspruch, der mich dazu bringt, mich vor lauter Unwohlsein zu verkrampfen.

Ich habe eigentlich wirklich nichts gegen Komplimente. Wenn Vincent mir ins Gesicht knurrt, dass ich ein hübsches

Mädchen bin, oder Jan mir zwinkernd versichert, dass er mich scharf findet, bringt das mein Herz zum Flattern. Das hier bringt mein Herz nur zum Kotzen.

Es mag Frauen geben, die dieser Art von Schmeichelei etwas abgewinnen können – es mag auch Frauen geben, die die ganze Tube Gel in seinen Haaren zu schätzen wissen –, aber ich bin nicht seine Zielgruppe. Mein Fall sind extrovertierte Vampire und fluchende Halb-Erzengel – bitte keine gegelten Gigolos. Ich beginne, langsam den Kopf zu schütteln, weiß aber noch nicht, was ich sagen werde.

Ich will ihn nicht verletzen – im Grunde kann er nichts dafür, dass seine Komplimente nicht den von ihm gewünschten Effekt bei mir auslösen. Jeder flirtet anders und ich bin der letzte Mensch, der jemanden deshalb anfauchen würde. Das steht mir auch gar nicht zu. Würde er tausend Franken an Vincent überweisen, würde ich mir seine Sprüche eine ganze Stunde lang anhören – oder zwei, ich bin mir nicht sicher, was ich koste –, aber ich würde ihn auch nicht anzicken, wenn ich kein Escort-Girl wäre.

Man kann so was auch diplomatisch regeln – indem man lügt, dass sich die Balken biegen!

»Danke für das Kompliment, aber ich bin mit meinem Mann hier«, entgegne ich und sehe ihn verwundert die Brauen nach oben ziehen.

Ja, ich sehe jung aus, aber ich könnte auch mit zwanzig vor den Traualtar gerannt sein, weil mir die Liebe meines Lebens begegnet ist! Soll vorkommen. Es gibt Leute in meinem Alter, die schon verheiratet sind, Kinder haben, ein Eigenheim abbezahlen – meine erwachsensten Momente sind die, in denen ich einen Staubsauger verwende und die Krümel nicht mit der Socke unter das Sofa wische.

»Du bist verheiratet?«, fragt er und klingt etwas ungläubig, wahrscheinlich weil ich nicht mal einen Ring am Finger trage. Ich runde meine Lüge aber gleich mit einer ekelhaften Demonstration ab.

»Ja. Da kommt mein Mann. Hallo, Schatz!«, rufe ich Kevin zu, der die Stirn skeptisch in Falten legt.

Als er neben mir stehen bleibt, schlinge ich die Hände um seine Hüften. Dass er dabei aussieht, als würde er sich gleich übergeben, spielt mir nicht gerade in die Karten. Genauso wenig wie die Tatsache, dass ›mein Mann‹ mir abartig ähnlich sieht. Aber wo steht geschrieben, dass sich zwei Rothaarige nicht lieben dürfen?

»Danke für die Pommes, Schatz«, flöte ich Kevin ins Ohr, der verdammt noch mal weiß, dass ich ihn als Puffer benutze, und mich trotzdem anknurrt.

»Finger weg von meinen Pommes, du Ziege! Ich habe dich gefragt, ob du eigene möchtest!«

Jap. Das ist mein Mann. Und sein Kosename für mich ist ›Ziege‹. Niemand kann mir verbieten, eine verdammt ungesunde, mit Beschimpfungen gespickte Beziehung mit einem viel zu jungen Typen zu führen – das ist ein freies Land!

Weil Kevin sich so unkooperativ zeigt, setze ich noch einen drauf und stelle mich auf die Zehenspitzen. »Wenn ich schon keine Pommes bekomme, kriege ich dann einen Kuss?«

Mich trifft ein Blick aus Kevins Gesicht, den ich sonst nur von verängstigten, misstrauischen Hunden kenne, die zum Internet-Meme werden.

Er reagiert schnell und steckt mir doch Pommes in den Mund – so viele, dass ich nicht mal mehr ›Auf Wiedersehen‹ zu meinem Schmier-Floskel-Verehrer sagen kann, als er auf dem Absatz kehrtmacht.

Jetzt findet er mich garantiert nicht mehr ›zu schön, um real zu sein‹, sondern ›zu schräg, um schön zu sein‹. Mission geglückt.

Ich kann Kevin wieder loslassen, der sich gerade möglichst schnell die Pommes einverleibt, weil er weiß, dass ich jetzt eine Methode kenne, um sie ihm abzuluchsen.

»Von mir aus spiele ich deinen Freund, um irgendwelche Typen abzuschrecken. Aber wenn du noch einmal versuchst, mich abzuknutschen, bezahlst du für die Psychotherapie, die ich dann brauche!«

»Ach, stell dich nicht so an. Du wirst doch noch ein Küsschen deiner Schwester ertragen – ich hätte dich auch garantiert nicht abgeschleckt.«

Kevin macht Würgegeräusche und verschluckt sich bei seiner Show beinahe an den Pommes. »Widerlich, Emma! Einfach nur widerlich!«

Er läuft zum Mülleimer und entsorgt den leeren Pappteller. Als er zurückkommt, mustert er mich prüfend.

»Warum hast du den Typen eigentlich vergrault? Du siehst aus, als wolltest du jemanden aufreißen – so viel Make-up trägst du sonst nie.«

»Also erstens: Ich schminke mich immer. Und zweitens: Der Kerl war so schmierig wie eine gegelte Qualle.«

Damit, dass ich aufgebrezelter bin als sonst, hat Kevin recht, aber ich streite es ab, weil ich ihm nicht erklären will, warum. Es liegt bestimmt nicht daran, dass ich im Zoo Typen aufreißen wollte. Im Übrigen: Was ist das hier? Eine Singlebörse? Mir war nicht klar, wie schnell man hier an einen Flirt kommt.

Dass meine Haare so gut sitzen und meine Augen sehr dunkel geschminkt sind, liegt daran, dass ich heute Vormittag den Termin beim Agentur-Fotografen hatte. Um nicht zu spät zu meiner Verabredung mit Kevin zu kommen, bin ich gleich vom Studio hierhergefahren. Jeans und Shirt zum Wechseln hatte ich dabei, aber daran, das Make-up zu reduzieren, habe ich nicht gedacht. Ich hätte aber auch nicht damit gerechnet, dass Kevin das auffällt. Ich vergesse manchmal, wie aufmerksam er ist und dass er dazu neigt, auch kleine Details zu hinterfragen. Ich muss wirklich vorsichtiger sein mit …

Mein Handy klingelt. Dass ich ertappt zusammenzucke, als ich den Namen auf dem Display lese, trägt nicht sonderlich viel zu meiner Vertuschungstaktik bei. Kevin mustert mich skeptisch, weil ich mit dem Rangehen zögere. Hier und jetzt ist ein schlechter Zeitpunkt, aber ich muss das Telefonat annehmen, weil ich einen Anruf von Tina nicht einfach ignorieren kann.

Ich mache eine entschuldigende Geste und laufe dann ein paar Schritte den gepflasterten Weg entlang. Kevin bleibt am Geländer lehnen, sieht mir aber hinterher.

»Hallo?«

»Hi. Ich habe eine Buchung für dich. Für morgen Abend, 17:30 Uhr. Nimmst du sie an?«

Ich beiße nervös auf meiner Unterlippe herum, weil mich das Jobangebot überrascht. Ich dachte, sie würde sich wegen des Fotografentermins oder etwas Organisatorischem melden. Dass mich jemand bucht, obwohl die Fotos von mir noch nicht mal im Katalog sind, macht nicht wirklich Sinn.

»Ist es wieder ein Kunde von Claire?«, will ich wissen. Das ist die einzige logische Erklärung. Niemand bucht mich sonst, ohne mich zu sehen. Claire muss mich wieder empfohlen haben.

Oh Mann, habe ich noch ein schlechtes Gewissen vom letzten Mal! Die Sache mit Marcel und dem Nasenbluten war einfach nur furchtbar.

Ich habe es so was von verbockt. Diesmal enttäusche ich sie aber garantiert nicht!

»Nein. Claire hat er noch nie gebucht. Aber er ist kein neuer Kunde«, entgegnet Tina.

Jetzt bin ich wieder verwirrt. »Sind meine Bilder schon online?«

»Ich bin schnell, aber nicht so schnell! Der Fotograf hat sie mir gerade erst gemailt.«

Sie klingt genervt, aber das sollte kein Angriff sein. Ich verstehe nur nicht, wer mich bucht, ohne mich zu sehen.

»Nein, das war nicht so gemeint. Ich wollte dir keinen Druck machen. Ich wollte nur wissen, wie mich jemand buchen kann, wenn ich nicht in der Kartei bin.«

Oh, oh. Das Tippgeräusch im Hintergrund stoppt. Das ist wohl kein gutes Zeichen.

»Ich manage die Termine von achtzig Escorts! Denkst du, ich hinterfrage dabei, warum ein Kunde eine Buchung macht? Das ist nicht mein Job und es geht mich auch nichts an. Ich sehe nur, dass du einen Termin reinbekommen hast! Nimmst du ihn an oder nicht?!«

Es macht schon Sinn, dass Jan sie den Empfangsdrachen nennt. Tina kann schnell zickig werden. Aber ich verstehe auch, dass sie viel um die Ohren hat und solche Dinge nicht hinterfragt. Ich muss wohl ins kalte Wasser springen.

»Ja. Sicher. Morgen Abend ist kein Problem. Wohin muss ich?«

»Auf eine Ausstellung in der Innenstadt. Cocktailkleid-Dresscode. Ich schicke dir die Adresse. Der Kunde heißt Finn. Alles Weitere verpacke ich in eine Nachricht. Wenn du noch Fragen hast, ich bin morgen den ganzen Tag im Büro.«

Ich habe einen Haufen Fragen, aber ich denke nicht, dass Tina mir eine davon beantworten will.

»Okay. Alles klar. Danke.«

Ich starre kurz nachdenklich auf mein Display, zumindest bis die Stimme hinter mir ertönt.

»Du arbeitest morgen?«

Ich weiß nicht, seit wann Kevin so dicht hinter mir steht, aber mein Herz springt mir vor Nervosität gleich aus der Brust. Sein Blick ist kühl, irgendwie vorwurfsvoll – wie viel hat er mitbekommen?!

»Ja. Ich ...« Meine Gedanken überschlagen sich. Hat er alles gehört, was ich gesagt habe?

Ich habe von einer Buchung gesprochen – man bucht auch Grafikdesigner. Und ich habe gefragt, wie ich gefunden werden konnte, obwohl meine Bilder nicht in der Kartei sind – das macht auch Sinn, ich stelle meine Arbeiten online. Und Claire könnte eine ganz normale Künstlerkollegin sein, die mich jemandem empfohlen hat.

Ich habe nichts von Sex oder Escort erwähnt. Er kann es gar nicht wissen.

Hör bitte auf, mich so vorwurfsvoll skeptisch zu mustern, das halte ich nicht aus!

»Ich muss morgen Abend zu einer Ausstellung. Ich bin seit Kurzem in so einem Grafiker-Verein und versuche, ein paar neue Kontakte zu knüpfen.«

Die Lügen brennen mir regelrecht auf der Zunge, aber es gibt keine andere Option. Ich werde so lange lügen und alles abstreiten, bis die Hölle hinter mir gefriert.

Dass Kevin mich anschweigt und nur den Kopf zur Seite neigt, bevor er auf dem Absatz kehrtmacht, lässt mein Herz krampfen.

Ich packe ihn am Arm. »Warte! Was ist denn?! Wieso bist auf einmal so seltsam?!«

»Ich bin seltsam?«, fragt er und rümpft die Nase. »Du wirst doch gerade hysterisch. Warum auch immer. Eigentlich sollte ich sauer sein! Du hast es vergessen, oder?«

Ich blinzle ihn irritiert an, weil ich nicht weiß, worauf er hinauswill.

Er verfinstert den Blick. »Der Elternabend.«

Oh …

Ja, den hatte ich vergessen. Die Erleichterung darüber, dass Kevin keinen Verdacht schöpft, wird von meinem schlechten Gewissen k. o. geschlagen.

»Er ist auch morgen Abend. Du hast gesagt, du gehst hin. Normalerweise ist es mir egal, dass nie jemand aus meiner Familie auftaucht, aber das ist die letzte Elternveranstaltung vor dem Abschluss und die Eltern bekommen so was wie ein Erinnerungs-Abschieds-Geschenk … was weiß ich! Irgendeinen Scheiß! Aber wenn ich der einzige Vollidiot bin, dessen blödes Geschenk mit der Post an seine Familie verschickt werden muss, ist das …«

»Schon gut, Kevin! Ich komme! Das steht außer Frage!«, unterbreche ich ihn, bevor er sich weiter in dieses Gefühl des Alleinseins hineinsteigern kann.

Eigentlich kommt er gut damit zurecht, dass unsere Mutter schon immer überfordert mit offiziellen Terminen war. Sie meint es nicht böse, aber ich weiß, dass es sich trotzdem beklemmend anfühlen kann, das einzige Kind in der Klasse zu sein, bei dem niemand aus der Familie zu Schulveranstaltungen auftaucht. Dieser letzte Termin ist ihm wichtig. Er will die Schule nicht als der Junge verlassen, dessen Familie sich nie hat blicken lassen.

»Der Elternabend geht bis 20:30 Uhr?«, frage ich und sehe ihn nicken. »Ich bin um spätestens 20:00 Uhr da! Dann bleibt mir noch eine ganze halbe Stunde, um mit deinen Lehrern zu sprechen. Die werden doch kaum so lange mit mir reden wollen, oder hast du etwas angestellt? Hast du wieder an anderen Kindern geleckt?«

Die Kränkung verschwindet aus Kevins Miene. Er zieht eine Braue nach oben. »Ein Mal, Emma! Als ich sieben war! Und das Mädchen hatte Schokolade am Oberarm. Ich lecke seither nicht mehr an Menschen.«

Ich grinse und klopfe ihm auf die Schulter. »Na ja, dann ist es kein Wunder, dass du keine Freundin hast!«

Er stößt mich zur Seite, kann sich das Lachen aber nicht verkneifen.

Ich muss es unbedingt pünktlich zu diesem Elternabend schaffen. Das heißt, ich brauche Sachen zum Wechseln und einen Taxifahrer, der bereit ist, gegen Verkehrsregeln zu verstoßen. Und der Kunde darf auf keinen Fall überziehen. Außerdem darf ich ihn nicht spüren lassen, dass ich es eilig habe. Diesen Termin zu verbocken, kann ich mir auf keinen Fall leisten. Kevin zu enttäuschen, auch nicht. Ich werde eine heiße Vorzeigerose sein und danach eine brave Vorzeigeschwester. Machbar – sicher. Verbockbar – durchaus.

SCHWARZ,
EXZENTRISCH,
IRRITIEREND

ch checke Google Maps, weil ich hier unmöglich richtig sein kann. Eine Seitengasse voller Geschäfte und ein Baugerüst. Da sind ein Tattooladen, ein Secondhand-Shop, irgendetwas, das durch die Fensterfront wie ein abgefucktes Hipster-Café aussieht – die Gegend ist nicht unbedingt schlecht, aber hier findet doch keine Ausstellung statt, oder?

Ich hatte mit dem Bonzen-Viertel gerechnet. Renovierte Altbauten mit Ateliers, in denen alternativ schick gestylte Menschen in Rollkragenpullovern um expressive Kunst herumschleichen und anerkennend nicken. Solche Rollkragenmenschen verirren sich aber bestimmt nicht hierher. Es sei denn, sie wollen ein Tattoo von einem Studio, das sich ›Schmerz-Fabrik‹ nennt – eine ziemlich gewagte Namensentscheidung. Das ist so, als würde man eine Bank ›Zinsenvernichtungs-Sparkasse‹ nennen – zu viel Wahrheit.

Die Adresse ist korrekt. Sie stimmt mit der überein, die Tina mir geschickt hat. Wenn sie sich vertan hat, ist es nicht meine Schuld. Ich warte einfach hier und wenn ich innerhalb von einer halben Stunde nicht abgeholt werde, entfällt die Buchung wohl. Niemand kann auf mich sauer sein, wenn ich zum falschen Ort geschickt werde.

Ehrlich gesagt würde es mir ziemlich in die Karten spielen, wenn ich heute Abend freihätte. Ich könnte mich auf die Sache mit Kevin konzentrieren und müsste nicht hetzen, um pünktlich zu seiner Schule zu gelangen. Außerdem müsste ich nicht wieder in dieses Stadium verfallen, in dem mich die Nervosität dazu zwingt, Schwachsinn zu labern, und mir meine innere Stimme das auch noch vorhält.

Das ist zwar nicht mehr mein erstes Mal, aber man kann sich auch beim zweiten Mal erschreckend bescheuert anstellen.

Wenn ich genau darüber nachdenke, habe ich mich bei meiner zweiten Führerscheinprüfung noch dämlicher angestellt als bei der ersten. Den Wagen dreimal abwürgen und links mit rechts verwechseln war bei Weitem nicht so schlimm, wie Bremse und Gas zu verwechseln. Der Meinung war auch mein Fahrprüfer.

Was, wenn die Sache mit Marcel und dem Blut-Nieser-Attentat wie mein erster Antritt war und ich heute in Sachen Peinlichkeit erst so richtig Gas gebe?

Das machst du gut, Emma. Denk dich in die Katastrophe rein, bevor sie passiert! So verhinderst du sie garantiert.

Uuuund es geht los.

Kaum bekommt meine innere Stimme das Mikrofon zu greifen, macht sich auch die Nervosität in mir breit.

Wenn ich es noch mal verbocke, bricht bestimmt alles über mir zusammen. Ich kann doch nicht jeden Mann, der mich bucht, am Ende dazu überreden, Vincent für mich anzulügen und zu behaupten, ich wäre keine Katastrophe.

Sei einfach keine Katastrophe.

Guter Ratschlag! Hat schon bei meiner Führerscheinprüfung funktioniert, als du mir gesagt hast: ›Besteh einfach!‹

Beim dritten Mal hast du bestanden.

Gut, dann überspringe ich diesen Mann am besten und wir warten auf Tinas nächsten Anruf!

Gott, ich hoffe, er taucht nicht auf, weil ich hier falsch bin! Oder er sagt in letzter Minute ab, weil er eine leichte Sommergrippe bekommen hat. Er muss dann bestimmt trotzdem für die Stunden bezahlen. Ich denke, das ist wie mit Hotelzimmern – wer zu spät storniert, bezahlt den vollen Preis.

Hey, wenn du an sechzig Männer in Folge gerätst, die plötzlich die Grippe bekommen, hast du die Schulden bei Vincent abbezahlt, ohne einen Finger zu rühren. Wir hoffen also auf eine Epidemie.

Ich lehne mich an die Ziegelsteinwand neben dem Tattoo-Studio und versuche, meine Gedanken stumm zu schalten. Ewig kann ich die Anspannung nicht aufrechterhalten – ich hoffe, dass die Nervosität in mir irgendwann müde wird und aufgibt.

Ein Blick auf mein Handy verrät mir, dass er schon vor fünfzehn Minuten hätte hier sein sollen. Die Gasse bleibt aber leer. Zumindest bis da auf einmal diese drei Menschen auftauchen, die verdächtig cool gestylt sind. Zwei Typen in dunklen Jeans und Markenshirts und eine Frau in kurzem Kleid und dünner Lederjacke. Ein Hauch Punk – aber auf eine schicke, modische Weise.

Ich sehe verstohlen zu den beiden Männern, die mich mustern, angrinsen, aber an mir vorbeilaufen. Sie verschwinden in einem Kellerabgang am Ende der Gasse, dessen Tür mit Postern beklebt ist.

Da unten könnte so etwas wie eine Insider-Ausstellung sein. Irgendetwas Exklusives – abseits vom Mainstream oder aber so gezwungen exklusiv, dass es schon wieder Mainstream ist. Künstler stehen auf so was.

Nicht unbedingt die, die sich den klassischen Künsten verschrieben haben, aber die konventionslosen Freigeister und die, die sich für solche halten.

Ist das da ein *System-of-a-Down*-Poster an der Tür? Hat die Ausstellung etwas mit Musik zu tun, wenn …

»Du gehörst mir, oder?«

Ich habe keine Ahnung, wieso er mich so erschreckt. Klar, man zuckt kurz zusammen, wenn einen jemand anspricht, den man zuerst nicht bemerkt hat, aber ich springe beinahe von der Bordsteinkante und versteinere eine Sekunde lang.

»Habe ich dich erschrocken?«, will er wissen und neigt den Kopf leicht schmunzelnd zur Seite. »Dein Instinkt ist gut, aber nicht gut genug. Auf Angst sollte Weglaufen folgen. Wer stillsteht, wird gefressen.«

Ich starre in seine braunen Augen und grinse seinen Spruch dann ab. »Entschuldige. Ich war in Gedanken. Du bist Finn?«

Eigentlich sollte er herausgehört haben, dass mein letzter Satz eine Frage war, die zumindest nach einem Nicken verlangt. Da kommt aber nichts.

Er mustert mich nur still, das angedeutete schiefe Schmunzeln nicht ablegend. Irgendwie schräg. Oder exzentrisch. Ja, das beschreibt seine Vibes besser.

Er ist irgendwo in seinen Dreißigern, das verrät zumindest das markante Gesicht. Da sind ein paar unaufdringliche Fältchen an seinen Augenwinkeln und seine Haut ist zu grobporig für jemanden in den Zwanzigern.

Er überragt mich um gut einen Kopf. Sein Style ist sehr modern und … düster. Schwarze Hose, schwarzer Gürtel, schwarzes Gilet und schwarzes Hemd. Trotzdem wirkt er nicht wie ein Goth.

Vielleicht liegt es an den hellbraunen Haaren oder an der teuren Uhr an seinem Handgelenk.

Sein linker Arm ist voll tätowiert, und ich meine wirklich voll – man sieht kaum noch Haut bis zum Beginn seines Oberarms, wo das hochgekrempelte Hemd beginnt. Seine Statur ist schlank, er hat aber wohl von Natur aus breite Schultern und einen sehnigen Körperbau.

Eigentlich ist er ein attraktiver Mann, ich denke aber, dass er das in jüngeren Jahren nicht war. Es sind die Augenfältchen und die groben Poren, die ihn etwas rau und mysteriös aussehen lassen und ihm Ausstrahlung verleihen. Seine Nase ist schmal, aber alles andere als gerade. Es sieht beinahe so aus, als hätte er sie sich irgendwann mal gebrochen. Vielleicht bei derselben unangenehmen Gelegenheit, bei der er sich die Narbe zugezogen hat, die seine linke Augenbraue durchbricht.

Finn hat im Übrigen noch immer nichts gesagt und meine gedankliche Beschreibung seiner Optik hat locker eine halbe Minute in Anspruch genommen. Der Mann mit den exzentrischen Vibes ist irritierend!

»Ich heiße Emma. Ich arbeite noch nicht lange für Vincent. Aber es freut mich, dich kennenzulernen.«

Keine Ahnung, warum mir das diesmal viel leichter über die Lippen kommt als damals bei Marcel. Irgendetwas in mir sagt mir, dass ich nicht zu unsicher wirken darf, und es ist nicht meine innere Stimme – die ist zu eingeschüchtert von seiner seltsamen Präsenz und lugt verstohlen misstrauisch hinter einer Sicherheitsmauer hervor. Hosenscheißerin!

»Es freut dich also. Sicher. Vorhersehbar. Wieso nicht?«

Hä? Das muss ich jetzt nicht verstehen, oder?

Könnte ich seine Gedanken lesen, würden seine Worte wahrscheinlich mehr Sinn machen. Es kommt mir so vor, als hätte ich die Hälfte der Tonspur verpasst, weil er sie sich nur selbst vorgesagt hat. Es gibt solche Menschen. Meistens virtuose, zu schlaue Kreative, die die Welt ebenso wenig verstehen wie die Welt sie. Skurril. Aber potenziell sehr spannend.

Ich wette alles darauf, dass er einen künstlerischen Beruf ausübt und ich deshalb seine Begleitung für das bin, was Tina leider nur *Ausstellung* genannt hat. Ich hätte gern mehr Informationen, aber ich bin mir nicht sicher, ob ich Antworten von ihm bekomme, die Sinn für meinen nicht virtuosen Verstand machen. Ich bin auch kreativ, aber ich bin nicht in andere Sphären entschwebt. Das soll übrigens nicht negativ klingen – in so einem Beruf ist das durchaus von Vorteil.

»Ich weiß, dass ich dich zu einer Ausstellung begleiten darf. Möchtest du mir mehr erzählen oder ...« Ich beende den Satz nicht und zucke leicht mit den Schultern, bevor ich ihm ein Lächeln schenke.

Finn tut etwas, das ich ihm nicht zugetraut hätte, weil es eine normale und keine eigenwillige Reaktion auf mein Lächeln ist – er schmunzelt zurück. Sein Blick bleibt dabei zwar irgendwie seltsam durchdringend, aber immerhin.

»Ich male«, beginnt er zu erklären.

Künstler! Ich wusste es. War aber auch nicht schwer zu erraten.

»In der Ausstellung hängen ein paar meiner Bilder. Ich lasse mich gern auf solche Veranstaltungen einladen, weil ich schmeichelhaften, absolut unzutreffenden Interpretationen meiner Werke Amüsantes abgewinnen kann. Aber Kunstfetischistinnen öden mich sexuell an. Fanatisch. Willig und verklemmt. Ich habe keine Lust, mich Frauen erklären zu müssen.«

O-kay ... den letzten Teil habe ich nicht wirklich verstanden, aber zusammengefasst: Er lässt sich gern anhimmeln, findet die Frauen, die auf solchen Veranstaltungen sind, aber langweilig. Wahrscheinlich hat er sie schon alle durch. Oder er bezahlt für Sex, weil es die Sache unkomplizierter macht und er so an keine Frau gerät, die nur darauf aus ist, herumzuerzählen, dass sie mit ihm geschlafen hat. Nein, das ist es vermutlich nicht. Er wirkt nicht annähernd so auf Diskretion bedacht wie Marcel.

»Ich bin sehr gespannt auf deine Bilder. Muss ich sonst noch etwas wissen?«, frage ich und hoffe, dass er versteht, dass ich wissen möchte, welche Kennenlern-Geschichte ich erzählen soll, falls ich danach gefragt werde.

Er wird kaum wollen, dass ich jedem erzähle, dass er mich gebucht hat. Hoffe ich zumindest, denn ich will das nicht. Die Szene ist mir nicht gänzlich fremd, und jemandem zu begegnen, den ich aus der Fachhochschule kenne, ist keine allzu abwegige Befürchtung.

Finn zieht die Augenbraue mit der Narbe nach oben und zuckt dann mit den Schultern. Eine verbale Antwort wäre echt hilfreich – ich kann noch immer keine Gedanken lesen! Rede!

Bitte! Aber so, dass ich es verstehe! Nicht wieder einfach verwirrende Wörter als ganzen Satz verkaufen!

Mein immer bittender werdender Blick scheint ihn zu amüsieren. Er schnaubt kurz und macht dann endlich den Mund auf. »Vielleicht bist du meine neue Muse und ich habe dich an einem Parkplatz entdeckt, an der dich dein früherer Besitzer ausgesetzt hat.«

Ich habe keine Ahnung, ob das ein Witz sein soll oder ob er mich tatsächlich für ein Hündchen hält – kann man bei ihm echt nicht sagen.

Ich schmunzle trotzdem, weil ich mit Exzentrik umgehen kann. Er bezahlt, und wenn er mich Fiffi nennen und mir das Ohr kraulen will, dann bitte.

Gerade bin ich mir nicht mal sicher, ob er überhaupt Sex mit mir möchte. Er könnte auch jemand sein, der nur Gesellschaft für eine Veranstaltung sucht – Escort eben, ohne die Vertragszusätze, in denen es um die Orgasmusgarantien geht.

Vielleicht will er nur jemanden um sich haben, den er mit seiner Künstleraura einhüllen und dem er ab und an verwirrende Dinge zuflüstern kann. Wenn er jemanden sucht, den er verwirren kann, ist er bei mir an der richtigen Adresse. Bis jetzt habe ich fünfzig Prozent seiner Sätze nicht verstanden.

»Klingt gut. Ich wollte schon immer eine Muse sein«, entgegne ich und ignoriere die Hundeanspielung einfach.

Finn brummt leise. Seine Stimme hat eine so einprägsame Note, dass ich ihn ab jetzt allein durchs Hören immer wiedererkennen werde. Sie ist nicht unbedingt melodisch, aber ungewöhnlich. »Musen sind der Indikator für den Wahnsinn in Künstlern. Meiner ist fordernd. Und einnehmend. Willst du noch immer sein, was du sein willst, was sowieso keine Rolle spielt, weil du es sein musst, wenn ich es will?«

Sagt er mir gerade, dass er noch schräger sein kann? Mir schwant, dass der Abend interessant werden könnte – auf eine etwas Furcht einflößende Weise, weil so viele Fragezeichen um diesen exzentrischen Typen mit dem schwarzen Arm herumschweben.

Finn könnte sich noch als der netteste Mensch der Welt entpuppen oder als das Arschloch des Jahrzehnts. Oder als Alien.

Außerdem weiß ich nicht, wie ich seine letzte Frage beantworten soll. Er wartet ganz offensichtlich tatsächlich auf eine Antwort. Wie war das noch gleich? Will ich sein, was ich sein will, wenn ich muss, was ich will?! Keine Ahnung! Wie beantwortet man so was?! Ja? Nein? Nur dienstags?!

Ich fühle wieder, dass die Nervosität nie von mir abgelassen hat, ich lasse sie nur nicht mein Verhalten zeichnen, weil ich das Gefühl habe, sonst vor ihm unterzugehen. Oder unter Wasser gedrückt zu werden. Eine seltsame Befürchtung.

Als Finn sich plötzlich nach vorn beugt und sein Gesicht näher an meines kommt, halte ich den Atem an. »Einfachere Frage: Möchtest du etwas trinken? Da drin gibt es Drinks, und man hält mich dann erfahrungsgemäß besser aus.«

Er deutet auf den Kellerabgang und stellt sich wieder gerade hin. Das erleichterte Seufzen kann ich mir nicht verkneifen – das Grinsen auch nicht, weil der Spruch selbstironisch und witzig war. Er kann also auch normal und er ist sich seiner Schrulligkeit bewusst. Das tut gut und nimmt ihm ein großes Stück dieser undurchschaubaren Aura, die mich vorhin vor Schreck beinahe vom Bordstein hat springen lassen.

»Sehr gern«, erwidere ich und folge ihm in Richtung der mit Postern beklebten Tür. Er hält sie für mich auf und schmunzelt mich an, als ich an ihm vorbeigehe. Sehr charmant. Und das Parfum, das er trägt, duftet herrlich. Außerdem bin ich gespannt auf seine Kunst.

Es gibt keinen Grund mehr für die unangenehme Nervosität, sie lässt mich aber trotzdem nicht los.

Das ist auch gut so, Emma. Diesmal ist es gut. Bleib aufmerksam.

BLAAA

Das ist der abgefahrenste Keller, in dem ich jemals war! Auch, weil es kein Keller ist, sondern so etwas wie ein Studio. Deckenspots, die den großen Raum mit Licht fluten, dunkler Parkettboden und weiße Wände, an denen Gemälde und Fotografien hinter Glas hängen. Einrichtung gibt es keine – ich erspähe nur ein Foto-Set im hinteren Bereich. Ein paar Trennwände unterteilen den Raum und schaffen mehr Platz für die Kunstwerke, die hier eindeutig im Fokus stehen.

Das Publikum ist erwachsen, aber jung. Ich entdecke nicht einen alten Sack mit Monokel, der sich mit seiner zu stark geschminkten High Society-Frau ein Gemälde ansieht – ich hatte wohl noch immer diese klischeehaften Vorstellungen im Kopf, die so gar nicht in diese Gegend passen.

Die meisten hier sind leger gekleidet und trotzdem herausgeputzt. Man sieht viel Schwarz, viele steampunkmäßige Einschläge und für meinen Geschmack zu viele Barette. Ganz ohne Klischees kommt die Realität wohl doch nicht aus.

Finn überholt mich am Ende der Treppe, bevor ich in die Verlegenheit komme, nicht zu wissen, welche Richtung wir einschlagen sollen. Mir fällt auf, dass sich das Grüppchen Leute in der Nähe des Eingangs zusammenrottet und aufgeregt zu tuscheln beginnt. Die beiden Frauen in der Nähe des Wasserspenders machen auch große Augen. Die Blicke gelten natürlich nicht mir, sondern meiner Begleitung. Finn scheint Aufmerksamkeit zu erregen. Die Szene kennt ihn und er hat wohl so etwas wie Prominenten-Privilegien, weil alle ihn verstohlen anlächeln, sich aber niemand traut, einfach auf ihn zuzugehen. Ich kann es kaum erwarten, mir seine Bilder anzusehen.

»Wirst du immer so angestarrt, wenn du einen Raum betrittst?«, frage ich schmunzelnd. In der Frage ist das subtile Kompliment meiner Erkenntnis seines Star-Status versteckt.

Finn legt mir die Hand auf den Rücken, während er mich an einer Wand mit Schwarz-Weiß-Fotografien vorbeiführt. Seine Finger fühlen sich kühl an. »Nur wenn der Raum voller ehemaliger Kunststudierender ist. Sie starren zwanzig Minuten, dann trinken sie sich Mut an und trauen sich, herzukommen und mir schwachsinnige Fragen zu stellen – bevor das passiert, gehen wir wieder, sonst spricht sich herum, dass ich Meinungen anderer Künstler nicht viel abgewinnen kann.«

Ich nicke überrascht. Mir war nicht klar, dass wir nur kurz hier sein werden, aber es ist seine Zeit, er kann sie füllen, wie er möchte. Was nach dieser Veranstaltung kommt, weiß ich nicht. Oder doch, ich weiß es. Nach einem Blick in Finns Profil bin ich mir doch nicht mehr sicher.

Exzentriker oder Fetischist, was bist du?

Die Frau, die auf uns zuhält, kennt ihn ganz offensichtlich. Sie blüht nicht annähernd so in beeindruckter Verlegenheit auf wie der Rest der Leute hier, die Finn entdeckt haben. Mit ihrem beschwingten Gang will sie Selbstbewusstsein vermitteln, mit dem Lächeln auf den Lippen Sympathie für meine Begleitung.

»Noack gibt sich die Ehre – ich bin beeindruckt. Du kommst nur eine Stunde zu spät, mein Lieber.«

Ich schätze, Noack ist sein Nachname.

Er blinzelt sie müde an, erwidert ihr Lächeln dann aber doch. Sie bleibt vor ihm stehen und sieht dabei aus, als würde sie posen. Die Hüfte rausgestreckt, das Bein lang gemacht – so stehe ich vor niemandem, mit dem ich nicht vögeln möchte.

»Ja, ich bin zu früh hier. Wem muss ich zu der aufgesetzt urbanen Location gratulieren, um etwas zu trinken zu bekommen?«, will er wissen und sieht sich dann um.

Finn scheint selbst noch nie hier gewesen zu sein. Und anscheinend kennt er den Besitzer des Studios auch nicht. Dafür die braunhaarige Frau mit dem Dutt in dem kurzen moosgrünen Blusenkleid. Sie trägt keine hohen Schuhe, sondern Schnürsandalen. Ihr Style ruft so etwas wie ›Öko‹, nichtsdestotrotz möchte sie sexy sein. Ich denke aber, das würde sie nicht zugeben, weil sie das für ein Zeichen von Schwäche hält. Ich bin solchen Frauen schon begegnet – nicht wirklich meine Welt, aber hey, jeder, wie er will.

Ich warte noch auf den abschätzigen Blick von ihr, den ich garantiert kassiere, weil ich mit dem Mann hier bin, den sie gern für sich allein haben würde, und ich auch noch eine dieser Frauen bin, die gern High Heels und Make-up tragen, aber im Moment straft sie mich noch mit dem ›Ich nehme dich überhaupt nicht wahr, obwohl du eineinhalb Meter neben mir stehst‹-Spiel.

»Du möchtest einen Whiskey Soda«, unterstellt sie Finn und schmunzelt so stolz, als hätte sie die Formel für den Weltfrieden rausgehauen. Das überlegene Grinsen ist übrigens für mich gedacht: Sie zeigt mir, wie gut sie ihn kennt.

Klasse gemacht! Hier ist ein Veganer-Keks für dich, weil du weißt, was er trinken möchte. Hättest du eine Ahnung, wie unglaublich scheißegal mir solche Revierkämpfe sind und immer schon waren – erst recht, weil ich sowieso für das hier bezahlt werde –, müsstest du dir die Mühe gar nicht machen.

Amüsanterweise nickt Finn nicht, sondern zieht die durchbrochene Braue nach oben. »Möchte ich einen Whiskey Soda? Wie praktisch, dass du mir sagst, was ich will, dann muss ich es selbst gar nicht mehr wissen.«

Ich kann mir das Grinsen gerade so verkneifen, als er sie auflaufen lässt. Irgendwie tut sie mir dann aber doch leid, weil sie sich in einen so schwierigen Mann verknallt hat. Er lässt sich definitiv nicht gern bevormunden, auch wenn es nett gemeint ist.

Sie winkt einen jungen Typen heran, der ungefähr in meinem Alter sein dürfte. Er lächelt kurz in meine Richtung, sieht dann aber verstohlen weg, bevor sein Blick zu Finn schweift. Entweder ist er auch verknallt in ihn oder ein Bewunderer seiner Kunst.

»Hol uns doch etwas zu trinken«, weist die Öko-Frau an, die wohl ziemlich gern herumkommandiert. Der Tonfall könnte durchaus freundlicher sein.

Der junge Mann nickt trotzdem eifrig.

»Was möchtest du, Noack?«, fragt sie Finn und auf einmal funktioniert das mit dem freundlichen Ton doch. Ich bin absolut kein Fan solcher Menschen. Bei devoten Leuten das Arschloch raushängen lassen und vor starken Persönlichkeiten kuschen. Man kann gern ein dominanter Mensch sein, aber dann darf man auch vor Leuten wie Finn nicht kneifen, sonst ist man nicht tough, sondern einfach nur ein Kotzbrocken.

»Gin Tonic, falls du welchen auftreiben kannst.«

Der junge Mann nickt wieder. »Sicher kann ich.«

Er tut das offensichtlich gern für Finn.

Als sein Blick fragend zu mir schweift, schmunzle ich ihn an. Er ignoriert mich im Gegensatz zu der Öko-Domina nicht und will wissen, ob ich auch etwas trinken möchte.

»Kann ich einen Wodka mit Cola haben?«

»Klar!«

»Soll ich dir beim Besorgen helfen?«, will ich wissen.

Er winkt verlegen ab. »Nein! Kein Problem.«

Seinem Satz folgt ein rasches Herumwirbeln auf dem Absatz.

»Hey! Bring zwei Gin Tonic mit!«, ruft sie ihm missgelaunt hinterher, aber ich denke nicht, dass er das noch gehört hat.

Vor lauter Aufregung über Finn hat er vergessen, ihre Getränkebestellung aufzunehmen. Tja. Wer faucht, bleibt auf dem Trockenen sitzen – Karma, Baby.

Nachdem sie ihm ein paar Sekunden hinterhergefunkelt hat, wendet sie sich wieder dem Mann zu, den sie gern beim Nachnamen nennt, obwohl sie so salopp mit ihm umspringt.

»Ich stelle dir gleich den Veranstalter vor. Er ist ein großer Fan von dir. Der Onlinemagazin-Fotograf – er war auch auf der letzten Benefizveranstaltung, weißt du noch?«

Finn seufzt, neigt dann überlegend den Kopf. »War er ein Mensch?«, haut er mal wieder eine seiner schrägen Fragen heraus und beantwortet sie gleich selbst. »Wenn ja, dann erinnere ich mich nicht.«

Sie scheint an seinen Wahnsinn gewöhnt und nickt nur. »Die Fotos, die du hier siehst, sind von ihm. Er ist etwas uninspiriert in seiner Originalität, aber er setzt seine Inspirationen originalverachtend gut um.«

Blaaaa.

Leute, die Wörter wie ›originalverachtend‹ verwenden, hören sich so gern selbst reden, dass sie alles, was sie sagen, für Podcast-Material halten. Wahrscheinlich ist sie Kunstkritikerin – ob sie sich diese ›Bürde‹ selbst auferlegt hat oder das beruflich tut, kann ich nicht sagen. Spielt auch keine Rolle. Noch mal: Blaaaa.

Der Junge mit den Getränken taucht so abartig schnell wieder auf, dass ich mich frage, ob er die Drinks selbst gemischt oder die Gläser einfach jemandem aus der Hand gerissen hat.

»Bitte.« Er reicht mir meines zuerst.

»Danke. Total lieb von dir.«

Er erwidert mein Lächeln. Ich bin besonders freundlich zu ihm, weil ich damit rechne, dass er jeden Moment einen Anschiss von der Öko-Kunst-Tante kassiert, weil er nur zwei Gläser in der Hand hat.

Als er Finn sein Getränk reicht, nutzt er die Gelegenheit und nimmt seinen Mut zusammen. »Ich bin ein großer Fan Ihrer Bilder. Sie inspirieren mich wirklich sehr.«

»Okay.«

Das war nicht die Antwort, die er sich erhofft hat. Er starrt Finn mit erwartungsvollen Augen an und erntet dann doch noch einen Satz.

»Wenn Sie meine Bilder genauso gern mögen wie ich diesen Gin Tonic, den sie gemixt haben, muss einer von uns beiden wohl damit aufhören, dem anderen zu seiner Arbeit zu gratulieren. Das wäre nicht sehr lohnend.«

Ich mustere das Gesicht des Jungen: Jap, er hat keine Ahnung, was das heißen soll. Ich auch nicht. Niemand in diesem Raum!

Auch nicht die Öko-Frau, die so tut, als könnte sie ›Noack‹ verstehen. Das tut sie nicht. Er redet Kauderwelsch – niemand außer ihm versteht das!

»Danke«, entgegnet er unsicher, aber lächelnd.

Finn neigt den Kopf. »Danke?«, wiederholt er fragend. »Na gut.«

Die Verwirrung ist perfekt. Finn grinst plötzlich. Kann es sein, dass es ihm Spaß macht, Leuten Scheiß zu erzählen, um zu sehen, wie sie darauf reagieren? Ist das so was wie ein sehr schräges Hobby? Wenn ja, dann ist diese Nummer sogar irgendwie witzig. Skurril, aber witzig.

Er wendet sich wieder der ›originalitätsverachtend‹-Frau zu, die eigentlich gerade den Mund aufmachen und bestimmt etwas Biestiges zu dem Jungen sagen will.

Sie bleibt aber still, weil Finn jetzt redet, und ihm ins Wort zu fallen, wagt sie nicht.

»Bringen wir's hinter uns. Stell mir den Fotografen vor«, seufzt er und dreht sich zu mir. »Das Gespräch wird schockierend. Schockierend langweilig. Sieh dich um, wenn du möchtest. Ich finde dich später.« Er beugt sich ein Stück näher und schmunzelt mir ins Gesicht. »Ich weiß, wie du riechst.«

Das klang zwar merkwürdig, aber wie ein Kompliment.

Den nächsten Satz flüstert er. »Und falls es dir möglich ist, spar dir das Flirten mit den anderen Männern hier, egal ob sie dir etwas zu trinken bringen oder nicht.«

»Ich wollte nicht …!«

Er lässt mich den Satz nicht energisch zu Ende flüstern, und lauter werden will ich nicht, also verstumme ich, als er das markante Gesicht von mir wegbewegt. Seine braunen Augen funkeln mich kurz an, bevor er dem moosgrünen Blusenkleid folgt. Der Junge, mit dem ich angeblich geflirtet habe, verschwindet auch.

Scheiße. Ich hoffe, er ist nicht sauer, sondern nur in seiner Eitelkeit gekränkt. Das mit dem Getränke-Typen war kein Flirt, ich wollte nur freundlich sein. Aber ich sollte mich wohl zusammenreißen, wenn ich auf einer Buchung bin, und keine anderen Männer anlächeln. Das Ganze ist mir noch zu neu. Vielleicht ist das ein No-Go als Escort.

KALTE FINGER

ch seufze in mich hinein und setze mich dann in Bewegung. Es kann nicht so schwer sein, Finns Bilder zu finden – an den Kunstwerken hängen Schilder mit Namen.

Die Fotografien gefallen mir. Sie sind nicht uninspiriert, nur nicht so verquer, dass man das Motiv nicht mehr erkennt. Klar hat jeder schon mal eine Brücke oder einen Baum fotografiert, aber man kann das Rad nicht neu erfinden, man kann nur seinen persönlichen Blickwinkel darauf spiegeln.

Ich laufe an einer Reihe Bilder vorbei, die so verwirrend sind, dass ich mir sicher bin, sie stammen von dem Mann, der ein nichtssagendes ›Na gut‹ für einen ausdrucksstarken Satz hält. Die kunterbunten, wirren Striche sind aber nicht Finns tätowiertem Handgelenk entsprungen, sondern dem eines Mannes, der sich Kana Haben G. nennt.

Ich unterdrücke das Prusten und grunze nur einmal in meine Hand, weil hier sonst niemand in schallendes Gelächter ausbricht, der den Namen liest. Ich habe keine Ahnung, wieso. Kana Haben G. ist zum Schießen. Also meinen Kana nicht Haben, den brauche ich noch.

Während ich grinsend weitergehe, fällt mir auf, dass ich die Nervosität gänzlich abgelegt habe. Vielleicht liegt es am zu stark gemischten Wodka Cola oder daran, dass das hier bisher viel besser läuft, als ich vermutet hätte. Die Sache mit Finns Funkeln wegen dem, was er als Flirt interpretiert hat, war vielleicht nicht ganz optimal, aber ich feiere diese Buchung bisher trotzdem als Erfolg. Ich habe mich nicht wie ein Horst verhalten, ich war ein ruhiges, unaufdringliches Anhängsel. Und am wichtigsten: Ich habe niemanden mit Blut voll geniest – Erfolg!

Du solltest trotzdem nervös sein. Leg das nicht ab.

Seit wann bist du denn der nervenschwache Hosenscheißer von uns beiden? Chill mal, ich schaukle das Ding schon.

Dann hör zumindest auf, das Zeug zu trinken – das ist purer Wodka, der mit einem Schuss Cola eingefärbt wurde! Bleib aufmerksam!

Willst du nicht die innere Stimme der Öko-Tante werden? Alles, was ich dich gerade sagen höre, klingt nach: Blaaa.

Mein Blick bleibt an einer Wand mit Gemälden haften, die meine Gedanken leer fegen, weil sie sie für sich einnehmen. Ich weiß nicht, ob Bilder schon mal so laut nach meiner Aufmerksamkeit verlangt haben. Viel Schwarz, dazwischen Pastelltöne – Finn malt mit Nass-in-Nass-Technik. Ich bin mir diesmal absolut sicher, dass es seine Gemälde sind, auch ohne das Schild zu lesen. Sie strahlen dieselben Vibes aus wie er.

Während ich seine Kunst betrachte, wird mir bewusst, was mir vorhin am Bürgersteig so einen Schreck eingejagt hat. Ich konnte es nicht wirklich zuordnen, zumindest bis jetzt.

Diese Bilder sind faszinierend, aber auf eine so seltsame Weise düster, dass sie aus einem Horrorfilm stammen könnten.

Er malt hauptsächlich Körper – Frauenkörper –, aber auf eine eher abstrakte Weise. Die schwarzen Konturen verrinnen immer ins Blassrot, bevor die anderen Farben ins Spiel kommen.

Er bannt die Ästhetik hervorragend, aber seine Arbeiten haben auch etwas unbestreitbar verstörend Düsteres, das sich nicht in Worte fassen, aber fühlen lässt. Irgendwie brutal und ... sexuell.

»Du bist mit ihm hier, oder?«

Ich zucke zusammen und muss erst mal meinen hämmernden Herzschlag beruhigen. Die tonlos geflüsterten Worte und das blasse, zierliche Mädchen, das sie hinter mir gesprochen hat, passen im ersten Moment zu gut zu meinen Horrorfilm-Gedanken von vorhin.

Sie ist aber nicht der Geist aus *The Ring*. Ich muss kein gruseliges Video kopieren, um sie zu besänftigen – was verdammt schwierig geworden wäre: Wo bekommt man heutzutage einen Videorecorder her und wer kann ihn bedienen?

»Entschuldige bitte ...?« Ich habe vergessen, was sie gesagt hat. Die Sache mit der Horrorfilm-Assoziation hat mich zu sehr eingenommen. Was im Nachhinein gesehen lächerlich ist, weil sie nicht annähernd erschreckend aussieht.

Sie ist hübsch. Und jung. Das ›blass‹ revidiere ich nicht, aber ich denke, das liegt in ihrer Natur. Ich bin auch immer blass und niemand erschreckt sich vor mir. Außer Jan, wenn ich eine Feuchtigkeitsmaske trage. Was platzt er aber auch in meine Wohnung, ohne zu klopfen?

»Ich habe euch reinkommen sehen …«, sagt sie und sieht dabei neben mir auf den Boden.

Höre ich so schlecht oder flüstert sie noch immer? Ihre Stimme ist sehr hell, vielleicht klingt sie immer so leise. Es gibt keinen Grund, um zu flüstern, es steht niemand in Hörweite. Ich mache einen Schritt auf sie zu, weil ich sonst ständig zweimal nachfragen muss, was sie gesagt hat. Als ich vor ihr stehen bleibe, fällt mir auf, dass sich ihre Pupillen auffallend schnell bewegen, so als wollte sie mich nicht zu lange fokussieren.

»Kennst du Finn?«, frage ich und schenke ihr ein Lächeln, weil ich mich unwohl fühle, wenn sich jemand unwohl fühlt, während er mit mir spricht – emphatischer Teufelskreis.

Sie zuckt beiläufig mit den Schultern und schweigt mich dann an.

Jeder zweite Mensch hier scheint irgendwie speziell zu sein, was mich nicht wirklich verwundert. Ein Raum voller Künstler und Kunstfanatiker ist ein Sammelpool für eigenwillige Charaktere. Mitunter auch der Grund, warum ich mich der Szene nie sonderlich zugehörig gefühlt habe.

Ich denke, ich bin zu langweilig und zu normal für jemanden mit einem künstlerischen Beruf.

Obwohl, eigentlich falle ich von Sofas, lasse mich für Sex bezahlen, um die Schulden abzuarbeiten, die ich bei meinem Vampir-Boss habe, und pflege eine spezielle Sexfreundschaft mit einem bisexuellen Prostituierten-Kollegen – geht auch normaler.

Gebt mir ein Barett, ich glaube, ich bin doch eine von euch!

»Du siehst seine Bilder zum ersten Mal. Du warst so überrascht«, stellt sie fest und streicht sich die seidenglatten schwarzen Haare hinters Ohr.

Irgendwie sieht sie aus wie Schneewittchen – wenn Schneewittchen gern ganz in Schwarz und mit Choker herumgelaufen wäre. Die Klamotten stehen ihr aber. Die Bluse mit den vielen Rüschen hat trotz der Farbe nichts Düsteres und lässt sie eher wie eine Puppe aussehen.

»Ja. Ich sehe die Bilder zum ersten Mal. Wir … kennen uns noch nicht lange.«

Ich will eigentlich eine Kennenlern-Geschichte erfinden, aber mir schwirrt nur die Sache mit dem Hund im Kopf herum, und die rauszuhauen, wäre seltsam – so exzentrisch bin ich auch nicht.

»Was du in seiner Kunst siehst, ist er. Ich habe gesehen, dass dich die Gemälde erschrocken haben, aber du bist noch hier. Entweder willst du nicht daran glauben, weil du in ihn verliebt bist, oder er bezahlt dich.«

Ich starre sie mit großen Augen an, weil diese sanfte, leise Stimme urplötzlich so ernste, intime Dinge ausspricht.

Woher weiß sie, dass ich …? War sie mal mit Finn …? Oder ist sie auch …?

Ihre Pupillen huschen wieder von einem Punkt zum nächsten, sie holt erneut Luft. »Wenn du in ihn verliebt bist, lauf, bevor du nicht mehr kannst.« Sie spricht mit einem Mal so schnell, dass ich Mühe habe, ihr zu folgen, auch weil sie dabei nicht lauter wird. »Wenn er dich dafür bezahlt, dann hoffe ich, dass er dich gut bezahlt und du das Geld wirklich brauchst. Entschuldige …«

Dem letzten Wort folgen unmittelbar eine Drehung und ein überraschend schneller Abgang. Sie verschwindet in der Menschenmenge in der Nähe der Bar.

Okay, trotz aller wirren Sätze, zickenden Öko-Tanten und dem Künstler, der sich ohne Ironie Kana Haben G. nennt – DAS war das Schrägste, das hier passiert ist!

Ich bin mir ziemlich sicher, dass sie Finns Ex-Freundin ist, niemand sonst lässt solche Sprüche über einen Mann vom Stapel. Obwohl, das waren nicht die gewöhnlichen ›Er ist so ein Arsch‹-Sprüche, das klang wie …

»Du hast meine Bilder entdeckt.«

Alter! Was ist das nur mit euch Leutchen und dem plötzlichen Auftauchen?! Wer spricht denn ständig Leute von hinten an?!

Ich verschütte beinahe meinen gefärbten Wodka, als ich mich umdrehe.

Finn hat die Hände in den Hosentaschen vergraben und sieht an mir vorbei zu seinen Bildern. Seine Miene wirkt unnatürlich emotionslos.

War er schon vorher so groß? Und so ... dunkel?

Ja! Ja, das war er! Und jetzt schalt die Nervosität wieder an und pass vor diesem Teufel von einem Mann auf, Emma!!

Okay ... du könntest recht haben.

Die einsetzende Nervosität lässt meine Beine unruhig werden und meinen Körper die gleiche Anspannung fühlen wie vorhin am Bordstein, bevor ich angefangen habe, mich von der Harm-loser-exzentrischer-Künstler-Nummer einlullen zu lassen, die er in Perfektion beherrscht.

»Ich frage das eigentlich nicht, aber wie gefallen sie dir?«, will Finn wissen und sieht mich dann erwartungsvoll an.

»Sie sind schön! Düster! Irgendwie ... Marylin Manson. Kennst du seine Bilder? Ich mag seine Musik – nicht alles, aber *Saint* ist gut. Nicht der Sohn von Kim Kardashian, sondern der Song.«

Ja, meine Nervosität lässt mich wieder E-Entertainment-Mist quatschen, aber das ist der Preis, den ich zahle, wenn ich auf-merksam bleiben will. Wahrscheinlich ist es besser, nervös zu sein und Mist zu labern, als ihm zu entspannt und unachtsam zu begegnen.

Finn schmunzelt schief. »Hat Sarah mich dir gerade erfolgreich als den Anti-Christen beschrieben? Bist du deshalb so unruhig und redest über Marylin Manson?«

Ich blinzle zu oft, weil ich nicht weiß, was ich erwidern soll. Er hat uns offenbar miteinander reden sehen, leugnen fällt also flach.

»Ich wusste nicht, wer sie ist. Sie hat sich nicht vorgestellt, nur ...«

Wie fasse ich ihre Warnungen denn zusammen? ›Sie hat mir gesagt, dass ich weglaufen oder mehr Geld verlangen soll, weil du wahrscheinlich irre bist‹ klingt nicht gut. Auf so viele Weisen nicht gut.

»Sie hat nur gemeint, dass du deinen Bildern sehr ähnlich bist.«

Diplomatisch gelöst, aber ich will mir nicht dazu gratulieren, da ich mir nicht sicher bin, ob das in dieser Situation schlau war. Vielleicht sollte ich ihn offen darauf ansprechen, dass ich das Gefühl habe, dass er ein Serienkiller sein könnte. Antworten die dann mit ›Ja, hast mich erwischt‹?

Der einzige Gedanke, der mich beruhigt, ist die Gewissheit, dass Vincent mich niemals an einen Psychopathen verkaufen würde. Er checkt seine Kunden durch. Er kennt Finn bestimmt. Er würde mich nicht zu ihm schicken, wenn mir etwas passieren könnte.

Der Auftritt seiner Ex hat mich nur irre gemacht. Vielleicht ist sie so eifersüchtig, dass sie mir Angst machen wollte.

Meine Muskeln entspannen sich etwas und ich höre auf, mein Gewicht ständig zu verlagern. Ich bleibe trotzdem nervös und aufmerksam – das lege ich bei Finn garantiert nicht mehr ab.

»In jeder Form von Kunst steckt etwas vom Künstler selbst«, beginnt er und schmunzelt, so als würde er meine Unsicherheit witzig finden. »Hättest du vor einem Autor Angst, der Krimis schreibt, weil du denkst, er ist der Killer aus seinem Buch, nur weil er ihm Züge von sich selbst mitgibt?«

Gute Frage. Nein, das hätte ich nicht. Unterhaltungsliteratur ist Fiktion. Autoren erschaffen Welten und Figuren und geben so viel von sich selbst dabei preis, wie sie wollen.

Klar, man assoziiert gewisse Charakterzüge mit ihnen, obwohl man sie nicht kennt, aber das heißt nicht, dass jemand, der Fantasyromane schreibt, mit Vampiren um die Häuser zieht oder ein Erotikroman-Autor ständig Sex hat. Sie lassen die Fiktion nur real erscheinen. Genau das ist wohl die Kunst an dem Ganzen. Wahrscheinlich verhält es sich mit Malern ähnlich. Sie kramen die spannendsten, kontroversesten Dinge aus ihrer Fantasie und bannen sie auf eine Leinwand.

Furcht einflößend ist das nicht, nur bewundernswert, weil seine Bilder es schaffen, andere Menschen emotional zu erreichen.

»Deine Gemälde sind faszinierend. Du malst wirklich einzigartig – ich war nur überrascht, weil ich zuerst dachte, die bunten, etwas ausgefallenen Bilder dort drüben wären von dir.«

Mein Lob entlockt ihm kein Schmunzeln, mein Verweis auf die Bilder in der Nähe schon.

»Nein, das ist nicht mein Style.«

»Ist der Künstler auch hier?«, frage ich, weil ich wirklich gern herausfinden würde, wie der Mann aussieht, dessen Name mit einem Fragezeichen am Ende ein versauter Witz wäre.

Finn grinst. »Nein. Kana Haben ist nicht hier. Er sucht vermutlich noch nach dem G-Punkt.«

Der Spruch bringt mich zum Lachen. Im nächsten Moment fällt mir auf, dass Finn das schrullige, abgehobene Gehabe abgelegt hat, seit er wieder zurückgekommen ist. Ich verstehe all seine Sätze und seine Argumentation bezüglich seiner Bilder klang sogar ziemlich geerdet und sehr rational.

Kann es sein, dass er nicht so kreativ abgehoben ist, wie er tut? Das ist wohl so was wie eine Rolle, die ihm Spaß macht und die er für Fremde und Leute, die er auf Abstand halten möchte, zum Besten gibt.

»Hast du den Veranstalter der Ausstellung kennengelernt?«, frage ich und führe damit den Smalltalk weiter. Jeder normale Satz aus seinem Mund tut gut und beweist mir, dass ich mich vollkommen umsonst verrückt gemacht habe.

Er schnaubt. »Ja. Sehr spannender Mann. So viel Persönlichkeit wie eine Hand voll Sand. Ein Gespräch mit ihm und dein Arsch schläft ein, obwohl du gar nicht drauf sitzt.«

Finn schwankt zwischen abgehoben intellektuell und frei Schnauze – Letzterem kann ich viel abgewinnen. Er wirkt auch nicht mehr so groß und dunkel wie gerade noch – er ist doch höchstens eins fünfundachtzig und seine Haare haben einen wirklich schönen Braunton.

Emma!

Sei still! Ich kriege das schon auf die Reihe.

Ich schenke ihm ein Lächeln und mache ein paar Schritte an der Wand entlang, an der seine Bilder hängen. »Willst du mir etwas zu deinen Werken erzählen?«

Diese Frage würde ich auch so interessiert stellen, wenn mir seine Gemälde überhaupt nicht gefallen würden – schließlich hat er mich gebucht, um eine gute Begleitung zu sein, aber ich muss das Interesse nicht heucheln.

Die Bilder sind wirklich faszinierend. Außerdem hat er mir vorhin mit seinem Vortrag zur Abgrenzung von Kunst und Künstlern mein Unbehagen über die irgendwie brutal wirkenden Szenen, die er auf Papier gebannt hat, genommen. Es würde mir guttun, etwas vom ›normalen‹, witzigen Finn zu seinen Inspirationen zu hören, solange er den Modus noch anhat und ich verstehe, was er sagt.

Mein Blick schweift über die Szene, die ich am verstörendsten finde. Das Rot, das er benutzt, ist eigentlich zu hell, um an Blut zu erinnern, aber es sieht trotzdem so aus, als würden sich die schwarzen Bänder in den Körper der Frau schneiden.

Finn tritt neben mich und lässt die Hände in den Hosentaschen verschwinden. »Ein Präsent für eine undankbare Seele, der die Realität zu düster war.«

Klasse. Jetzt fängt er wieder mit dem Kauderwelsch an. War aber auch abzusehen, zumal ich das Thema auf die Kunst gelenkt habe – dann fällt er wohl automatisch wieder in diese Rolle. Vielleicht kann ich ihn da rausholen.

»Du hast es für eine Frau gezeichnet?«, versuche ich, sein ›Ich höre Farben‹-Geschwafel zu interpretieren.

»Habe ich doch gesagt, oder? Hörst du nicht zu?«

Jetzt verarscht er mich. Er weiß, dass er kryptisch daherredet.

»Hast du es für das Mädchen gemalt, das gerade hier war?«, will ich wissen, weil ich das zarte Schneewittchen in dem Bild zu erkennen glaube, obwohl er ihr kein Gesicht gemalt hat.

Finns Miene friert ein. Er fixiert sein Gemälde mit dem Blick, während ich sein Profil mustere. »Sie hat das Schlechteste in mir befriedigt, um sie malen zu können, und dann war ihr meine Realität zu real. Erbärmlich. Ausdauerlos. Zeitverschwendung.«

Okay. Am Ende hat er nur mehr wahllos Wörter rausgehauen, oder?

»Gibt es auch eine Version für Leute, deren Verstand in weniger Farben malt als deiner?«

Jetzt, da ich weiß, dass er sich durchaus klar und normal ausdrücken kann, traue ich mich, nachzufragen.

Finn blickt von seinem Bild zu mir und neigt schmunzelnd den Kopf. »Sicher gibt es die. Entschuldige, ich plappere manchmal abgehoben vor mich hin. Spleen.«

Wow. So viel Selbstreflexion hätte ich jetzt nicht erwartet. Und er nimmt sich dabei auch noch auf die Schippe. Langsam werde ich warm mit Finn.

»Ich habe sie nächtelang gefickt, während die Bilder entstanden sind, weil sie mich angehimmelt hat und bei mir sein wollte. Nachdem ihr meine Vorlieben zu fordernd wurden, hat sie mich um eine Pause gebeten, aber Kreativität pausiert nicht, also habe ich sie weiter gefickt, bis sie mich für den Teufel gehalten hat und aus meinem Loft gestürmt ist.« Finn neigt fragend den Kopf. »So war es verständlicher, nicht? Oder möchtest du mehr Details über ihren blassen, zitternden Körper hören, der so scharf nach meinen Händen war, dass mir dieses verlogene, wehleidige Miststück am Anfang zugeflüstert hat, dass ich alles mit ihr machen darf?«

Stille.

Absolute Stille in meinen Gedanken, weil mein Verstand nicht sofort verarbeiten kann, was diese dunkle Stimme mir erzählt hat.

Als ich seine Worte verarbeite, versteinert mein Körper. Was gerade so schamlos unverblümt über seine Lippen gekommen ist, passt so perfekt zu den düsteren, brutal wirkenden Bildern, dass er mich mit dem relativierenden Gerede von wegen ›Künstler erschaffen nur Fiktionen‹ regelrecht verarscht haben muss. Nicht nur damit, auch mit den anderen Persönlichkeiten, die er heute schon gemimt hat. Der schwafelnde Künstler, der sarkastisch-coole Typ – all das bist du nicht, oder? Du bist diese Bilder ...

Scheiße. Ich weiß nicht, ob ich schon jemals so viel Schiss vor jemandem gehabt habe.

Finn kommt näher, aber ich kann mich keinen Zentimeter rühren, obwohl alles in mir danach schreit, die Beine in die Hand zu nehmen und abzuhauen. Seine Nase streift meine Wange, als er die Lippen an mein Ohr drückt und eine Hand auf meinen Rücken legt. Die kühlen Finger streifen über den tiefen Ausschnitt an meinem Rücken.

»Hast du nicht gesagt, du wolltest schon immer eine Muse sein? Lass uns gehen. Ich zeige dir, wo ich male.«

Gehen? Er meint, weg von den vielen Menschen, die vor Gericht bezeugen könnten, dass das, was er mit mir gemacht hat, soziopathisch war?

Können wir bitte in der Öffentlichkeit vögeln? Hier, vor all diesen seltsamen Leuten? Das wäre mir nicht annähernd so unangenehm, wie die Tür zu seinem menschenleeren Atelier hinter mir zufallen zu hören.

»Wir ... Wir sind gerade mal zehn Minuten hier«, sage ich, obwohl ich keine Ahnung habe, wie spät es ist. Wahrscheinlich sind wir schon länger hier, aber ich will nicht gehen!

Lass uns Kana Haben G. suchen und noch etwas Zeit mit der unsympathischen Öko-Tante verbringen! Willst du nicht die vögeln?! Sie steht auf dich!

Finn brummt leise, bevor seine Zunge über mein Ohr streift. Die Gänsehaut setzt so plötzlich und intensiv ein, dass es sich anfühlt, als würde ich einen schmerzhaften Stromschlag bekommen.

»Wir waren lange genug hier. Beweg dich.«

Die knurrende Aufforderung lässt mich den Körper nur noch mehr versteifen. Finn drückt sich gegen mich und macht einen Schritt nach vorn. Entweder falle ich hin oder ich bewege die Füße auch.

Nachdem ich ein paar Schritte gemacht habe, bleibe ich wieder stehen. Er nimmt meine Hand.

Wie kann man nur so kalte Finger haben?

Als ich mich dagegen wehre, von ihm weitergezogen zu werden, wirbelt er so schnell auf dem Absatz herum und kommt wieder näher, dass ich vor Schreck zusammenzucke.

»Ich wollte mir nur noch die Gemälde dort drüben ansehen«, rechtfertige ich mein Zögern, in der Hoffnung, dass wir doch noch hierbleiben.

Finn greift mein Kinn und drückt es nach oben, damit ich zu ihm aufsehe. Das würde ich nicht freiwillig tun, weil diese dunkel glänzenden Augen meine innere Unruhe nur schlimmer machen. »Weißt du, wie viel Christensen für dich verlangt?«, flüstert er mir missgelaunt zu und verfinstert den Blick.

Nein. Ich weiß nicht, welchen Preis Vincent an meinen Körper geklebt hat, aber ich hoffe, er ist so hoch, dass er Sex mit dem Teufel rechtfertigt!

»Wenn du jetzt anfängst, Zeit zu schinden oder dich stur zu stellen, kannst du Christensen anrufen und ihm sagen, dass er mir mein Geld noch heute Nacht zurücküberweisen darf. Und er kann noch etwas drauflegen, wenn er will, dass ich jemals wieder bei ihm buche.«

Wenn es einen Anruf gibt, den ich definitiv nicht machen will, dann ist es dieser.

Nach dem Desaster mit Marcel kann ich es nicht schon wieder verbocken. Vincent weiß zwar nichts davon, aber er war schon sauer genug auf mich, weil ich mich nicht an seine Regeln gehalten habe. Außerdem hat er von Anfang an befürchtet, dass ich zu feige für diesen Job bin. Ich habe ihm geschworen, dass ich das durchziehen kann, auch wenn mich ein Mann einschüchtert. Und heiliger Escort-Gott: Finn tut das!

Ich ohrfeige mich in Gedanken selbst und reiße mich am Riemen. Mir kann nichts passieren. Ich bin ganz offensichtlich nicht das erste Escort-Mädchen, das er bucht, und diese Sarah ist auch noch putzmunter – und wirkt nur zu vierzig Prozent verstört.

Nichts wird so heiß gegessen, wie es gekocht wird – oder in diesem Fall: Nichts wird so brutal gebumst, wie es gemalt wird.

»Entschuldige. Ich wollte keine Zeit schinden. Wir machen natürlich, was du willst.«

Ich bin überrascht, dass meine Stimme nicht piepsig klingt. Anscheinend habe ich es tatsächlich geschafft, mir selbst einzureden, dass ich mir Angst nicht leisten kann.

Ich bin stolz auf mich. Ich werde total mutig sterben.

DER TEUFEL

N icht atmen.«

»Ich …«

»Mach. Oder ich fahre rechts ran und sorge dafür, dass du die Luft anhältst.«

Der Satz lässt mich Schutz suchend tiefer in den Beifahrersitz sinken und wieder Gänsehaut bekommen. Und das, obwohl ich weiß, dass wir hier nur über Tricks gegen Schluckauf sprechen. Die ganze Anspannung hat meine innere Schlumpfine wieder dazu veranlasst, alle zwanzig Sekunden ein Hicksen zu produzieren.

Die Luft anzuhalten, ist ein gängiger Tipp, den mir schon viele Menschen gegeben haben, aber wenn Finn mir dazu rät, hört es sich so an, als würde er gleich den Wagen anhalten und mich würgen, bis mir die Augen rausploppen.

Bevor ich mich weiter in der Horrorfilm-Vorstellung verliere, tue ich, was er schon die ganze Zeit so eindringlich rät, und halte den Atem an.

Ich schiele rüber zu dem Mann, der mit vereister Miene seinen sündhaft teuren Sportwagen durch den Stadtverkehr lenkt. Im Profil sieht er irgendwie alterslos statuenhaft aus. Was naheliegt, schließlich altert der Teufel nicht. Er wechselt nur die Gestalt. Und die Persönlichkeit, so wie es ihm gerade in die Karten spielt. Ich bin mir sicher, er dampft, wenn ich ihn mit Weihwasser bespritze.

Als ich in den schwarzen Wagen gestiegen bin, habe ich mein Handy aus der Handtasche gefischt und halte es seither in der Hand. Es gibt mir ein klein wenig das Gefühl von Sicherheit – so als hätte ich einen Notfallknopf, den ich drücken kann, wenn Finn plötzlich Hörner wachsen.

Absolut lächerlich. Ich könnte unmöglich so schnell wählen, wie er mutieren würde.

Die einzige wirkliche Sicherheit, die ich habe, ist, dass Vincent und Victor bestimmt jemanden losschicken, der nach dem Rechten sieht, wenn ich mich nicht von der Buchung zurückmelde.

Wie lange das dauert, kann ich aber nicht sagen. Sie rechnen sicher so etwas wie eine Nachfrist ein, die der Kunde überziehen darf. Eine Viertelstunde? Eine halbe? Wie lange braucht Finn wohl, um aus meinem Körper Farbe für seinen Malkasten zu machen?

Ich muss aufhören, mir solche Absurditäten auszumalen. Und ich muss dringend wieder anfangen, zu atmen, sonst werde ich hier noch von ganz allein ohnmächtig.

Mein tiefer Atemzug lenkt Finns Aufmerksamkeit von der Straße zu mir. Die braunen Augen mustern mich immer wieder kurz. Nachdem ich zu Atem gekommen bin, schmunzelt er kühl.»Na bitte. Geht doch.«

Er hat recht. Anscheinend ist der Schluckauf weg. Ob das wirklich dem Luftanhalten zu verdanken ist oder der Tatsache, dass Schlumpfine vor lauter Angst die Flucht ergriffen hat, lässt sich nicht sagen.

Dass wir die Innenstadt nicht verlassen, sondern durch die belebten Straßen fahren, fühlt sich gut an. Zumindest wohnt er nicht in irgendeinem abgeschiedenen Haus auf dem Land. Finn hat vorhin etwas von einem Loft erwähnt.

»Hörst du auf, dein Handy zu umklammern, wenn ich das Fenster öffne und du die Möglichkeit hast, auf der Straße nach Hilfe zu schreien?«

Ich blinzle ertappt zu ihm rüber und dann auf meine Hände. Dass ihm aufgefallen ist, dass ich das Handy unnatürlich verkrampft halte, ist nicht gut.

Ich glaube nicht wirklich daran, dass er mir etwas antut, sonst wäre ich nicht in dieses Auto gestiegen. All die Furcht einflößenden Szenarien, die ich gedanklich durchspiele, sind nur die wahnwitzigen Übertreibungen meines Verstandes, der mich zwingt, mich auf den absurdesten Fall der Fälle vorzubereiten.

Finn wird mich weder zu Farbe machen noch massakrieren, aber der Gedanke an den Sex mit ihm schüchtert mich trotzdem ein.

Das Handy in der Hand ist in Wirklichkeit so eine Art letzte Reißleine, die ich ziehen kann, indem ich Vincent anrufe und ihn darum bitte, Finn sein Geld zurückzugeben.

Das ist aber nicht wirklich eine Option. Ich ziehe das hier durch. Egal, wie nervös ich gerade bin.

Dass Finn mir die Nervosität anmerkt, war aber nicht geplant. Auch wenn er schwer zu durchschauen ist und ich mich heute schon fünf Mal geirrt habe, was seine Persönlichkeit betrifft, befürchte ich, zu wissen, dass er jemand ist, den Unsicherheit anstachelt. Dieses Gefühl hatte ich schon in den ersten Minuten bei ihm, als mir mein Unterbewusstsein geraten hat, die sichtbare Nervosität vor ihm abzulegen.

»Entschuldige. Das mit dem Handy ist nur ein Spleen«, entgegne ich und lasse es in meiner Handtasche verschwinden. Es rutscht irgendwo zwischen meine Wechselklamotten. Auf Wiedersehen, Reißleine.

»Ein Spleen«, wiederholt er und brummt amüsiert. Er glaubt mir nicht. »Dein wievielter Kunde bin ich?«, fragt er, während wir vor einem Tiefgaragentor halten, das sich langsam öffnet.

»Du bist heute mein erster«, entgegne ich etwas, das ich immer entgegnen würde, auch wenn es gelogen ist – Claire hat mir das eingetrichtert.

»Nein, nicht heute. Allgemein. Du machst das noch nicht lange«, unterstellt er mir wissend.

Ich bereue gerade, dass ich ihm erzählt habe, dass ich noch nicht lange für Vincent arbeite.

»Ich habe aufgehört, zu zählen. Aber du bist einer der ersten, seit ich bei ›Evig Roses‹ arbeite.«

Abgebrühtes Lügen ist normalerweise überhaupt nicht mein Ding, aber ich halte das gerade für notwendig. Wenn er mich für unsicher *und* unerfahren hält, dominiert er mich noch mehr. Und dieses Auto ist schon so voller dominanter Düsterkeit, dass hier alles dunkelviolett leuchtet. Vielleicht liegt das auch an der Beleuchtung seines Armaturenbretts, aber sie unterstreicht die Atmosphäre hervorragend.

»Für wen hast du denn vorher gearbeitet?«, will Finn wissen, während er parkt.

»Ich will nicht darüber reden. Ich habe schlechte Erfahrungen mit meiner letzten Agentur gemacht. Jetzt bin ich zufrieden.«

Mein Herz hämmert von der ganzen Lügerei wie verrückt. Das ist echt nicht mein Ding, aber es muss sein.

Er stellt den Wagen ab und dreht sich zu mir. Die Augenbraue mit der Narbe hüpft nach oben. »Ach. Schlechte Erfahrungen?«, fragt er dunkel und schmunzelt dann. »Hat dich jemand vergewaltigt?«

Ich kenne niemanden, der diese Frage in diesem Tonfall stellen würde. Finn klingt so, als würde es ihn anmachen, wenn ich ihm jetzt erzähle, wie jemand über mich hergefallen ist.

»Ich darf nicht darüber reden. Zeigst du mir dein Loft?«

Dass ich tatsächlich einen Satz raushaue, der impliziert, dass ich schneller in seine Wohnung will, hätte ich nicht gedacht. Es ist mir aber lieber, wir gehen nach oben und bringen es hinter uns, als dass wir hier im Auto sitzen bleiben und ich ihm eine erfundene Vergewaltigungsgeschichte erzählen und zusehen muss, wie er dabei scharf wird.

»Du hast recht. Lass uns oben weiter darüber sprechen.«

Das wollte ich damit nicht erreichen!

Finn steigt aus und ich werfe einen raschen Blick auf die Uhr am Armaturenbrett, bevor ich es ihm gleichtue. Es ist 18:43 Uhr. Er hat mich noch 47 Minuten – kaum Zeit für Sex mit jemandem, dessen Gesellschaft man genießt, eine Ewigkeit für Sex mit dem Teufel.

Wir steigen in einen Fahrstuhl ohne Knöpfe. Da ist nur ein schwarzes Quadrat, an das Finn seine Geldbörse hält. Wahrscheinlich funktioniert der Aufzug mit Magnetkarte und wahrscheinlich führt er direkt in sein Loft. Schön. Man kommt da also nicht mal durch eine normale Tür raus, sondern nur mit seiner Karte.

Mich mustert ein nervöses Mädchen, dessen Haut durch das Neonlicht noch blasser wirkt als sonst. Mein Spiegelbild zu betrachten bringt mich dazu, meine Miene besser zu kontrollieren. Ich versuche, die Nervosität aus ihr verschwinden zu las-

sen und sie gegen eine Maske aus Selbstbewusstsein und Ab-
gebrühtheit zu tauschen.

Besser.

Finn lehnt an der silbernen Wand, ein Bein salopp vor das
andere gestellt und die Hände in den Taschen. Seine Lippen
umspielt ein schwaches Schmunzeln, während seine Augen
mich mustern. Wahrscheinlich amüsiert ihn die Gewissheit, wie
oft er mich heute mit seiner Persönlichkeit aufs Glatteis führen
konnte.

Ja, ich war zuerst der Meinung, ich würde heute mit einem
philanthropisch plappernden Künstler schlafen. Dann war ich
mir sicher, dass er ein ganz normaler sarkastischer Typ mit
einem Hang zu verarschenden Theatereinlagen ist. Jetzt stehe
ich hier mit Luzifer. Und er grinst mich an, weil ich zu bescheuert war, um die Hörner an seiner Stirn zu sehen.

Als der Fahrstuhl sich öffnet, bestätigt sich meine Vermutung.
Die silbernen Türen geben den Weg in sein Loft frei. Und es ist
unglaublich abgefahren!

Ich kann nicht anders, als mich mit offenem Mund im Kreis
zu drehen, nachdem ich Finn ein paar Schritte in den Raum
gefolgt bin.

Das sind mindestens zweihundert Quadratmeter Wohnfläche
– ohne Wände! Ich meine, nicht ganz ohne – das Loft ist keine
Dachterrasse –, aber bis auf die vier unglaublich hohen Back-
steinmauern, die wohl die Außenmauern des Gebäudes sind,
gibt es hier keine Abtrennung.

Das Loft ist in verschiedene Bereiche geteilt. Eine frei stehende Küche mit Bar, ein Wohnzimmerbereich mit Sofa, das so groß aussieht wie mein ganzes Schlafzimmer, und ein Bereich, den er zum Malen nutzt. Die Staffelleien stehen direkt neben der langen Fensterfront, die den Blick auf den exklusiven Teil der Stadt freigibt.

Ich weiß nicht, was ich mir zuerst näher ansehen will: die Kunstecke, die schicke Bar, das hammermäßige Bett, das auf einem erhöhten Bereich thront, den man über zwei Stufen erreichen kann, und … Mann, bin ich leicht von der Tatsache abzulenken, dass mich der Teufel vögeln will.

Aber er wohnt auch so abgefahren cool, dass ich beinahe vergesse, nervös zu sein. Ich kann gerade nur daran denken, dass ich hier gern einziehen würde. Ohne Finn. Allerdings könnte ich mir dieses Loft wahrscheinlich nicht mal dann leisten, wenn ich fünf Kunden am Tag bedienen und zehn Werbebanner designen würde.

Wie kann man nur so viel Geld haben? Verdient er das alles mit seinen Bildern? Solche Fragen stellt man natürlich nicht, aber man darf sie sich in Gedanken vorsagen.

»Deine Wohnung ist der Wahnsinn. Lebst du hier allein?«

Anstatt die unangebrachte Frage nach seinem Einkommen zu stellen, stelle ich eine dämliche. Natürlich lebt er allein. Oder erwarte ich etwa seine Ehefrau, die er im Kleiderschrank eingesperrt hat? Obwohl …

Finn ist vor der Bar stehen geblieben und hantiert mit einer Flasche. »Ich habe nur Gesellschaft, wenn ich male oder mich langweile. Musen oder Escorts.«

Frauen betreten sein Loft also nur, damit er sie vögeln kann. Das überrascht mich jetzt nicht wirklich. Er wirkt wie ein Einzelgänger. Der einzige Mensch, den er liebt, lebt wohl im Spiegel.

»Keine Angst …«, setzt Finn an und sieht mit tief gelegtem Kinn und verengten Augen in meine Richtung. Der Glanz, der seine braunen Iriden funkeln lässt, versetzt mich wieder in Alarmbereitschaft. »Meine Musen müssen mehr ertragen als die Flittchen, die ich kaufe. Einen Fick mit mir übersteht man leichter als eine ganze Kreativphase.«

Ich starre ihn viel zu lange an. Er sieht das Unbehagen in mir aufflammen, die Kränkung, weil er mich so abfällig als Flittchen bezeichnet hat, und die Angst, dass er wirklich so brutal ist, wie er immer wieder ankündigt.

Unverblümtheit macht mir eigentlich nichts aus. Männer, die sagen, was sie wollen, oder es erregt knurren, begeistern mich meistens, aber nicht, wenn sie dabei beleidigend sind. Sicher, er hat mich gekauft, ich bin eine Prostituierte und ich nenne mich oft selbst in Gedanken Flittchen, aber das heißt nicht, dass es mich nicht verletzt, wenn jemand es mir so abfällig ins Gesicht sagt.

Finn macht ein paar Schritte auf mich zu. Er streckt mir ein gefülltes Glas hin, schmunzelt mich mit schief gelegtem Kopf an, so als hätte er mir gerade nicht zu verstehen gegeben, dass er mich für sein Eigentum hält. Ich will den Drink ausschlagen, aber ich sollte wohl für jede Schutzschicht dankbar sein, die meine Psyche sich anziehen kann – Alkohol kann es nur leichter machen.

»Danke«, entgegne ich leise und lasse mir die hochprozentige Flüssigkeit die Kehle hinunterlaufen.

Finn macht eine auffordernde Kopfbewegung und ich folge ihm zum Sofa. Ich setze mich, mit etwas Abstand zu ihm. Solange ich das Glas noch in der Hand halte, wird er wohl kaum über mich herfallen. Anscheinend hat er noch Lust, zu reden. Ich weiß nicht, ob mir Sex nicht lieber wäre.

»Du arbeitest gern für Christensen?«, stellt er eine Frage, die nicht ganz so dunkel klingt.

Ich nicke. »Ja. Er ist ein beeindruckender Mann. Er passt sehr gut auf seine Escorts auf.« Den letzten Satz spreche ich eindringlich aus.

War das zu subtil? Du hast herausgehört, dass ich dir damit sagen will, dass Vincent dir eine knallt, wenn du mir wehtust, oder?

Finn grinst und lässt dabei die Arroganz durchblicken, die er eigentlich hinter der abgehobenen Künstler-Fassade versteckt hält. »Tut er das? Sicher. Wieso nicht?«

Ich nippe wieder an dem Gin – oder dem Cognac, ich weiß nicht, was ich da trinke, aber es wärmt mein hämmerndes Herz.

»Fickt er dich oft?«

Ich verschlucke mich und muss husten, was Finn nur wieder zu diesem kühlen Schmunzeln antreibt. Er stützt den Kopf an der Schläfe mit der Faust ab, den Ellbogen an der Sofalehne. Die Position mutet gelangweilt an, aber seine Augen glänzen sensationslustig.

Muss ich ihm diese Frage beantworten? Ich will nicht. Aber ich will auch nicht, dass er sich über mich beschwert. Bin ich zu reserviert oder stelle mich stur, bewertet er mich garantiert schlecht, auch wenn ich mich von ihm vögeln lasse – dann war der Sex mit dem Teufel umsonst.

Ich muss mich am Riemen reißen! Das hier ist ein Job und ich werde ihm in den nächsten dreißig Minuten einfach alles sagen, was er hören will.

»Er nimmt mich manchmal«, entgegne ich und setze mich gerader hin.

Das ist gelogen, aber er will es so hören. Der Gedanke, dass ich meinen Körper schon vielen Männern verkauft habe, scheint ihn anzumachen.

»Fickt er dich gut?«

»Ja.«

»Lässt er dich spüren, dass er dein Boss ist? Oder ist Christensen ein Weichei?«

Kann es sein, dass er ziemlich besessen von Vincent ist?

In mir keimt die Hoffnung, dass ich vielleicht nur hier sitzen und ihm von Fantasie-Sex mit meinem Chef erzählen muss, bis er kommt. Ein paar Geschichten hätte ich auf Lager – es ist schließlich nicht so, als hätte ich vor dem Einschlafen nie an Vincent gedacht.

»Er ist gut. Dominant. Ich mag den Sex mit ihm.«

Finn leert sein Glas, stellt es auf den Tisch und ich umklammere meines ein Stück fester.

Darf ich noch austrinken? Ich brauche noch ungefähr zwanzig Minuten, dann …

Er beugt sich so schwungvoll über mich, dass ich den Alkohol beinahe auf dem Sofa verschütte. Finn stützt sich mit den Händen neben meinem Kopf an der Lehne ab.

»Trink …«, herrscht er mich an – nicht laut, aber finster.

Ich führe das Glas zum Mund, mache einen zu großen Schluck und kneife dann die Augen zusammen, weil der harte Alkohol so in der Kehle brennt. Ich will das Glas absetzen, aber seine Hand drückt es gegen meinen Mund.

»Alles! Schluck!«

Ich huste in das leere Glas und fühle meine Augen feucht werden, weil mein Hals und mein Magen in Flammen aufgehen und mein Gesicht wohl vorhat, den Brand zu löschen.

Finn nimmt mir das Glas weg und donnert es auf den Tisch. Sekunden später versperrt mir sein Körper wieder jeden Fluchtweg. Es gibt aber sowieso keinen. Ich kann jetzt nicht mehr abbrechen.

»Du lässt dich also gern von dominanten Männern ficken«, haucht er mir ins Gesicht und beißt mir im nächsten Moment in die Unterlippe. Ich will ihn küssen, aber er zieht das Gesicht wieder weg und legt seine Hand auf meinen Hals.

Mein Herz hämmert im Marathon-Modus. Ich greife sein Handgelenk mit beiden Händen, habe aber trotzdem keine Kontrolle über den Druck, den er ausübt. Er packt nicht fest zu, aber er macht mir das Atmen schwerer. In mir steigt ein beklemmendes Gefühl hoch. Victor hat das auch mit mir gemacht, aber ich hatte dabei nicht annähernd so große Panik, dass er zu weit gehen würde.

»Was? Hast du Angst? Ich dachte, dominante Männer machen dich geil?«

Ja, aber ich denke nicht, dass du dominant bist, sondern ein Sadist. Da liegt der Unterschied!

Finn brummt mir ins Gesicht, während er mich mustert. Mein Blick gefällt ihm. Genau das hatte ich befürchtet. Sobald er die Panik in mir sieht, drückt er mich unter Wasser. Scheiße …

»Du hast mich für normalen Sex bezahlt, nicht für Fetischpraktiken«, japse ich, so selbstbewusst ich kann, und packe seine Hand fester. Er lässt meinen Hals nicht los, schnaubt nur.

»Habe ich das?«

Seine Worte lassen mich stutzen. Aber Vincent würde mich an keinen Fetischkunden verkaufen. Victor hat mir versichert, dass sie das nicht tun. Sie würden mich nicht anlügen. Finn schon. Er will mich nur verunsichern.

Nein. So nicht.

»Fick mich, wie du willst, aber hör auf, mich zu würgen!«

Meine Stimme zittert, was nur an der Atemlosigkeit liegt, nicht an meiner Intention, ihn zu stoppen. Ich verfinstere den Blick und will ihn anfauchen, er lässt aber endlich locker.

Seine Hand streicht über meine Wange, sein Blick wird weich. »Ich weiß, wofür ich dich gebucht habe. Aber wer kann schon sagen, wo harmlose Vorlieben aufhören und Fetisch beginnt?« Die Sanftheit in seiner Miene ist nichts weiter als eine Maske. Dass er mich ausgerechnet dann küsst, als ich einmal mehr Gänsehaut von ihm bekomme, fühlt sich beschissen an.

Finns Zunge in meinem Mund macht mir zum ersten Mal vollends bewusst, was ich bin. Eine Rose. Die für jeden blüht, der Eintritt bezahlt, um sie zu sehen, egal, wie unwohl sie sich dabei fühlt.

Ich höre sie sagen, dass der Job nicht immer leicht und nichts für jeden ist – Jan, Claire, Victor, Vincent, sie haben es alle mindestens einmal ausgesprochen und ich habe ihre Worte abgenickt, ohne ihre Bedeutung wirklich zu begreifen. Bis jetzt. Jetzt begreife ich, wie schwer es ist, sich jemandem hinzugeben, zu dem man sich nicht hingezogen fühlt.

Es ist nicht Finns Körper. Nicht seine forsche Art, zu küssen, oder sein Duft. Er ist attraktiv, seine Zunge ist geschickt und er riecht berauschend, aber sein Charakter ist so erschreckend wie seine Gemälde. Ich kann mysteriösen, etwas unnahbaren Männern eigentlich viel abgewinnen, aber es gibt einen riesigen Unterschied zwischen Vincents Faszination und Finns Wahnsinn. Ich kann ihn vielleicht nicht benennen, aber fühlen.

Seine Hände greifen den oberen Rand meines Kleides und schieben es so forsch nach unten, dass sich der Stoff an den Ärmeln in meine Haut schneidet. Ich stöhne in den Kuss hinein und strecke dann den Rücken durch, um mich auszuziehen, bevor das teure Kleid seiner Grobheit zum Opfer fällt.

Noch während ich den Stoff von meinen Schultern gleiten lasse, drücken sich die dünnen Bänder des BHs in meinen Rücken, weil er daran zerrt. Ich kann die Häkchen nicht schnell genug lösen. Das ratschende Geräusch von reißendem Stoff vertreibt zumindest die Schmerzen, die mir die zu straff gezogenen Bänder am Rücken beschert haben – der BH ist aber hinüber.

Ich komme hier schon mal nicht mit heilen Klamotten raus – solange er meinen Körper vor den Spuren seiner Schroffheit verschont, ist mir alles andere aber egal. Ich will nur keine blauen Flecken oder Würgemale davontragen.

Er legt seine Hände auf meine Brüste und bringt mich zum Aufstöhnen. Nicht, weil seine Berührungen mich erregen, sondern weil er so fest zupackt, dass das Kneten und Massieren schmerzt.

Ich unterdrücke den Drang, leidend aufzustöhnen, auch als er meine Brustwarzen zwischen seinen Zeige- und Mittelfingern einklemmt und mich forschend mustert.

»Bist du schmerzempfindlich?«, fragt er, neigt den Kopf zur Seite und sieht mich mit viel zu glänzenden, viel zu geweiteten Augen an.

Ich beginne, den Kopf zu schütteln, presse ihn leidend in die Lehne, als er die Finger noch fester zusammendrückt. Ich greife ihn an den Schultern und will etwas Abstand zwischen uns bringen, Finn rührt sich aber keinen Zentimeter. Er ist viel stärker als ich.

»Hör auf, so übertrieben grob zu sein, oder ich erzähle Vincent davon!«

Meine lautstarke Drohung hallt von den hohen Wänden des Lofts wider. Finn knurrt mir so aggressiv ins Gesicht, dass ich glaube, er beißt mich jeden Moment.

Er lässt aber von mir ab und steht auf. Mein Körper hört auf, sich zu verkrampfen, als der Schmerzimpuls an meinen Brüsten endlich verschwindet.

Ich atme erleichtert durch, während Finn mit kühlem Blick auf mich herabsieht und beginnt, sein Gilet aufzuknöpfen.

Dass die Drohung mit Vincent tatsächlich funktioniert hat, erleichtert mich. Ich kann den Teufel also in seine Schranken weisen, indem ich ihm mit dem Zorn eines Vampirs drohe. Gut zu wissen.

»Na gut. Kein Vorspiel. Nur ficken. Steh auf.«

Ich raffe mich vom Sofa hoch und beginne, mir unsicher über den Arm zu streifen. Finn mustert mich kalt, während er sich auszieht, erteilt mir aber keine weiteren Anweisungen. Ich bringe es nicht fertig, ihn freiwillig zu küssen oder anzufassen, er muss es mir schon ins Gesicht knurren – ich denke aber, er will es genau so.

Sie wünschen, wir spielen ... Ich bin das ängstlichste Radio der Welt.

Mein Blick huscht über seinen nackten Oberkörper. Die Tattoos an seinem linken Arm verlaufen erst an seiner Brust. Ich entdecke Ranken, Blitze, Augen – alles in Schwarz. Auch das, was ich als Frauenkörper zu erkennen glaube. Ich bin mir sicher, sie haben alle einen leidenden Gesichtsausdruck, aber ich will nicht zu lange darüber nachdenken, sonst rutscht mir das Herz wieder in die Hose.

Als er den tätowierten Arm nach mir ausstreckt, will ich zurückweichen, versteinere aber, da es sowieso keinen Sinn macht, zu zögern.

Lass es uns hinter uns bringen. Bitte schnell.

Seine Finger greifen mein Kinn, packen es so fest, dass mein Kieferknochen schmerzt. Er kommt nicht näher, drückt mich nur am ausgestreckten Arm weg vom Sofa.

Ich mache einen unsicheren Schritt nach hinten, für jeden, den er nach vorn setzt. Weil ich den Kopf nicht drehen kann, sehe ich nicht, wohin ich laufe. Er drängt mich dorthin, wo sein Bett steht, irgendwo hinter mir tauchen gleich zwei Stufen auf.

Meine Füße wackeln unsicher, obwohl ich die hohen Pumps vor dem Sofa ausgezogen habe. Ich halte mich an seiner Hand fest, aber das vermittelt mir nicht annähernd das Gefühl von Sicherheit.

»Du bist ein wehleidiges kleines Miststück, weißt du das?«

Seine Frage ist reine Provokation, er will keine Antwort.

»Wenn du dich nicht brav ficken lässt, bist du nicht mal die Ramschsumme wert, die Christensen für deinen blassen Körper verlangt hat.«

Ich starre in diese diabolisch funkelnden Augen und schlucke den Kloß im Hals hinunter. Vincent würde mich nicht unter Preis verschachern. Finn ist nur ein Arschloch, das mich psychisch angreift, weil er es körperlich nicht mehr tun darf.

Er lässt mich los, aber ich kann mich nicht dazu durchringen, ihm den Rücken zuzudrehen, also laufe ich weiter vorsichtig rückwärts vor ihm her.

Seine Miene wird wieder beängstigend weich.

»Sag mir, dass du eine wertlose Schlampe bist, dann ficke ich dich auch nicht ganz so hart.«

Er macht erwartungsvoll große Augen, das diabolische Lächeln ist an seinen Lippen festgefroren. Ich knurre ihn an, weil er sich sein demütigendes Angebot in den Arsch stecken kann.

Ja, ich bin käuflich! Und ja, ich gehöre in den nächsten Minuten ihm, aber ich bin nicht wertlos, ich bin …

Ich piepse, als ich mit dem Hintern auf den Boden knalle. Ich wusste, dass da irgendwann zwei Stufen kommen, aber sein gemeiner Schwachsinn hat mich zu sehr abgelenkt, um auf meine Schritte zu achten.

Aua.

So viel zu meinem Wunsch, dass ich dieses Loft ohne blaue Flecken verlassen will. Mein Hintern pocht von dem Aufschlag auf dem dunklen Parkett. Und ich kann ihm nicht mal die

Schuld dafür in die Schuhe schieben, schließlich hat er mich losgelassen und ich hätte mich umdrehen können.

»Ungeschickt lebt es sich schmerzhaft. Du solltest auf dich achtgeben.«

Der pure Hohn.

Ich starre wieder auf die schwarze Tinte, als Finn mir seine Hand entgegenstreckt. Er wirkt dabei so groß, dass ich mir plötzlich unbedeutend klein und abhängig vorkomme. Nein! Ich zerfließe jetzt garantiert nicht im Selbstmitleid! Nicht vor diesem Mann!

Du kannst mich mal, du Arschloch. Ich bin mein Leben lang allein aufgestanden. Und glaub mir, ich bin schon verdammt oft hingefallen! Ich brauche deine Hand nicht.

Nachdem ich auf die Beine gehüpft bin, sehe ich, wie er den schwarzen Gürtel ablegt. Er behält ihn so auffällig lange in der Hand, dass meine Augen den selbstbewussten Glanz einbüßen. Ich kann nur noch daran denken, dass ich nicht von ihm mit dem schwarzen Leder gefesselt oder verhauen werden will.

Victor hatte absolut recht. SM erfordert als passiver Part Ausbildung, um die nötige Sicherheit zu erlangen, devot zu sein. Mein Erfahrungsschatz ist viel zu gering, um mich einem Fremden so hinzugeben – erst recht nicht jemandem, der so eindeutige Sadismus-Vibes ausstrahlt wie Finn.

Ich verstehe nicht, wieso er sich keine Frau mit Fetischkenntnissen gebucht hat. Ich sehe ihm an, dass er mich gern leidend stöhnen hören würde. Wie sehr er sich am Riemen reißen wird, kann ich nicht einschätzen. Meine ›Ich petze‹-Drohung wirkt bestimmt noch nach, aber Finn ist verschlagen genug, um zu wissen, dass ich mich nicht einfach so für jede kleine Grenzüberschreitung bei Vincent beschweren kann.

Als er den Gürtel endlich fallen lässt, fühle ich, wie sich meine Miene wieder entspannt. Das passiert so offensichtlich, dass er sich wieder an meiner Reaktion ergötzt.

»Nächstes Mal, meine Süße. Dann nehme ich mir eine Stunde mehr Zeit für dich und wir spielen etwas mit Leder.«

Allein der Gedanke lässt meine Haut einen Phantomschmerz fühlen.

Finn steigt aus den schwarzen Hosen und den engen Shorts. Sein nackter Körper ist ästhetisch, aber das ist wohl einer der Tricks, die der Teufel draufhat – appetitlich wirken.

Mein Blick schweift von seinem flachen Bauch zu seiner Männlichkeit. Er ist glatt rasiert und er dürfte mich eigentlich nicht so einschüchtern wie Victor, weil er absolut normal groß ist, aber ich würde Sex mit dem überdimensionierten schwarzhaarigen Wikinger in jedem Fall Sex mit dem teuflisch lächelnden Künstler vorziehen.

»Brave Flittchen fallen auf die Knie, wenn sich ein Mann vor ihnen auszieht«, sagt Finn mit dunkler Stimme, steigt die beiden Stufen hoch und überragt mich dadurch wieder um einen Kopf. Er bleibt dicht vor mir stehen und sieht mich dann mit einer Mischung aus spöttischem und erregtem Glanz in den Augen an. Dass er ein Kondom in der Hand hat, fällt mir erst auf, als er es aufreißt und überstreift. Zumindest darum muss ich den Teufel nicht bitten.

Ich falle vor ihm auf die Knie.

Ein furchtbares Gefühl.

Ich kann nur daran denken, dass er mir gleich über die Wange streichelt und mich ›braves Flittchen‹ nennt.

Der Geruch seiner Haut steigt mir in die Nase – eine frische, angenehme Note, trotzdem muss ich mich überwinden, meine Lippen über seine Härte gleiten zu lassen.

Oralsex hat mir immer Spaß gemacht. Ich bin mir dabei noch nie benutzt oder gedemütigt vorgekommen, aber genau diese Gefühle steigen in mir hoch, als ich beginne, Finn zu stimulieren.

Er vergräbt seine Finger in meinen Haaren und drückt mein Gesicht näher zu seiner Mitte. Ich will mich an seiner Hüfte abstützen, um mich gegen sein Drängen zu wehren, aber ich lasse zu, dass er meinen Widerstand mit einem einzigen Knurren bricht.

Finn ist ein Arschloch, aber irgendwie hat er recht – ich bin, was ich bin, und ich werde abseits von zu krassen Fetischpraktiken alles tun, um ihn zum Höhepunkt zu bringen. Dafür hat er bezahlt und dafür bin ich hier. Ich wollte es so, und mir plötzlich selbst leidzutun, nur weil ich an einen Mann gerate, der privat nicht mein Fall ist, ist idiotisch. Ich tue das, um meine Schulden abzubezahlen. Für das Geld. Für Kevin.

Es gibt Schlimmeres …

Meine Hand gleitet über seine Härte, während meine Zunge über die sanfte Haut an seiner Spitze streift. Als seine Finger ein paar meiner Haarsträhnen fassen und meinen Kopf daran in den Nacken ziehen, sehe ich mit angespannter Miene zu ihm auf. Der Schmerzimpuls ist im ersten Moment auszuhalten, er packt aber immer fester zu.

»Zwei Agenturen, hm? So viel Erfahrung. Sicher«, brummt er ungläubig und verzieht den Mund zu einem spöttischen Lächeln.

Ich beiße mir auf die Unterlippe und fühle die Nervosität in mir wachsen, die auch bei meiner ersten Buchung in mir aufgekommen ist – Versagensangst. Ich kann mir nicht leisten, ihn nicht zufriedenzustellen. Solange es normaler Sex bleibt, muss ich gut sein und meine Befangenheit ablegen. Auch wenn es mir umso unangenehmer ist, dass er mir nicht mehr glaubt, dass ich schon mal in einer Agentur war.

Obwohl Finn meine Haare nicht loslässt, drücke ich den Kopf wieder nach vorn und beginne, ihn in meinen Mund gleiten zu lassen. Ich halte dabei Blickkontakt mit den hellbraunen Augen, die so dunkel schimmern, als wären sie schwarz.

Finn knurrt auf, als er sich tiefer in mich drückt und meinen Schluckreflex spürt. Er beginnt, mich in seinem Tempo zu nehmen. Umso leidender mein Blick wird, umso härter wird seine Männlichkeit. Mein Hinterkopf brennt von dem festen Ziehen an meinen Haaren. Meine Atemzüge werden lauter, weil er mir keine Pausen zwischen seinen tiefen Stößen lässt.

»Das unschuldige Miststück kann ja doch blasen«, knurrt der Teufel, der dabei ist, mich mit seiner Männlichkeit zu ersticken. Ich kann gleich nicht mehr. Das helle, angestrengte Stöhnen aus meiner Kehle macht ihn heißer, aber ich fühle ihn nicht kommen.

Meine Hände beginnen zu kribbeln und meine Lippen fühlen sich taub an.

Finn stoppt plötzlich. Er lässt seine Härte aus meinem Mund gleiten und mich zu Atem kommen. Zum Glück.

Mir wird bewusst, dass ich dabei war, von der inneren Anspannung, der Anstrengung und dem Sauerstoffmangel gefährlich leicht im Kopf zu werden. Das Kribbeln in meinen Händen stoppt, aber ich sacke trotzdem auf meinen Beinen zusammen, weil ich die angespannten Muskeln entspannen muss.

Mir war nicht klar, dass mich ein Blowjob dermaßen auslaugen kann. Vielleicht ist es auch die ständige Angst, dass er grenzüberschreitend wird, die mir so viel Energie raubt. So oder so, jede Minute mit dem erregten Teufel fühlt sich nach einer erschöpfenden Ewigkeit an.

»So zerbrechlich?«, höre ich die unmelodische und trotzdem einprägsame Stimme höhnen.

Ich sehe zu Finn auf, der schon dabei ist, nach mir zu greifen.

»Komm her, du kleines Flittchen!«

Kaum faucht er den Satz zu Ende, packt er meine Oberarme. Ich denke, er will, dass ich aufstehe, aber er zieht mich nur auf die Beine, um mich wieder zu Fall zu bringen.

Dass er so viel Kraft hat, um mich wie ein Spielzeug aufs Bett zu werfen, war mir weder klar, noch fühlt sich die Erkenntnis gut an.

Mein Körper steht sofort wieder unter Strom, weil er erneut beginnt, mit Schmerzimpulsen zu rechnen. Zu Recht. Finn taucht über mir auf und beißt mir so fest in die Halsbeuge, dass es sich nicht nach Necken, sondern nach brutalem Fetisch anfühlt.

»Niiiiein!«

Der lautstarke Einwand aus meinem Mund erinnert mehr an ein Quietschen als an ein ›Nein‹, aber er weiß trotzdem, dass ich will, dass er aufhört. Ich kralle die Finger in seine Haare und versuche, ihn von mir zu lösen. Finn packt meine Hände, drückt sie aufs Bett und leckt mir über die Lippen, bevor er dagegen knurrt.

»Wenn du nicht willst, dass es wehtut, sag mir, dass du eine Schlampe bist.«

Ich schwanke so sehr zwischen dem Drang, diesen Job zu erledigen, und dem Drang, mich selbst vor seinen schmerzhaften Neigungen zu beschützen, dass ich nicht weiß, was ich tun soll.

Nimm mich einfach und komm! Aber hör auf, mich demütigen zu wollen!

Finn hört nicht, was er hören will – ich bleibe stumm, fühle nur das Brennen an meiner Halsbeuge und seine Finger, die sich immer fester um meine Handgelenke legen. Sein Körper drückt sich auf meinen und sein Mund streift mein Ohr.

»Na gut. Leugne. Reizvoll bis zur Grenzüberschreitung. Naivität beflügelt dich?«

Mir flüstert sein abgehobenes Künstler-Ich ins Ohr, was sich schräg anfühlt, zumal mir wieder bewusst wird, dass mehr als eine Persönlichkeit aus dem markanten Gesicht sprechen kann.

Finn lässt mich los.

Mich überkommt die Hoffnung, dass er einen Schalter umgelegt hat und der Sex ab jetzt sanfter, mit philosophischem Gequatsche wird.

Er hatte schon recht, ich bin etwas naiv …

Seine Hand gleitet zwischen meine Beine. Er berührt meine empfindliche Stelle nicht, drückt nur die Finger in mich. Dass mich schon sein Zeige- und sein Mittelfinger zusammenzucken lassen, liegt daran, dass ich keine Gelegenheit hatte, feucht zu werden. Ich bin zu nervös, zu angespannt – entweder stimuliert er mich oder er holt Gleitgel, sonst kann er mich nicht nehmen.

Er sieht mich den Kopf leidend in das Kissen drücken, während er die Finger in mir bewegt. Finn leckt über die Stelle an meiner Halsbeuge, in die er vorhin gebissen hat, bevor er mir wieder etwas ins Gesicht raunt.

»Willst du meine Zunge spüren?«

»Ja …«, hauche ich und atme erleichtert aus, als er die Finger aus meinem angespannten Körper zieht.

Er streicht mir über die Haare. Nicht fest, sehr sanft. Ich blinzle ihn irritiert an, als er beginnt, den Kopf zu schütteln.

»Schade. Ich lecke nur meine Musen, nicht meine Flittchen.«

Bevor ich ihm sagen kann, dass ich Gleitgel in meiner Tasche habe, legt er mir die Hand auf den Mund.

»Wenn du mich beißt, beiße ich zurück«, droht er mit erregter Stimme, weil er die Spitze seiner Männlichkeit an meiner Mitte reibt.

Er lässt meinen Mund nicht los.

Ich quietsche in seine Hand, als er beginnt, sich in mich zu drücken.

»Fühlt sich nach Entjungferung an, oder?«, knurrt er mir erregt ins Ohr und leckt dann mit der Zunge so intensiv daran, dass ich Gänsehaut von dem Reiz bekomme.

Finn hat recht. Das fühlt sich verdammt nach Entjungferung an – so als hätte mein Körper noch nie einen Mann gespürt. Ich will mir aber nicht vorstellen, wie es wäre, wenn der Künstler mit der düsteren Aura mich verführt hätte, als ich noch unschuldig war.

Ihn erregt der Gedanke spürbar.

Seine Härte lässt meine Muskulatur krampfen und mich ein Stechen fühlen, das mich an den Sex mit Victor erinnert. Es ist aber nicht Finns Größe, die mir zu schaffen macht, sondern seine Grobheit.

Er drückt sich von Stoß zu Stoß so tief in mich, wie es mein Körper zulässt. Als er seine Männlichkeit zum ersten Mal ganz in mich drückt, quietsche ich noch mal in seine Hand.

»Du geiles kleines Flittchen fühlst dich so scharf an …«, stöhnt er und beginnt, mich hart zu nehmen.

Mein Körper hat das einzig Vernünftige getan, damit der Sex nicht zum reinen Schmerzakt wird: Er hat sich von seiner Härte erregen lassen.

Als Finn die Hand von meinem Mund nimmt, stöhne ich im Rhythmus seiner Stöße – nicht, weil ich so heiß bin, dass ich gleich komme, sondern weil das hier verdammt anstrengend ist. Zu fest, zu schnell, und obwohl ich feucht geworden bin, sind meine Muskeln noch immer so angespannt, dass seine Stöße stechen. Ihn macht es scharf, dass ich so eng bleibe. Der Schleier aus Lust in seinen Augen weckt die Hoffnung in mir, dass er gleich kommt.

Die Finger seiner linken Hand beginnen, meine Brustwarze zu reiben. Nichts, was er tut, ist sanft, alles ist im ersten Moment mit einem Schmerzimpuls verbunden, aber mein Inneres gewöhnt sich auch an diese feste Stimulation und schickt plötzlich wohltuende Wellen in meinen Unterleib. Dass er meine Reaktion auf seine Berührung so genau erkennt, treibt Scham in mir hoch. Er sieht, dass mich das Reiben erregt – sein Stöhnen wird dunkler.

»Doch musentauglich«, raunt er und mustert mein Gesicht so akribisch, als hätte er in Gedanken schon angefangen, zu malen.

Das Letzte, das ich will, ist, Finns Muse zu werden!

Wie diese Sarah seine ›Kreativphase‹ überstanden hat, weiß ich nicht, aber ich würde wahrscheinlich spätestens nach zwei Nächten alles hinschmeißen. Mit Finn hier zu leben und sein inspirierendes Spielzeug zu sein, klingt nach Tortur, auch wenn der Lohn dafür die eigenen Kurven als gebanntes Kunstwerk ist. Was ich aber mit Sicherheit will, ist, ihm für diese Buchung zu geben, wofür er bezahlt hat. Meinen Körper, den er sich so rücksichtslos und egoistisch nimmt, als würde er nichts weiter als einen Gegenstand in mir sehen.

Seine Stöße bleiben konstant hart, aber seit er mein Gesicht so eindringlich mustert, verlangsamt er das Tempo. Die Hand, die er auf meinen Hals legt, drückt nicht zu, aber er platziert sie so, als hätte er es noch vor.

Dass seine Finger sich noch immer so kalt anfühlen, obwohl sein Körper vom Sex überhitzt ist, ist alles andere als normal. Aber diesem Wort wird Finn wohl in keiner Weise gerecht.

Ich verkrampfe mich wieder so sehr, dass seine Härte schmerzt, immer wenn sie mich ausfüllt. Er spürt meine Anspannung, sie lässt ihn genießerisch knurren. Seine Finger zucken an meinem Hals.

»Ich könnte dich die ganze Nacht lang ficken«, stöhnt er gegen meine Lippen und verschließt sie dann mit seinen. Selbst seine Zunge ist grob – sein Kuss erstickt mich beinahe, obwohl seine Hand noch immer nichts tut, das Panik rechtfertigen würde.

Er hat seinen Satz mit Absicht wie eine Drohung ausgesprochen. Finn weiß, dass mir der Sex mit ihm zu schaffen macht. Die ganze Nacht würde ich das nicht ertragen. Ich bin mir nicht mal sicher, ob ich noch länger als ein paar Minuten durchhalte. Die ganze Anspannung, das harte Nehmen, die ständige Angst, dass er beginnt, grenzüberschreitend zu werden – seine Dunkelheit laugt mich körperlich und mental aus.

Als er den forschen Kuss beendet, drückt er die Lippen wieder an mein Ohr. Selbst die Gänsehaut, die mir sein Atem beschert, geht mit einem Schmerzimpuls einher. Mein Körper ist zu überreizt.

»Willst du, dass ich komme?«, haucht er.

»Ja. Ich will, dass du kommst.«

So schnell wie möglich.

Ich sehe ihn nicht die Lippen verziehen, aber ich spüre, dass er schmunzelt, bevor er mir seine Erregung ins Ohr stöhnt.

Obwohl er so heiß klingt, hat er sich zu gut unter Kontrolle. Ich glaube ihm, dass er mich noch viel länger ficken könnte, als er es ohnehin schon tut. Aber er will zum Abschluss kommen, und ich bin bereit, alles zu tun, das ihn seinen Höhepunkt genießen lässt, damit er zufrieden mit mir ist und ich von hier verschwinden kann.

»Entweder sagst du mir, was ich hören will …«, setzt er an und brummt, bevor er mir die zweite Option nennt.

Was es auch ist, ich nehme es. Ich kann mich nicht noch mehr vor jemandem demütigen, der mich sowieso schon durchvögelt, als würde ich nie wieder etwas anderes sein als ein Spielzeug für Männer. Er möchte, dass ich ihm sage, dass ich ein wertloses Flittchen bin, aber ich will nicht, sonst kann ich mein Selbstbewusstsein in kleinen Stückchen hier aufsammeln und in meiner Handtasche nach Hause tragen.

Finn beißt mir ins Ohrläppchen, bevor er mir die zweite Option nennt – erwartungsgemäß fest.

»Oder du lässt mich hören, wie geil mein Name aus deinem Mund klingt ...« Nein. Er macht es mir nicht so einfach. »... wenn du keine Luft bekommst.«

Seine Hand beginnt sich anzuspannen und ich klammere mich an seinen tätowierten Arm, während mir langsam die Luft ausgeht.

Er hebt den Kopf, um die Unsicherheit in meinem Blick wachsen zu sehen. Er nimmt mich wieder schneller. Umso mehr ich fühle, wie sich sein Unterarm anspannt, umso fester hämmert mein Herz. Der Druck seiner Finger wird so unangenehm, dass meine Hände wieder kribbeln.

»Nicht ... Ich ...!«

»Was?!«, knurrt Finn und lässt mich nicht ausjapsen. »Soll ich aufhören? Sag mir, dass du eine wertlose Schlampe bist und ich in dir kommen soll!«

Ich fühle, dass er härter wird und noch verbissener in seinem Rhythmus. Auch seine Finger drücken immer fester zu. Er hält seinen verdammten Höhepunkt aber zurück und ich kann mich keine Sekunde länger von ihm würgen lassen, weil ich zu große Panik habe, dass er die Kontrolle über seine dunklen Neigungen in seiner Lust verliert. Bei einem Mann, dem ich vertraue, könnte ich das aushalten. Aber ich vertraue Finn kein Stück.

Scheiß drauf! Ich will, dass das aufhört!

»Ich … bin …« Er lässt nicht locker, meine Stimme klingt absolut schräg und fremd in meinen eigenen Ohren. »… eine Schlampe.«

Mit dem Einsetzen des verruchten Schmunzelns auf seinen Lippen entspannt sich sein Arm endlich. Finn beginnt, lauter zu stöhnen, und funkelt mich dabei finster an.

»Weiter!«

Ich weiß, was er hören will, was ihn so scharfmacht, dass ich seine Männlichkeit endlich in mir pulsieren spüre.

»Ich gehöre dir. Fick mich. Komm in mir. Ich bin …« Er schließt die Augen und wirft den Kopf knurrend in den Nacken. »… ein wertloses Miststück.«

Als Finn sich ergießt, drückt er sich so fest in mich, dass ich mit dem Kopf an die hölzerne Rückwand seines Bettes knalle. Egal. Es ist vorbei. Ich habe Sex mit dem Teufel überlebt. Jetzt kann mich ganz offiziell nichts mehr aus der Bahn werfen.

EINE LEKTION FÜRS LEBEN

F inns Körper sackt auf meinem zusammen. Er begräbt
mich unter sich, aber nur kurz, dann lässt er sich auf die
Matratze fallen und ich kann endlich zu Atem kommen.
Wie sehr mich der Sex ausgelaugt hat, merke ich erst, als er
vorbei ist und vor meinen Augen Lichtpunkte tanzen, die eigentlich gar nicht existieren. Mein Kopf dröhnt, während mein
Herzschlag sich beruhigt und das ganze Adrenalin plötzlich
aus meiner Blutbahn verschwindet. Ich taste nach meinem
Hals, der sich so warm anfühlt, als hätte ich die ganze Zeit einen Schal getragen.

Ich muss mir den Unterarm auf die Augen legen, damit die
Lichtpunkte verschwinden und der hämmernde Spannungs-
kopfschmerz vorüberziehen kann.

Nach dreißig Sekunden wird alles besser. Mein Körper ist anscheinend gut darin, sich von Teufel-Bums-Nummern zu erholen. Dafür bin ich ihm wirklich dankbar.

»Wasser.«

Ich nehme den Arm von den Augen und sehe überrascht blinzelnd zur Seite. Dass Finn aufgestanden, in seine Hose gestiegen ist und ein Glas Wasser geholt hat, ist an mir vorbeigegangen. Er steht mit nacktem Oberkörper neben dem Bett und streckt mir das Glas hin.

»Nein danke, ich ...«

»Trink«, fällt er mir ins Wort. Nicht wirklich schroff. Seine Stimme hat viel ihrer Forschheit eingebüßt, klingt aber postkoital rau vom Stöhnen.

»Tut deinem Hals gut. Und deinem Kreislauf« fügt er hinzu und macht eine auffordernde Geste.

Ich setze mich hin und versuche zu verstecken, dass meine Hände zittern, indem ich das Glas besonders fest greife. Er mustert sie trotzdem.

»Das geht schnell vorbei, mach dir keine Sorgen. Alle Frauen zittern nach dem ersten Mal mit mir.«

Das glaube ich sofort.

Nachdem ich ein paar Schlucke Wasser getrunken habe, merke ich, wie sehr sich mein Körper darüber freut. Meine Hände beruhigen sich und ich sehe auch wieder schärfer.

Finn nimmt mir das Glas ab und trägt dabei die freundlich entspannte Miene eines Vollzeit-Pazifisten. Total schräg. Er lächelt mich an – nicht höhnisch, nicht spöttisch, nicht verdorben, er schmunzelt einfach. Seine Züge sind so entspannt, dass er sogar jünger wirkt. Zehn Jahre jünger – mindestens.

»Bleib liegen, so lange du möchtest. Ich will etwas malen. Stört es dich, wenn ich Musik aufdrehe?«

Ich starre ihn an, als würde ihm ein Gänseblümchen aus der Stirn wachsen.

Was ist denn das jetzt?! Noch eine Persönlichkeit von ihm?! Alter! Wie viele Menschen wohnen denn in dir?!

Oder ist das ein Klon-Finn und der echte versteckt sich verdorben grinsend hinter dem Küchentresen und flüstert einem Pinsel zu, dass er eine Schlampe ist?

Er schnaubt amüsiert, weil ich nicht aufhören kann, ihn anzustarren, als wäre ich im falschen Film.

»Ich sagte doch, ich bin speziell. Oder hatte ich vergessen, das zu erwähnen?«

Ja! Du bist speziell! Ganz speziell! Speziell merkwürdig und ultraschizophren!

War die Sache mit dem dominanten Sadisten nur ein Spiel für ihn? Ist das eine seiner Rollen, die ihm Spaß macht und die er abstellt, wenn er fertig mit der Vorstellung ist? War das alles nur Dirty Talk und Rollenspiel?!

Nein. Er ist dieser arrogante Künstler mit der dunklen Aura, der Frauen demütigen oder würgen muss, um zu kommen. Dann ist aber das hier wiederum nur eine Fassade – der nette, absolut normale Finn, der mein Wasserglas gerade zur Küchenzeile trägt und dann auf seine Staffeleien zu trottet, als wäre er der harmloseste Pinselschwinger der Welt.

Ich weiß es nicht! Keine Ahnung, wer er ist!

Ich will es aber auch gar nicht wissen. Ich will hier verschwinden. Möglichst bevor er aus dieser potenziell nur kurzweiligen postkoitalen Nettigkeitsphase hochschreckt und wieder Lust bekommt, mich zu demütigen.

Ich steige aus dem Bett, laufe zum Sofa und schlüpfe in mein Kleid. Der BH ist nach wie vor kaputt und ein Zeuge davon, dass der Mann mit der Narbe an der Augenbraue, der gerade den Kopf vor seiner Leinwand neigt, einen verdammt guten Therapeuten braucht. Zumindest zwei seiner Persönlichkeiten … eine braucht wohl einen Exorzisten.

»Vielen Dank für den Abend«, spule ich mein Höflichkeitsprogramm ab, während ich in meine Pumps steige.

Finn sieht zu mir und wirkt mit einem Mal desinteressiert. »Vielen Dank?«, wiederholt er fragend und zuckt dann mit den Schultern. »Okay. Sicher. Wieso nicht.«

Jaaaaa … du weißt, dass es Tabletten gegen so was gibt? Oder wirfst du davon schon zu viele ein?

»Kannst du den Fahrstuhl für mich rufen?«, frage ich, weil ich hier ohne seine Hilfe nicht rauskomme.

Er setzt sich in Bewegung, geht zum Küchentresen, greift sein Portemonnaie und kommt dann auf mich zu. Als er neben mir stehen bleibt, fühlt sich seine Nähe wieder absolut seltsam an.

Ich will trotzdem noch etwas Smalltalk machen, während wir auf den Fahrstuhl warten. Ich denke, das gehört sich, wenn man sich von einem Kunden verabschiedet – oder von fünf Kunden in einem Körper.

»Deine Bilder sind großartig und dein Loft ist der Wahnsinn. Ich hoffe, du hast noch einen kreativen Abend.«

Er klopft gelangweilt mit dem Pinsel auf seine Fingerknöchel und schweigt. Ich glaube trotzdem, dass er zufrieden mit mir ist.

Als sich die Türen öffnen und ich in den Fahrstuhl steige, nicke ich ihm lächelnd zu. »Schönen Abend, Finn.«

Ich sehe ihm an, dass er keine Ahnung mehr hat, wie ich heiße. Macht nichts. Es reicht, wenn ich seinen Namen kenne: dunkler Finn, Noack, Teufel, Sadist und normaler Finn. Auf Wiedersehen, ihr fünf! Sucht euch Hilfe!

Als sich die Tür schließt, wischt sich das Lächeln sofort von meinen Lippen. Keine Ahnung, wie ich das durchziehen konnte, aber ich bin stolz auf mich. Und ich kann kaum glauben, dass ich nicht einmal in Panik verfallen und schreiend im Kreis gelaufen bin.

Mann, war das alles beängstigend! Ich lasse die Gedanken zu, die ich bis jetzt absichtlich unter Verschluss gehalten habe, weil sie meine Situation nicht verbessert hätten.

Du hast das wirklich gut gemacht, Emma.

Ach. Jetzt bist du wieder da?! Wo warst du in dem Loft, als ich aufbauende Psycho-Selbstgespräche gebraucht hätte?!

Hast du gesehen, wie diabolisch der Mann grinsen konnte?!

Ja, ich weiß …

Das war unangenehm, schmerzhaft und ich hatte wirklich Schiss. Der einzige Rettungsanker, an den ich mich geklammert habe, war die Gewissheit, dass ich das nicht als schutzloses, naives Mädchen gemacht habe, sondern dass hinter mir eine Agentur steht, die auf mich aufpasst und die Hand über mich hält.

Ich krame mein Handy aus der Tasche und öffne sofort die App, um mich von der Buchung zurückzumelden. Wie wichtig das ist, ist mir bewusst geworden, als ich begonnen habe, in Finns Auto darüber nachzudenken, wie lange es wohl dauert, bis sie nach mir sehen, wenn ich es nicht tue. Ein Schutzmechanismus, den ich niemals wieder leichtfertig vergessen werde und für den ich dankbar bin.

Auch wenn mir wahrscheinlich niemand schnell genug hätte helfen können, wenn die Situation tatsächlich eskaliert wäre. Ein beklemmender Gedanke, aber das ist wohl das Berufsrisiko, mit dem man leben muss, wenn man seinen Körper verkauft.

Als der Fahrstuhl hält und sich öffnet, schüttelt es mich. Nicht vor Kälte, sondern weil ich mich selbst in meiner Erinnerung sagen höre, dass ich eine *wertlose Schlampe* bin.

Ich wusste, der Satz würde mir nachhängen. Es fühlt sich beschissen an, darüber nachzudenken, weil ich Angst habe, dass die Aussage bis zu einem gewissen Grad der Wahrheit entspricht.

Die Exklusivität von Vincents Agentur hat in mir den erleichternden Glauben losgetreten, zwar käuflich, aber etwas Besonderes zu sein – wertvoll, schützenswert. In meinen Gedanken knurrt Finn aber, dass er eine Ramschsumme für meinen Körper bezahlt hat.

Ich bin mir zu neunzig Prozent sicher, dass er nur seinem Fetisch gefrönt und sich daran aufgegeilt hat, mich ›billig‹ zu nennen, aber die zehnprozentige Wahrscheinlichkeit, dass ich viel wertloser bin, als ich dachte, hängt sich wie ein Gewicht an mein Herz.

Vielleicht werde ich verschachert. Vielleicht passt in Wahrheit niemand auf mich auf, weil ich so austauschbar wie jede andere billige Sache bin.

Ich suche den Ausgang aus dem Wohnhaus. Als ich ihn finde, sehe ich wieder auf mein Handy und schließe die App, die vielleicht nur dazu da ist, mich in Sicherheit und Wertschätzung zu wiegen, damit ich nicht in Selbstmitleid zerfließe und vor jedem dominanten Mann davonlaufe.

Ich verstehe nicht, wieso ich zu Finn geschickt wurde, obwohl ich neu bin und er ganz offensichtlich sehr schwierig zu handhaben ist. Es spielt aber keine Rolle.

Mein Hals glüht. Ich taste danach und spüre im nächsten Moment die Vibration meines Handys. Ein rascher Blick auf das Display, dann reiße ich es mir so hektisch ans Ohr, dass mir das Telefon beinahe aus der Hand rutscht.

Ich weiß, dass er mich einen Kopf kürzer macht, wenn er beim ersten Mal durchklingeln wieder nur meine Mailbox dran bekommt. Warum er anruft, ist mir allerdings ein Rätsel. Mir rutscht aber schon mal prophylaktisch das Herz in die Hose. »Ich schwöre, ich habe die App benutzt! Gerade eben! Der Kreis neben meinem Namen wurde grün! Ich kann dir einen Screenshot schicken!«, piepse ich aufgeregt ins Telefon, weil ich befürchte, dass ich wieder Anschiss für meine Nachlässigkeit kassiere. Diesmal habe ich aber Dienst nach Vorschrift gemacht. Wenn diese bescheuerte App nicht funktioniert hat, bekomme ich einen Herzinfarkt.

Vincent brummt amüsiert. »Ich weiß. Ich habe es gesehen.«

Ich stutze irritiert und falle beinahe über den Bordstein, weil ich nicht darauf achte, wohin ich trete – oder wohin ich überhaupt laufe. Beim Telefonieren verirre ich mich gern – erst recht, wenn mich das Gespräch nervös macht. Ich mache mir bewusst, dass ich vor Finns Wohnhaus stehen bleiben sollte, wenn ich am Ende nicht vollkommen planlos auf einer menschenleeren Landstraße landen will.

»Ähm … ich …« Ich habe keine Ahnung, wieso du anrufst!

Vincents Stimme zu hören, tut aber irgendwie gut. Klar macht es mich nervös, dass sich mein vielbeschäftigter, mit seiner Zeit geizender Boss bei mir meldet, aber ich fühle mich spontan besser als noch vor einer Minute. Weniger unbedeutend.

»Wie war die Buchung?«, will er wissen, lässt dabei aber seine Stimmung nicht durchklingen.

Bist du sauer? Fröhlich? Rufst du jede deiner Rosen persönlich an, wenn sie mit einem Job fertig ist?

Nein, das tut er garantiert nicht. Hat sich Finn vielleicht in Lichtgeschwindigkeit über mich beschwert und sein Geld zurückverlangt? Ich bin paranoid, was dieses Thema betrifft.

»Ich … ja. Also …«

»Ruhig, Kleines. Ich will nur wissen, ob es dir gut geht.«

Da löst sich plötzlich ein Knoten in meiner Brust. Ich blinzle zu oft und beginne, verlegen herumzuwippen. Dass Vincent tatsächlich anruft, um nachzufragen, ob alles in Ordnung ist, ist mehr Fürsorge, als ich nach diesem demütigenden Sex zu hoffen gewagt hatte. Ich habe mich zurückgemeldet – ich bin nicht zu Farbe gemacht worden. Das könnte ihm reichen – tut es aber nicht.

»Es … geht mir gut. Danke.«

Vincent setzt mit seinem Anruf die Scherben, in die mein Selbstbewusstsein zersprungen ist, wieder zusammen. Ich bin ihm nicht scheißegal, ich bin kein wertloses Flittchen, ich bin eine Rose, seine Rose, die gerade stellvertretend für den beschützenden, einflussreichen Vampir die Straßenlaterne vor sich angrinst. Sieht bescheuert aus – fühlt sich aber nicht so an.

Verknallst du dich jetzt am Telefon in ihn?

Halt die Klappe! Ich verknalle mich nicht! Ich freue mich nur, dass ich diesem wichtigen, erfolgreichen, dominanten Mann etwas bedeute! Nach einer Vögelei mit dem Teufel darf man auf Fürsorge positiv überreagieren!

»Hat er irgendetwas mit dir gemacht, das du mir sagen solltest?«, fragt mich die tiefste Stimme der Welt.

Ich habe vergessen, wie dunkel er klingen kann. Dunkelheit kann einen auch auf eine angenehme Weise einhüllen, sie muss einen nicht erdrücken.

»Nein. Es war ... in Ordnung.«

Ich lüge nicht, aber das ständige Zögern kann ich mir trotzdem nicht verkneifen. Finn hat mich nicht wirklich verletzt. Mein Hals fühlt sich noch warm an, aber ich traue mich nicht, das anzusprechen, weil ich es für zu lapidar halte, um es zum Thema zu machen. Dass mich seine Worte verletzt haben, behalte ich auch für mich, weil Vincent trotz aller Fürsorge mein Agenturchef ist, nicht meine Kindergartentante. Ich kann ihm nicht vorjammern, wie weh es mir getan hat, dass Finn mich eine wertlose Schlampe genannt hat – aggressiver Dirty Talk ist wohl keine Grenzüberschreitung, nur unangenehm.

»Das klang unsicher. Wiederhol es. Oder sag mir, was passiert ist. Ich glaube dir, nicht ihm.«

Ich blinzle die Straßenlaterne gerührt an. »Es war in Ordnung. Finn ist nur speziell.«

»Ja«, entgegnet Vincent wissend. »Du weißt, warum ich das getan habe, oder?«

»Was? Der Anruf?«

»Nein. Warum ich ihm deine Fotos gezeigt und zugelassen habe, dass er dich bucht.«

So kam die Sache also zustande. Dass mich sein Geständnis überrascht, ist bescheuert von mir. Ich habe diese Lektion selbst heraufbeschworen, nachdem ich mich nach meiner ersten Buchung nicht zurückgemeldet habe, weil ich grenzenlos naiv war und es nicht zu schätzen gewusst habe, wie wichtig es ist, jemanden zu haben, der einem vor den potenziell gefährlichen Erlebnissen in dieser Branche beschützt.

Nachdem Vincent mich für meine Nachlässigkeit angeschrien hatte, habe ich sogar fest damit gerechnet, dass er mir einen schwierigen Kunden geben würde. Ich weiß nicht, wie ich das vergessen konnte. Vielleicht, weil Finn mir zuerst nur schrullig vorkam und die Angst erst später eingesetzt hat.

Vincent zieht definitiv durch, was er androht. Und er sorgt dafür, dass man wichtige Lektionen nachhaltig verinnerlicht.

»Ich werde nie wieder vergessen, mich zurückzumelden«, versichere ich leise, aber eindringlich.

Selbst die Erinnerung an das beklemmende Gefühl, das ich hatte, als Finn plötzlich beängstigend wurde, lässt mich frösteln.

Sosehr ich Vincents Intention, mich zu sensibilisieren, auch nachvollziehen kann, seine einschüchternde Schimpftirade hätte ausgereicht, um mir den Kopf zu waschen – er hätte mir nicht gleich den Teufel mit den fünf Persönlichkeiten auf den Hals hetzen müssen.

»Ich bin nur so streng, wenn du dich nicht an meine Regeln hältst«, erklärt Vincent, weil er meine Gedanken anscheinend durch das Telefon lesen kann. »Ich musste dir die Naivität austreiben. Aber ich passe auf dich auf, Kleines. Hast du das jetzt verstanden?«

Seine tiefe, angenehme Stimme hüllt mich ein.

»Ja. Ich verstehe.«

»Gut. Dann steig in den schwarzen Mercedes. Er fährt dich nach Hause.«

»Er? Wer? Was?«

»Du warst ein braves Mädchen. Ruh dich aus.«

»Warte. Wer soll mich ...« Ich höre auf, zu sprechen, weil Vincent aufgelegt hat.

Mein Blick schweift verwirrt über die parkenden Autos neben dem Bürgersteig. Da steht ein schwarzer Mercedes, aber er ist leer und ich weiß auch nicht, wer ...

»Hinter dir.«

Ich wirble herum und bleibe dabei mit einem meiner Absätze in den bescheuerten Rillen der Pflastersteine stecken. Die zwei Ausfallschritte, die folgen, befördern mich direkt vor den Mann, der neben dem Hauseingang lehnt.

Ich kann mir nicht erklären, wie ich ihn übersehen konnte, als ich vorhin durch die Tür gekommen bin – er ist zwei Meter groß!

Mein Kopf knallt beim Auf-ihn-zu-Stolpern beinahe gegen seine steinharten Bauchmuskeln. Peinlich! Hoch mit dem Oberkörper! So tun, als wäre ich nicht gerade wie eine volltrunkene Kuh getorkelt.

»Die Sache mit dem Vom-Sofa-Fallen war keine One-Hit-Wonder-Nummer von dir, was? Du legst dich oft mal auf die Nase.«

Ich blinzle Victor verlegen an und sehe ihn eine Braue hochziehen, bevor er an der Zigarette in seiner Hand zieht und den Kopf ein Stück anhebt, um den Rauch in den dämmrigen Himmel zu pusten.

Er lehnt an der rostroten Hausfassade, einen Fuß angewinkelt und gegen die Mauer gedrückt.

Ich habe keine Ahnung, wieso. Ich meine, die Sache mit dem angewinkelten Bein verstehe ich – sieht verdammt cool aus –, aber dass er hier ist, verwirrt mich.

»Du bist …«, setze ich an und merke, dass die Frage so formuliert seltsam klingt. Jetzt hängen meine Worte in der Luft und er macht sich selbst einen Reim darauf.

»Ich bin der große, böse Mann, der vom weniger großen, aber böseren Mann mal wieder zum Bodyguard degradiert wurde«, antwortet er und murrt dann genervt. »Frag mich nicht, warum der Escort-König nicht selbst aufgetaucht ist. Wahrscheinlich hat er wieder angefangen, sich die Nägel schwarz zu lackieren, und muss sie erst trocknen lassen – entgegen meinen jahrelangen Bemühungen, ihn davon abzuhalten. Er glaubt mir nicht, dass er dadurch tuntig wirkt. Aber ich liebe nichts mehr, als alles für ihn stehen und liegen zu lassen, weil er zu viele Termine auf einmal hat. Alles für den Escort-König mit den tuntigen Nägeln.«

Als Vic mit der Schimpftirade fertig ist, in die er sich von ganz allein hineingesteigert hat, brummt er genervt.

Stimmt ja, er ist dauergrummelig. Und wäre er nicht ein zwei Meter großes Muskelpaket in Lederjacke, wären seine Launen richtig komisch.

Victor steht die strenge Miene, und die Sprüche über den ›Escort-König‹, der sich wahrscheinlich die Nägel lackiert, würden mich zum Grinsen bringen, weil sich außer ihm garantiert niemand traut, Vincent so zu verschaukeln, aber ich weiß nicht, ob er es so gern sieht, wenn man über seine Sprüche lacht.

Erst recht nicht, wenn man anscheinend der Grund dafür ist, dass er hier warten musste.

»Es ist unheimlich nett, dass du hier bist, aber du hättest mich nicht abholen müssen. Ich hätte …«

Victor verfinstert plötzlich den Blick um eine weitere Stufe und ich verstumme vorsichtshalber. Das vorhin war anscheinend seine entspannte Miene – jetzt ist er wirklich genervt.

»Denkst du, ich bin dein Taxifahrer?«

Ich mache große Augen und beginne zu stammeln. Hat er nicht gerade gesagt, dass Vincent ihn geschickt hat? Und hat Vincent nicht gesagt, dass ich bei ihm einsteigen soll? Ich bin verwirrt. Und halte lieber die Klappe, bevor ich weiter mit Spekulationen um mich werfe, die ihm ganz und gar nicht gefallen.

Victor stößt sich von der Wand ab und macht einen Schritt auf mich zu. Mein Kopf neigt sich nach oben, damit ich ihn weiterhin verwirrt anstarren kann. Als er plötzlich mein Kinn greift, zucke ich zusammen. Die forsche, unerwartete Berührung weckt im ersten Moment unangenehme Erinnerungen.

»Ich tue dir nichts. Das weißt du«, unterstellt mir die strenge Stimme.

Obwohl sein Tonfall herrisch klingt, entspannt sich mein Körper sofort. Er packt mindestens so fest zu, wie Finn es tun würde, aber ich bleibe absolut ruhig, während er meinen Kopf ins Profil dreht. So viel Überlegenheit er auch ausstrahlt, er gibt einem auch das Gefühl von absoluter Sicherheit. Das ist die Art von Dominanz, in die man sich ohne Angst fallen lassen kann. Auch wenn Victor mich noch immer nervös macht. Aber vor allem deshalb, weil ich ihn nicht enttäuschen will. Er ist schließlich auch mein Boss.

Ich lasse ihn meinen Kopf neigen und mich mustern.

»Dreh dich um.«

Ich tue, was er sagt, und wende ihm den Rücken zu. Seine Finger streifen mir die Haare vom Rücken und verirren sich dann unter mein Kleid. Als er es über meinen Hintern hochzieht, piepse ich peinlich berührt auf, bleibe aber stehen.

Echt jetzt? Hier auf der Straße?!

Nachdem seine Hand verschwindet und ich die kühle Abendluft nicht mehr am Hintern spüre, greift er meine Schulter und dreht mich wieder zu sich.

Victor neigt das Gesicht zu mir und legt die Hand seitlich an meinen Hals.

»Was machst du?«, will ich wissen, weil er mich nicht mal so akribisch gemustert hat, als es darum ging, mich einzustellen.

Sein Blick schweift von der Stelle, in die Finn vorhin gebissen hat, zu meinen Augen. Er zieht eine Braue nach oben und pustet sich eine lange schwarze Haarsträhne aus dem Gesicht. »Ich sehe nach, ob ich da raufgehen und Noack auf die Fresse hauen muss.«

»Ähm …«

»Ich bin nicht dein Taxifahrer, ich bin der Typ, der sicherstellt, dass alle Regeln eingehalten wurden – in Fachkreisen auch Zuhälter genannt. Sagt dir was, oder, Kleine?«

Ich nicke, kann aber nicht verhindern, dass mir das Blut in die Wangen schießt.

Auch wenn er es so schroff formuliert hat, Victor ist hier, um auf mich aufzupassen. Deshalb hat Vincent ihn geschickt. So viel zu meinen runterziehenden Gedanken von vorhin, in denen ich darüber philosophiert habe, dass es ewig dauern würde, bis mich jemand aus diesem Loft geholt hätte, falls Finn abdreht. Ich hätte nicht lange warten müssen – vielleicht eine Zigarettenlänge.

Victor beäugt noch mal die leicht gerötete Stelle an meinem Hals und brummt dann. »Er bettelt darum, dass ich ihm die schiefe Nase gerade schlage …«, knurrt er vor sich hin und tastet dann mit den Fingern über die Stelle.

Man fühlt Finns Zahnabdrücke nicht, ich habe das selbst schon abgetastet. Morgen ist die Rötung verschwunden. Zu diesem Schluss scheint auch Victor gerade zu kommen. Er richtet sich wieder auf, zieht an seiner Zigarette und beschließt, dass er heute wohl keine Nasen-OP vornehmen wird.

»Danke …«, hauche ich und blinzle etwas zu oft. Mir ist schon klar, dass er mein Zuhälter ist, aber seine Anwesenheit fühlt sich trotzdem unheimlich gut an.

»Gewöhn dich nicht daran, dass ich dir nach jedem Termin dein Händchen halte. Das hier ist eine Ausnahme. Die ganze Buchung war eine Ausnahme. Das nächste Mal, wenn Vinc Erziehungsmaßnahmen plant, kann er aber schön selbst kommen und Wachhund spielen.«

Dieses ›das nächste Mal‹ gefällt mir nicht.

Victor sieht mir das anscheinend an. Er schmunzelt. »Mach dir nicht in den scharfen String, Kleine. Vinc' Erziehungsstil ist grundsätzlich bescheuert lasch. Er schlägt nur in Ausnahmefällen um – und dann manchmal über die Stränge. Du warst ihm zu naiv. Das wollte er dir austreiben.«

Ich nicke einsichtig. Das mit dem Austreiben war mehr als erfolgreich, ich … Scheiß die Wand an! Ich habe vergessen, dass ich auf den Elternabend muss!

Ich beginne hektisch, in meiner Tasche nach meinem Handy zu kramen, aber das blöde Ding steckt irgendwo zwischen meinen Klamotten zum Wechseln.

Shit! Shit! Shit! Bitte lass es noch nicht so spät sein, wie ich vermute.

Ich muss umgehend ein Taxi rufen. Das hätte ich schon vor zehn Minuten erledigen und bereits einsteigen können, aber ich habe diese ganze Schulsache über die nervenaufreibende Sex-mit-dem-Teufel-Nummer total vergessen!

Kevin wird mich umbringen, wenn ich nicht auftauche!

»Ein wenig spät, um in Panik zu verfallen und das Pfeffer-spray aus der Handtasche zu holen«, verarscht Victor mich, weil ich natürlich irre wirke. Wie ein nervöser Chihuahua, der mit einem Mal aufspringt und hektisch wird. Ich habe aber keine Zeit, meine innere Anspannung zu verstecken oder zu überspielen. Ich muss mich wie die verpeilte Vollidiotin verhalten, die ich bin.

»Entschuldige! Ich muss dringend ein Taxi rufen! Ich muss los! Ich habe einen Termin!«, werfe ich mit ein paar Infos zu meinem Stimmungswandel um mich.

»Ruft die nächste Escort-Agentur?«

»Was? Nein! Ich würde nie für jemand anderen arbeiten als für euch!«, versichere ich, obwohl ich ihm nur mit einem Ohr zuhöre. Sonst würde ich nämlich schneller heraushören, dass er mich nur verarscht.

»Darfst du auch nicht. Schon mal deinen Vertrag gelesen?«

Als ich das Handy endlich zu fassen bekomme, hämmere ich die Nummer des Taxirufs hinein und will es mir ans Ohr halten – Victor nimmt es mir aber aus der Hand.

»Hey! Ich muss ...! Gib her!«

Es ist der Zeitdruck, der mich wie ein hyperaktiver Gummi-ball vor dem Wikinger hüpfen lässt, weil er mein Telefon am ausgestreckten Arm in die Luft hält. Das Handy ist gefühlt auf drei Meter Höhe, deshalb versuche ich auch, mich an seinem steinharten Körper hochzuziehen. Er brummt mir ins Ohr, während ich seine breiten Schultern greife und mich gegen ihn drücke.

»Denkst du wirklich, du kannst dir etwas von mir holen, das ich dir nicht geben will? Putzig, wie du ignorierst, dass ich vierzig Zentimeter größer und vierzig Kilo schwerer bin als du. Putzig und ein wenig dämlich.«

Victor drückt mich mit der anderen Hand so mühelos an der Brust von ihm weg, dass ihm dabei wahrscheinlich ein Gähnen entkommen könnte. Mir steigt der Rauch seiner Zigarette in die Nase.

»Bitte! Ich bin spät dran! Ich muss mir ein Taxi rufen!«

Das ist wirklich der falsche Zeitpunkt, um mich zu triezen!

»Mein Bruder wartet! Ich muss ...«

»Komm runter und stell den schrillen Tonfall ab, Kleine. Ich fahre dich.«

Mein nervöser Blick wird weich und überrascht. Hat er nicht gesagt, dass er nicht mein Taxi ist?

»Vincent hat dir doch sowieso am Telefon gesagt, dass ich dich fahre, oder? Ich wusste zwar nicht, dass ich neuerdings auch sein Chauffeur bin, aber bitte.«

»Du musst mich nicht fahren«, stelle ich kleinlaut klar, schiele dann aber vorsichtig zu ihm auf. »Aber wenn es dir nichts ausmacht …«

Ich bin wirklich verdammt spät dran. Es ist schon nach acht und bis zu Kevins Schule fährt man von hier aus beinahe eine halbe Stunde. Ich komme definitiv zu spät, aber wenn Victor mich fährt, bin ich zumindest schneller, als wenn ich zuerst auf ein Taxi warten müsste.

Er murrt vor sich hin und zuckt dann mit den Schultern. »Wenn du nicht herumerzählst, dass ich deinen Chauffeur gespielt habe, fahre ich dich. Wenn demnächst aber irgendein Escort ankommt und mich fragt, ob ich sie zum Friseur fahre, mache ich dich dafür verantwortlich!«

Ich nicke energisch. »Ich verrate es niemandem! Danke! Danke! Danke!«

Meine enthusiastische Drehung in Richtung des schwarzen Mercedes stoppt nach der Hälfte. Ich setze noch mal an, aber Victor rührt sich keinen Zentimeter. Er steht nur da wie die grummeligste, muskulöseste Statue der Welt.

»Kann ich bitte meine Zigarette fertig rauchen? Oder hat das kleine verpeilte Mädchen, das ich anscheinend zu meiner neuen Meisterin gemacht habe, weil ich einen Schlaganfall von der Raucherei bekommen habe, etwas dagegen?«, fragt er sarkastisch und mustert mich streng.

Mir wird heiß, weil mir bewusst wird, dass ich wirklich dabei war, das Kommando an mich zu reißen und zur Abfahrt zu pfeifen. Diesen Modus würde ich unter normalen Umständen nie vor Victor zum Besten geben, aber der Zeitdruck hat mich vergessen lassen, dass ein Wikinger-Vampir vor mir steht, der sich nicht gern bevormunden lässt.

Ich stelle mich ruhiger hin und sehe beschämt auf den Boden. »Sicher … Rauch in Ruhe zu Ende«, murmle ich verlegen und höre ihn seufzen.

Victor schnippt plötzlich die Zigarette weg und zieht seinen Autoschlüssel aus der Hosentasche. »Wieso kennen Frauen so viel mehr Wörter als ich, die ›Nein‹ bedeuten? ›Sicher …‹ in diesem Tonfall ist eines davon.«

Dafür, dass er sich tatsächlich in Bewegung setzt und auf sein Auto zugeht, könnte ich ihn küssen. Es ist mir auch irgendwie peinlich, dass er mein Missfallen herausgehört hat, obwohl ich es unterdrücken wollte. Aber Hauptsache, ich schaffe es zu diesem Elternabend und enttäusche Kevin nicht – alles andere ist gerade zweitrangig.

HARDER, BETTER, FASTER, SWEETER

ch öffne die Beifahrertür und steige in den Mercedes. Mir fällt sofort auf, wie besonders es sich anfühlt, in Victors Auto zu sitzen. Ich unterdrücke das Grinsen nur mit Mühe, das noch aus meinen Teenie-Tagen stammt – dieses glühende Wangen-Spektakel, das man zum Besten gegeben hat, wenn man etwas anfassen durfte, das dem begehrten, unnahbaren Typen aus der Abschlussklasse gehört hat. In diesem Fall sind es nicht der Schulschwarm, sein zerkauter Stift und meine mit Spicknotizen beschriebene Hand, sondern der Agentur-Sexmeister, sein Wagen und mein Hintern auf seinem Leder-sitz.

Ich schmunzle doch, als mir auffällt, dass es hier drin sehr intensiv nach seinem Parfum duftet.

Emma, du bist so ein Mädchen!

Selber Mädchen!

Abseits von meiner Begeisterung für den brummigen Mann, der eigentlich mit Sympathien geizt, überkommt mich noch etwas: die Erkenntnis, dass sein Wagen zwar sauber ist, meine Füße aber in einem Meer aus Bonbonpapier stehen. Victor fährt definitiv auf Schokokugeln mit Milchfüllung ab. So was von. Hier drin wurden mindestens zwei Großpackungen vernichtet. Ich würde ihn ja fragen, ob er gerade seine Tage und Naschattacken hat, aber so mutig bin ich dann doch nicht.

»Wohin willst du, kleine Meisterin?«, fragt er und tränkt das letzte Wort in Sarkasmus.

Ich denke nicht, dass er jemals irgendeine Frau ernsthaft ›Meisterin‹ genannt hat. Victor wurde für die Rolle des muskelbepackten, dominanten SM-Lehrers geboren und sie steht ihm hervorragend. Auch wenn die strenge Miene und die dauerhaft schlechte Laune einschüchternd sind. Wobei ich mittlerweile glaube, dass das Grummeln einfach zu seinem Charakter gehört. Bei ihm klingt ein ›Ich liebe dich‹ wahrscheinlich wie ein ›Alles geht mir auf den Sack‹, obwohl er es gar nicht so meint.

»Ingenium-Gymnasium. Kennst du das zufällig? Das Internat auf dem Berg in …«

»Ich weiß, wo das ist«, fällt er mir ins Wort und startet den Wagen.

Es wundert mich nicht, dass Victor Kevins Schule kennt. Beinahe jeder in der Schweiz hat schon mal von dem Internat gehört. Es genießt einen sehr guten Ruf – deshalb ist es auch so verdammt teuer, dass man für das Schulgeld eine Niere verkaufen oder sich prostituieren muss.

»Wieso willst du da hin?«, hakt er nach, obwohl ich vorhin schon erwähnt habe, dass es um meinen Bruder geht.

Sein Tonfall klingt ungläubig, so als würde er mir die Sache nicht abkaufen. Was schräg ist. Schließlich ist es nicht abwegig, dass ich einen Bruder habe, der ein Internat besucht. Oder hält er meine Familie für bescheuert? Wirke ich so dämlich, dass er meinen ganzen Genpool für Deppen-kontaminiert hält?

»Mein Bruder macht in diesem Jahr seinen Abschluss – er ist Schulsprecher und will Politik studieren ...«

Unnötige Infos, aber ich will Victor klarmachen, dass meine Familie nicht ausschließlich aus Idioten besteht. Ich meine, größtenteils ja, aber Kevin ist erfolgreich. Der kleinen Kröte würde es bestimmt schmeicheln, dass ich gerade mit ihm angebe – ich bin aber auch stolz auf ihn. Und ich glaube an ihn, sonst würde ich mir gerade nicht die Mühe machen, die Geschehnisse von heute Abend als bloße ›dumm gelaufen‹-Momente abzutun.

»Er hat heute seinen letzten Elternabend und unsere Mutter geht nicht gern zu solchen Veranstaltungen.«

Victor nickt kaum merklich. »Klingt glaubhaft.«

Klar klingt das glaubhaft! Wieso sollte ich so was denn bitte erfinden? Wer behauptet, dass er zu einer Schule muss, obwohl er dort niemanden kennt? Sehe ich aus wie eine Triebtäterin?!

»Ist es nicht schon etwas spät für einen Elternabend?«, will er wissen.

Mein Blick schweift nervös zu der Uhr an seinem Navi. »Der Elternabend endet um 20:30 Uhr …«, murmle ich.

Das schaffen wir nie. Victors Auto müsste schon fliegen, damit wir in zwanzig Minuten von hier nach …

Heiliger SM-Gott, ich kotze gleich! Das Bonbonpapier zu meinen Füßen hebt teilweise ab, als er ins Gas steigt.

Ich kralle mich in den Sitz und fühle, wie mein Magen so weit nach oben rutscht, dass er gleich innige Freundschaft mit meinem Herzen schließt. Achterbahnen sind echt nicht mein Fall. Spaceshuttels auch nicht. Das hier fühlt sich wie eine Mischung aus beidem an.

»Dann wird Vinc wohl horrend hohe Tempobußen bezahlen müssen …«, kommentiert Victor seinen Bleifuß und schmunzelt, während er die Straße mit den dunklen Augen fokussiert.

Wie ein Geisteskranker zu fahren, scheint ihm Spaß zu machen. Das Grinsen auf seinen Lippen ist mir neu. Ich kann mir aber zum ersten Mal vorstellen, wie er mit zwanzig ausgesehen hat. Ein verschlagener junger Wikinger mit einer süffisanten Art, zu lächeln. Wahrscheinlich war er etwas schmächtiger, aber genauso dominant.

Ich gewöhne mich nach einer Weile daran, dass der Wagen fliegt. Seit er das halsbrecherische Tempo hält und es nur noch geradeaus geht, beruhigt sich mein Magen und verlagert sich wieder dorthin, wo er hingehört.

Victors Endorphinrausch scheint auch abzuklingen. Seine Züge werden strenger und sein Gesicht wirkt wieder älter. Er ist sicher schon Ende dreißig. Oder Anfang vierzig. Wie Vincent. Unglaublich, dass sie so alt sind. Sie wirken so zeitlos cool.

»Darf ich dich fragen, wie alt du bist?«, will ich wissen, weil sich meine Neugier schneller verbalisiert, als ich darüber nachdenken kann, ob das unhöflich ist. Man darf einen Mann aber nach seinem Alter fragen. Erst recht, wenn er so grenzenlos selbstbewusst ist wie Victor. Er hat bestimmt kein Problem damit.

»Nein.«

Oder doch.

Klasse. Jetzt füllt sich das Auto mit meinem betretenen Schweigen. Wenn ich zu viel davon einatme, bekomme ich wieder Schluckauf.

»Geht dich nichts an«, murrt Vic nach einer ganzen Weile und steigt wieder ins Gas. Dass das Auto noch schneller werden kann, widerspricht den Naturgesetzen, aber Wikinger-Vampire brechen wohl gern Regeln – auch physikalische.

Das mit dem Smalltalk mit ihm erweist sich als ziemlich schwierig. Was fragt man den ›Ich hasse‹-Schlumpf, ohne ihn grummeln zu hören? Am besten gar nichts.

»Du arbeitest schon lange mit Vincent zusammen, oder?«

Jaaa, ich kann meine Klappe nicht halten. Die Gelegenheit, mit ihm zu sprechen, ist aber auch gerade günstig. Victor weiß so viel und er ist ein so spannender Mann, dass ich nicht stumm neben ihm sitzen und die Chance auf Gespräche verstreichen lassen kann. Durchaus ironisch. Als ich ihm das erste Mal begegnet bin, wäre ich am liebsten vor ihm davongelaufen. Er wirkt aber auch einschüchternd, wenn man nicht weiß, dass er der beste Bodyguard ist, den man sich als Escort wünschen kann. Und ja, Victor würde es ›Zuhälter‹ nennen, aber ich bleibe bei Bodyguard. Ich bleibe schließlich auch bei Wikinger-Vampir, nicht bei ›Mann, der bestimmt alt genug ist, um mein Vater zu sein‹. Alles eine Frage der Perspektive.

»Ich bin eingestiegen, kurz nachdem er die Agentur gegründet hat.«

Ich blinzle überrascht. Nicht weil mich seine Antwort verblüfft, sondern weil ich damit gerechnet hatte, dass er mich wieder anknurrt.

»Wie lange ist das her?«

Er zieht die Brauen hoch. »Sagen wir mal so: Damals war Kurt Cobain noch am Leben.«

»Oh, das tut mir leid. War Kurt ein Freund von euch?«

Victor lacht plötzlich los. Seine Stimme klingt dabei ungewohnt warm. Auch wenn ich es total unpassend finde, sich einen Ast zu lachen, weil dieser Kurt das Zeitliche gesegnet hat. Morbide, der Gute.

»Sicher. Kurt war unser Freund. Er war der Freund von allen punkigen Grunge-Andersdenkern«, entgegnet Victor und brummt dann wieder – eher resignierend. »Wie alt bist du noch gleich? Zehn?«

Keine Ahnung, warum er jetzt auf meinem Alter herumhackt, aber ich bin froh, dass wir das Gespräch am Laufen halten können. Ich denke, wenn er erst mal in Redelaune ist, kann man sich mit ihm über viel unterhalten. Und da ihn Kurts Tod so amüsiert, stehen die Chancen wohl gut.

»Ich bin zweiundzwanzig«, entgegne ich für den Fall, dass er wirklich vergessen hat, wie alt ich bin. Er verarscht mich aber nur.

»Zweiundzwanzig …«, murmelt er vor sich hin. »Ihr seid alle immer zweiundzwanzig und trotzdem habt ihr irgendwann aufgehört, meine Anspielungen zu verstehen. Liegt wohl daran, dass Vinc und ich im Gegensatz zu unseren Escorts alt werden.«

Die Mädchen und Jungs, die für sie arbeiten, sind wohl meistens in ihren Zwanzigern. Werden sie älter, steigen sie aus und Frischfleisch rückt nach.

»Habt ihr eigentlich viele Künstler unter euren Kunden?«, frage ich, weil wir sowieso gerade über die Agentur sprechen.

»Unsere Klientel besteht hauptsächlich aus ledigen Workaholics und Künstlern, die es leid sind, mit Frauen aus ihrer Szene zu schlafen, ja.«

»Hmm …«

Mein Summen lässt Victor stutzen. Das war keine Absicht. Ich will nicht durchklingen lassen, dass mich seine Antwort nervös macht.

»Wieso fragst du?«

»Nur so.«

Er schmunzelt. »Denkst du, es ist immer so einfach wie mit Finn? Lauter leicht zufriedenzustellende Künstler, die dich mit auf eine Vernissage nehmen und dann Streichelsex von dir wollen?«

Hat er gerade ›so einfach wie mit Finn‹ gesagt? Und ›Streichelsex‹? Hat er einen Schlaganfall?! Hör auf, zu rauchen! Echt jetzt!

Er kann das doch nicht ernst meinen. Das ist für Victor Streichelsex? Was ist denn dann bitte Fetisch?!

Er schnaubt amüsiert. »Ich verscheißere dich. Du kannst aufhören, darüber nachzudenken, aus dem Auto zu springen. Noack ist ein Freak.«

Ich atme erleichtert aus. Das heißt, ich muss nicht damit rechnen, dass Künstler, die Escorts buchen, alle vom Teufel besessen sind.

»Dass er dir Angst machen würde, war klar. Das hatte Vincent auch beabsichtigt«, erklärt Victor und knurrt leise. »Ich war dagegen. Fetischkunden sind mein Gebiet – ich hätte dir einen Kunden gegeben, der dir den naiven Arsch versohlt, dabei aber berechenbarer ist als Finn.«

Von meinem Boss zu hören, dass der Mann, der gerade Sex mit mir hatte, unberechenbar ist, ist kein schönes Gefühl. Victor ist aber einfach niemand, der Dinge schönredet – ein Charakterzug, den ich eigentlich zu schätzen wissen sollte. Außerdem hat Vincent ihn geschickt, um sicherzustellen, dass Finn nichts tut, das zu krass ist. Er wusste wahrscheinlich, dass Victor vor der Tür steht.

Mir hätte nichts passieren können. Der Gedanke bleibt trotzdem beklemmend.

»Vinc kennt Finn besser als ich«, stellt Victor klar, der anscheinend feinfühliger für innere Unruhe ist, als ich ihm zugetraut hätte. »Ich weiß aber, was meine Fetisch-Mädchen mir über ihn erzählen. Und ich bin ein paar Mal mit ihm aneinandergeraten.«

Wirklich? Warst du derjenige, der ihm die Nase schief geschlagen hat?

»Wenn es nach mir ginge, hätten wir ihn längst aus der Kartei gekickt, aber Vinc hat die Verantwortung für ihn übernommen. Sie kennen sich von früher.«

»Sind sie befreundet?«

Victor lacht kurz tonlos. »Nein. Freunde waren sie nie, aber Bekannte.«

»Weißt du, woher sie sich kennen?«

»Ja.«

Er spürt meine erwartungsvollen Blicke, die ihn aber wenig beeindrucken.

»Das geht dich nichts an«, stellt er klar und klingt dabei wieder genauso unterkühlt wie damals in Vincents Büro. Victor erzählt nur, was er erzählen möchte. Sobald er keine Lust mehr hat, lässt er einen spüren, dass man gegen eine Wand läuft.

»Entschuldige, ich wollte nicht neugierig sein.«

»Wenn du mich noch mal so frech anlügst, kommst du zu meiner nächsten Trainingsstunde.«

Ich blinzle perplex. Er kann mich doch nicht wegen einer Floskel zum SM-Training verdonnern.

»Entschuldige, ich wollte neugierig sein?«, korrigiere ich mich fragend und sehe ihn nicken.

»Geht doch.«

Merke: Victor niemals anlügen. Nicht mal aus Höflichkeit.

Er beginnt, mit den Fingern auf das Lenkrad zu klopfen. »Du hast die Buchung mit Finn gut weggesteckt. Ich war mir sicher, du würdest das Handtuch werfen und abbrechen.«

Ich eigentlich auch. Zumindest zeitweise. Nicht all seine Persönlichkeiten haben den Fluchtinstinkt in mir geweckt. Mit dem Künstler-Finn komme ich klar. Sogar mit dem Teil von ihm, der auf harten Sex steht. Sicher, es ist anstrengend und auslaugend, aber ich könnte das aushalten, wenn ich wüsste, dass er Grenzen einhält. Das Einzige, an das ich mich absolut nicht gewöhnen könnte, ist die Sache mit dem Demütigen. Ich denke, das ist der Grund, warum ich den Teufel in ihm sehe.

»Normalerweise bin ich gut darin, Mädchen einzuschätzen …«, setzt Victor an, den Blick auf die Straße gewandt. Als er kurz zu mir sieht, schmunzelt er schief. »Aber vielleicht kann ich doch mit dir arbeiten.«

Mit mir arbeiten? Ich arbeite doch für ihn.

Warte … Kommando zurück!

»Finn hat mir echt eine Scheißangst gemacht!«, platzt es aus mir heraus.

Ich will nicht, dass er denkt, dass ich so abgebrüht bin, dass sie mich ab jetzt ständig solchen Männern zum Fraß vorwerfen können.

Das stimmt nicht. Ich bin nur gut darin, beschissene Erlebnisse nicht aufzubauschen und sie zu verdrängen. Es bringt nichts, wenn ich ausraste und sich das Ganze zu tief in meine Seele brennt – ich kann mir keinen Psychodoktor leisten und ich tue das alles für Kevin, also mache ich einfach weiter.

»Du wärst auch dumm, wenn so ein Mann kein gesundes Misstrauen in dir wecken würde«, entgegnet Victor meinem Angstgeständnis. »Finn ist niemand, dem du blind vertrauen solltest, und er ist jemand, dessen Neigungen schwer einzuschätzen sind. Das gilt nicht für alle dominanten Männer. Aber wenn du mit dem Wahnsinn klarkommst, kommst du auch mit Kontrolle klar.«

»Ich …!«

Eigentlich will ich ihm sagen, dass ich die schlechteste SM-Schülerin der Welt wäre, aber das erledigt Schlumpfine für mich.

Ich hickse.

Victor brummt genervt. »Vergiss, was ich gesagt habe. Ich hatte verdrängt, dass du diese Geräusche machst, sobald du nervös wirst. Schräges Ding.«

Meine Verpeiltheit rettet gerade meinen Hintern davor, professionell versohlt zu werden.

Ich kann mir SM-Training mit Victor nicht mal vorstellen – oder doch, ich kann es. Aber ich kann mir mich dabei nicht vorstellen. Hat sich schon mal jemand aus Versehen selbst mit Handschellen geschlagen?

Während meine Gedanken um all die Katastrophen kreisen, die mein gefesselter Körper verursachen könnte, schweift mein Blick aus dem Fenster. Die Gegend kommt mir bekannt vor. Es ist nicht mehr weit bis zu Kevins Schule.

Höchste Zeit, um den Escort-Modus auszuschalten und in den Schwestern-Modus zu wechseln. Ich muss die Bilder dieses Abends loswerden. Die von Finn und die von Victor, der in meinen Gedanken gerade mit nacktem Oberkörper seine Peitschensammlung begutachtet.

Was ich aber noch dringender loswerden muss, sind meine Klamotten. Im zu kurzen schwarzen Cocktailkleid und in Dreizehn-Zentimeter-Absätzen bei einem Elternabend aufzukreuzen, wäre unpassend. Ich will nicht auffallen und Kevin in Verlegenheit bringen.

»Stört es dich, wenn ich mich in deinem Auto umziehe?«, frage ich und sehe Victor mit den Schultern zucken.

Es macht mir nichts aus, mich vor ihm auszuziehen. Er weiß, wie ich nackt aussehe, und ich bin wahrscheinlich nicht die erste Frau, die in seinem Auto die Hüllen fallen lässt.

Ich öffne den Gurt und schäle mich aus dem Kleid. Während ich meine schwarze Hose und das weiße Top aus der Tasche fische, spüre ich seine Blicke kurz auf mir.

»Du weißt schon, dass man deine Brustwarzen sehen wird, sobald es etwas kühler wird? Zieh einen BH an, wenn das wirklich nur ein Elternabend werden soll.«

Erstens: Wieso glaubst du mir noch immer nicht?!

Und zweitens: Du hast recht …

Ich hatte vergessen, dass mein BH Finns Grobheit zum Opfer gefallen ist. Unter dem Cocktailkleid war das kein Problem – unter dem weißen Shirt wird es zu einem.

»Shit …«

Ich ziehe das kaputte Stück Stoff aus der Tasche und mustere es prüfend. Die Bänder am Rücken sind gerissen, das Ding ist absolut hinüber. Klar, Jan würde daraus noch ein Sakko basteln wollen, aber in Wahrheit ist das schwarze Stück Wäsche nur noch für die Tonne.

»Hast du es in deiner Funktion als kleines rotes Chaos geschafft, ihn selbst kaputtzumachen, oder war das Finn?«

Ich schweige, was Victor als Antwort reicht.

»Dafür schicke ich ihm garantiert eine Rechnung. Du kannst dir einen neuen kaufen – den teuersten, den du findest. Er weiß, dass er deine Kleidung nicht kaputtmachen darf.«

Obwohl es schön ist, dass ich den BH ersetzt bekomme, seufze ich. Was mache ich denn jetzt?

»Sieht das Kleid übertrieben eng und kurz für einen Elternabend aus?«, will ich von Victor wissen, weil er mir garantiert die Wahrheit sagt.

»Ja.«

Schön. Jetzt kenne ich die Wahrheit.

Ich drücke den Kopf leidend in die Lehne und schließe kurz die Augen. Zu-sexy-Kleid oder Shirt ohne BH. Ich habe die Wahl, aber sie gefällt mir nicht.

»Rücksitz«, höre ich Victor sagen, der plötzlich die Innenbeleuchtung anmacht und mit dem Daumen nach hinten zeigt.

»Was?«

»Vielleicht findest du etwas Brauchbares«, mutmaßt er und zuckt mit den Schultern.

Ich beuge mich über die Mittelkonsole nach hinten und lasse meinen Blick schweifen. Was soll ich hier finden? Hat er eine Anweisung für das Basteln eines BHs aus Schoko-Bons-Tüten?

Wie viel Schokolade kann man eigentlich essen? Oder putzt er den Wagen nie? Hier sieht es aber nicht schmutzig oder staubig aus, nur nach dem Ort, den die Schokolade zum Sterben aufsucht.

»Kram mal unter den Sitzen rum«, weist Victor an.

Ich beuge mich weiter nach hinten und lasse meine Hand über die Fußmatten gleiten. Plastik, Plastik, Stanniolpapier … das fühlt sich nach Stoff an!

Ich ziehe ein schwarzes Top unter dem Sitz hervor. Tiefer V-Ausschnitt, Strasssteine am Dekolleté – sogar mein zu kurzes Kleid schreit nicht so laut ›Escort‹. Ich finde einen Schal, eine Strumpfhose, drei Kondompäckchen – Schokolade ist eindeutig nicht das Einzige, was Victor in seinem Auto nascht.

»Kann es sein, dass du mit sehr vergesslichen Frauen schläfst?«, frage ich, als ich ein Paar Pumps finde. Wer steigt denn ohne Schuhe aus einem Auto aus?

Ich quieke auf und lande mit dem Kopf voraus beinahe auf dem Plastikfriedhof auf der Rückbank. Die Stelle, an der seine Hand auf meinem Hintern aufgeschlagen ist, brennt wie Feuer.

»Nur weil ich dir helfe, vernünftig gekleidet zu deinem Privattermin aufzutauchen, heißt das noch lange nicht, dass du mit mir reden kannst, als wäre ich dein Kumpel! Ich bin dein Boss. Und wenn du dir die scherzhaften Sprüche über mein Privatleben nicht verkneifen kannst, geraten wir beide übel aneinander – und das willst du nicht, glaub mir.«

Gott, wird der sauer, wenn man sich im Ton vergreift.

Victor hat irgendwie recht. Der Spruch war etwas salopp, aber er hat vorhin auch ziemlich offen mit mir über Finn gesprochen. Eigentlich ging es dabei aber nur um den Job. Als ich wissen wollte, wie alt er ist oder wie sich Vincent und Finn kennengelernt haben, hat er abgeblockt – zu privat. Zum Glück habe ich mir vorhin den Spruch mit seinem Naschzwang und seiner Periode verkniffen! Er hätte mich einen Kopf kürzer gemacht!

»Entschuldige …«, murmle ich und krame weiter unter den Sitzen herum.

Ich hatte vergessen, wie dominant einschüchternd seine Persönlichkeit sein kann, weil er heute so etwas wie mein muskulöser Schutzengel war und dann auch noch angeboten hat, mich zu fahren. Klar, ich wäre gern mit Victor befreundet, aber ich bezweifle, dass das jemals passieren wird. Er lässt sicher niemanden, der für ihn arbeitet, an sich heran.

Ich muss an Claire denken und was sie mir über sich und Vincent erzählt hat. Zehn Jahre, und sie ist letzten Endes doch an einer Mauer aus Distanziertheit abgeprallt.

Vic und Vinc sind exzentrisch, spannend und anziehend, trotzdem geizen sie mit ihrer Freundschaft. Menschen, die von zu vielen Seiten angehimmelt werden, müssen das wohl auch.

Als meine Finger einen Träger ertasten, macht sich Erwartungsfreude in mir breit.

Jawohl! BH! Ein sehr schicker noch dazu. Pfirsichfarben, gepolsterte Körbchen – annähernd meine Größe.

Als ich den Hintern wieder auf das kühle Leder des Beifahrersitzes drücke, fühle ich das Brennen nicht mehr. Victor schafft es irgendwie, Schmerzimpulse zu erzeugen, die zwar knallen, aber auch sofort wieder abklingen – SM-Meister-Niveau eben.

»Darf ich mir den BH leihen?«, frage ich vorsichtig, den Höflichkeitsmodus nicht mehr außer Acht lassend.

Als ich seine vereiste Miene mustere, frage ich mich, wie ich überhaupt auf die Idee gekommen bin, diesen einschüchternden Mann nach seinem Sexleben zu fragen. Wahrscheinlich nur, weil ich ihm dabei nicht in die dunklen Augen gesehen, sondern ihm meinen Hintern präsentiert habe.

»Leihen klingt, als ob ich ihn irgendwann wieder bräuchte. Behalt ihn. Ist nicht ganz meine Rückenbreite«, entgegnet er.

Ja. Victor darf solche Witze reißen. Und ich darf meinen brummenden SM-Boss weiterhin faszinierend finden.

»Danke. Wirklich! Du rettest mir den Abend. Meinem Bruder auch.«

Das war zwar höflich, aber deutlich zu überschwänglich für seinen Geschmack. Er steht nicht auf gefühlsbetonte Dankbarkeit.

»Hör auf, zu klingen, als hätte ich dir ein Ballkleid genäht. Du hast nur einen BH unter meinem Sitz gefunden.«

Seine Formulierung lässt mich an unser erstes Treffen denken. Ich höre Victor noch immer diesen Satz knurren: ›Ich bin nicht die verfickte gute Fee.‹

Das ist so wahr. Und trotzdem bringt es mich zum Schmunzeln. Keine Ahnung, wie ich im verrückten, verruchten Sex-Wunderland gelandet bin, aber ich kann es hier aushalten – dank den Escort-Königen.

Der BH passt annähernd. Am Rücken sitzt er etwas locker, aber er verdeckt, was er verdecken soll. Ich steige in die schwarze Hose und schlüpfe in die Ballerinas, die in meiner

Tasche gesteckt haben. Absoluter Normalo-Look. Unauffällig ohne Ende – genau das wollte ich.

Während ich mich anziehe, dreht Victor Musik auf. Ich weiß nicht, wieso ich mit Club-Sounds gerechnet habe, aber ich werde überrascht. Positiv, der Song ist wirklich cool – rockig, etwas melancholisch, düster, sehr eingängig.

»Wer singt das?«, will ich wissen und sehe ihn schief grinsen.

»Kurt. Zu seiner besten Zeit. Shazam es dir, lad es dir auf Spotify oder tu, was auch immer Zehnjährige heutzutage tun, wenn sie *Nirvana* für sich entdecken.«

Oh. Das ist *Nirvana*? Ich habe mal ein paar Songs gehört, aber ich kannte den Namen des Sängers nicht. Jetzt machen seine Kurt-Sprüche Sinn. Und dass er mich für eine zu junge Musikbanausin hält, auch.

»Ich würde ja gern noch deine Welt auf den Kopf stellen und dir die *Red Hot Chili Peppers* vorstellen, aber wir sind da.«

Kaum spricht er den Satz zu Ende, steigt er so hart in die Bremse, dass die Reifen quietschen – gut, dass ich mich wieder angeschnallt habe.

Ich blinzle irritiert aus dem Fenster, sehe aber nur Wald und ein paar Bungalows. Kevin hat mich einmal rumgeführt, als er selbst neu war. Das ist zwar schon vier Jahre her, aber ich bin mir sicher, dass er nicht in einem Bungalow zur Schule geht.

Victor schüttelt den Kopf. »Ich lasse dich nicht vor dem Hauptgebäude aussteigen. Lauf den Weg entlang, bieg nach dem weißen Wohnkomplex links ab und du bist da.«

Er scheint sich hier auszukennen – sogar besser als ich. Ich verkneife mir, nachzufragen, wieso. Das ist bestimmt privat. »Danke für die Mitfahrgelegenheit. Ich weiß das wirklich zu schätzen.«

»Sieh es als Bonus dafür, dass wir dich zu einem Fetischkunden geschickt haben, obwohl ich dich nicht ausgebildet habe.« Er beugt sich zu mir rüber. Es sieht so aus, als wollte er meinen Gurt lösen, aber er zieht ihn nur enger.

»Bekomm deine schräge Kleine-Mädchen-Nervosität auf die Reihe«, flüstert Victor mit rauer Stimme und lässt eine gehobene Braue seine strenge Miene entschärfen. »Im Moment bist du ein chaotisches, zierliches Ding, das seine Grenzen und seinen Körper nicht kennt. Ich kann dir deine Grenzen aufzeigen.«

Dass er das kann, bezweifle ich keine Sekunde. Ich weiß trotzdem nicht, was ich sagen soll. Meine Gedanken waren schon dabei, den verruchten Teil meines Lebens auszublenden. Jetzt brummt Victor ihn mir so unverblümt ins Gesicht.

»BDSM zu lernen, ermöglicht es dir, Männern mit Fetisch-Neigung mit genügend Selbstbewusstsein zu begegnen und dich ihnen ohne Angst hinzugeben. Männern wie Finn. Und mir.«

Ich zögere nur so lange, weil ich nicht zu erschrocken, aber auch nicht gespielt selbstbewusst klingen will – die richtige Formulierung zu finden, ist gar nicht mal leicht, vor allem weil ich die Nervosität, die dieser große, breitschultrige Mann mit den halblangen Haaren in mir auslösen kann, wachsen spüre.

Bevor ich etwas sage, greift Victor nach meinem Gesicht und drückt meine Wangen zusammen. Ich muss gerade bescheuert aussehen, aber das will er auch.

Er seufzt genervt. »Kannst du bitte noch größere erschrockene Augen machen? So als hätte dir jemand das Ende von ›Eiskalte Engel‹ verraten.«

»Ist das ein Film?«, nuschle ich, weil er meine Wangen noch immer zusammendrückt.

Victor überdreht die Augen. »Ich arbeite mit Küken. Mit verpeilten, hicksenden Küken. Großartig«, mault er sarkastisch und nimmt die Hand von meinem Gesicht, während er mit der anderen meinen Gurt löst.

Es folgen scheuchende Gesten, die mir sagen sollen, dass er genug von meiner Unfähigkeit hat, seinen Anspielungen zu folgen.

»Zisch ab. Bevor ich dich mit meiner *Metallica*-CD bewerfe! Das waren übrigens diese silbernen Scheiben in den scharfkantigen Plastikhüllen. Raus aus meinem Wagen!«

Ich öffne die Tür und nicke ihm noch mal zu. »Danke!«

Er verfinstert den Blick »Wenn ich herausfinde, dass du aus einem anderen Grund hier bist, als du behauptet hast, schmeißt Vinc dich übrigens raus. Und er wird dabei ziemlich ungehalten sein.«

Ich schüttle irritiert den Kopf. »Ich lüge nicht!«

Noch mal: Wer lässt sich zu einem Elternabend fahren, wenn er nicht mit einem Schüler verwandt ist?!

»Das rate ich dir auch.«

Bevor ich noch etwas sagen kann, muss ich die Tür zuwerfen, da sein rechtes Bein ungeduldig wird und er beginnt, das Gas anzutippen. Das Thema ist für ihn wohl beendet.

Der Mercedes rauscht den hügeligen Weg hinunter und ich bleibe zwischen einer Reihe Bungalows und einem Wald stehen. Hoffentlich ist es nicht weit bis zum Hauptgebäude, Kevin ruft nämlich gerade an und ich fühle schon an der Vibration meines Handys, dass er wütend ist, weil ich schon vor zwanzig Minuten hätte hier sein sollen.

Als ich loslaufe, fällt mir etwas auf. Ich habe meine Pumps in Victors Auto liegen gelassen. So viel zu meiner Frage, welche Frauen so bescheuert sind, ihre Schuhe zu vergessen: Frauen wie ich.

SPRECHSTUNDE

ch weiß jetzt, warum Victor mich nicht vor dem Hauptgebäude rausgeworfen hat. Zu viele Menschen. So viele, dass er wohl befürchtet hat, dass jemand darunter sein könnte, der ihn oder seinen Wagen erkennt, und ich mich beim Aussteigen als Escort oute.

Ich bin ihm dankbar für so viel Vor- und Weitsicht. Selbst mir ist das nicht in den Sinn gekommen. Und das, obwohl ich hier eigentlich besonders vorsichtig sein muss. Kevin darf niemals irgendetwas erfahren. Er darf nicht mal etwas vermuten, sonst würde er ausrasten.

Ich mache mir bewusst, wie ich reagieren würde, wenn sich herausstellt, dass Kevin seinen Körper verkauft, um eine Rechnung für mich zu begleichen. Ein unerträglicher Gedanke. Ich würde schreien, heulen, überfordert sein – und ich bin die Gemütsathletin von uns beiden. Es geht allerdings nicht anders. Ich muss ihm das antun, sonst kann ich ihm nicht helfen. Aber die Lüge beschützt ihn vor allem, was ihn kaputtmachen könnte.

Während ich über den gut gefüllten Parkplatz laufe, nicke ich beiläufig höflich, sobald mein Blick jemanden streift.

Die Autos, die hier parken, schreien alle ›Wohlstand‹. In letzter Zeit kollidiert mein Universum so oft mit dem reicher Leute, dass ich mir langsam wie eine arme Kirchenmaus vorkomme.

Mir war immer klar, dass ich nicht auf großem Fuß lebe, aber im Gegensatz zu den ganzen Porsche-Fahrern und Loft-Besitzern wirkt am Monatsende nach Kleingeld in der Sofaritze zu wühlen doch ärmlich.

Schräg. Ich habe mich nie so richtig ›arm‹ gefühlt. Mehr unorganisiert und noch nicht dort angekommen, wo ich hinwill. Aber vielleicht sind das nur Umschreibungen für ›mittellos‹.

Es gibt sicher auch noch eine Welt zwischen ›Schatz, wo hast du den Ferrari geparkt?‹ und ›Wie oft kann man Küchenpapier verwenden, bevor es ekelhaft wird?‹ – dort will ich irgendwann hin.

Ich betrete das Hauptgebäude durch das hohe Tor, das offen steht.

Die Aula ist weitläufig, wirkt aber nicht kahl. Blassorange Wände, ein paar Pflanzen und eine Wand mit Fotos der Lehrerschaft und Betreuer. Ich will daran vorbeilaufen, bremse aber ab, weil mein Unterbewusstsein etwas wahrgenommen hat, das mich dazu bringt, umzudrehen und auf eines der Fotos zuzu-steuern.

Nein. Oder? Ist das? Oh mein Gott …

Kein Wunder, dass der kleine Klugscheißer so selbstbewusst ist. Sein Foto prangt an der Wand in der Aula!

›Kevin Ferdinand Reichhald – Schulsprecher‹

Ich muss grinsen, weil er auf dem Bild so erwachsen aussieht. Ist er wahrscheinlich auch. Erwachsen und gut aussehend – nur vergesse ich das meistens.

Weil ich keine Zeit habe, das Foto meines Bruders weiter an-zuschmachten, und das auch ein wenig ekelhaft ist, laufe ich weiter. Ich bin mir sicher, dass seine Miene nicht so kokett ent-spannt sein wird, wenn ich ihm gleich begegne. Am Telefon klang er schon ziemlich sauer.

Es herrscht Aufbruchstimmung. Der Vortrag über die Pläne zum Abschlussball ist vorbei, aber Kevin wusste, dass ich es nicht schaffe, so früh hier zu sein. Er wollte nur, dass ich sein Abschlussgeschenk entgegennehme und seinen Lehrern zeige, dass er seiner Familie nicht egal ist. Das schaffe ich definitiv. Und wenn ich seine Lehrer aus dem Bett klingeln muss. Die schlafen doch auch hier irgendwo, oder?

Der offene Bereich mit Blick auf den Sportplatz war sicher schon voller. Ein paar Grüppchen von Eltern und Schülern stehen noch herum, aber die beinahe leere Kuchenplatte be-weist, dass die meisten schon mit vollen Mägen abgehauen sind.

Mich lächelt ein Stück Kirschkuchen an, das vollkommen einsam am Rand einer Kuchenplatte liegt. Armes Ding. Ich weiß, du willst gegessen werden.

Kevin meinte, wir treffen uns hier, aber da er noch nicht aufgetaucht ist, kann ich die Gelegenheit nutzen und meinen knurrenden Magen beruhigen.

Komm her, du leckeres Ding!

Der Kuchen ziert sich, purzelt beinahe vom Tisch. Er ist wie ich. Wenn er gleich zu hicksen beginnt, adoptiere ich ihn.

Ich kann mich gerade noch beherrschen und flüstere der Süßspeise nur in Gedanken zu.

Sag mir, dass du geil schmeckst, du Stück! Du warst gratis! Mehr als billig! Und du gehörst mir!

Ja, ich esse im Finn-Modus und verscheißere mich dabei selbst. Das ist die Art, wie ich Erlebnisse verarbeite, die mich schockiert haben. Die Alternative wäre, jedes Mal Gänsehaut und Beklemmungen zu bekommen, wenn ich an ihn denke. Darauf habe ich keine Lust, weil er mir bestimmt lange nicht aus dem Kopf gehen wird. Schwarzer Humor fühlt sich besser an. Vielleicht ist es bescheuert, aber es tut mir im Moment gut.

Als mir jemand die Hände auf die Schultern legt und mich herumwirbelt, verfehle ich vor Schreck meinen Mund mit dem Kuchen.

»Na endlich! Du kommst viel zu spät!«, ruft Kevin, mäßigt aber im nächsten Moment seine Stimme, weil er keine Aufmerksamkeit auf seine unpünktliche Schwester lenken will, die sich gerade selbst einen Kuchen ins Gesicht gedrückt hat. »Was machst du denn?! Essen?! Jetzt?! Emma!«, flüstert er, kann aber absolut nicht verstecken, dass er nervös ist.

Ich mache mir wieder bewusst, wie wichtig ihm dieser Termin ist, und verkneife mir, ihn anzublaffen, weil er mich ständig ›dürre Ziege‹ nennt und mich dann anfaucht, weil ich esse.

»Komm runter. Ich bin ja hier. Deine Lehrer sind doch auch noch da, oder?«

Er muss nicht wissen, dass ich selbst die Nerven weggeschmissen habe, um annähernd rechtzeitig hier aufzutauchen. Einer von uns beiden muss ruhig bleiben. Und es ist die Trulla mit der klebrigen Wange.

»Die Sprechstunden sind seit einer halben Stunde vorbei! Mein Klassenlehrer war aber so nett, auf uns zu warten.«

Ich wische mir mit einer Serviette das Gesicht sauber und nicke. »Super. Dann lass uns …«

Ich will ›gehen‹ sagen, aber Kevin wartet meinen verbalen Startschuss nicht ab. Er greift meine Hand und zieht mich hinter sich her.

»Müssen wir wirklich rennen?«, japse ich, nachdem wir eine Treppe hinaufgejagt sind, als ginge es um Leben und Tod.

»Ja! Er soll nicht noch länger auf uns warten müssen! Der will doch auch Feierabend machen! Außerdem ist er mein Lieblingslehrer! Ich habe echt keine Lust, dass er mich auf den letzten Metern als Schüler in Erinnerung behält, der ihm auf den Sack gegangen ist!«

Oh mein Gott, mein Bruder ist ein Vollstreber. Er hat wirklich Angst, dass er Sympathiepunkte verliert. Ich bin der Meinung, jeder muss seinen Lehrern während der Schulzeit mindestens einmal auf den Sack gehen. Kevin sieht das ganz offensichtlich anders. Wir sind Geschwister und trotzdem so verschieden.

»Du musst nicht lange bleiben!«, beginnt er mit seinen Anweisungen. »Und sag ihm bloß nicht, dass Mama zu überfordert war, um zu kommen! Und sag ihm nicht, dass wir den alten Flügel im Musikzimmer, den er mir angeboten hat, nicht nehmen konnten, weil wir kein Geld für den Transport haben!«

Ich bin doch nicht dämlich. Natürlich gehe ich nicht da rein und haue Sätze raus wie ›Wissen Sie, unsere Mutter ist ein nervliches Wrack und unser Vater ist ein egomanisches Arschloch – außerdem sind wir arm und ich prostituiere mich, damit Kevin hier zu Schule gehen kann‹.

Ich weiß, wann ich lügen oder freundlich nicken und die Klappe halten muss.

Meistens …

»Warte, ist er dein Musiklehrer?«, frage ich, als mir auffällt, dass er die Sache mit dem Klavier angesprochen hat.

»Ja!«

»Ohhhh! Deshalb bist du so nervös! In den bist du doch verknallt!«

Meine Unterstellung bringt Kevin zum Knurren, da ich ihn öfter damit verarsche.

Er war schon immer hin und weg von seinem Musiklehrer, schon als er hier neu war. Kevin hat von ihm richtig Klavierspielen gelernt und er gibt ihm seit Jahren Gratisstunden.

Mir war aber nicht klar, dass der Pianist sein Klassenlehrer ist. Er schwärmt oft von ihm, es geht aber meistens um irgendwelche Fingertechniken oder anderen Klavierkram, bei dem ich ihm nur mit einem Ohr zuhöre – obwohl, für das Lob der ›Fingertechnik‹ seines Lehrers musste er sich einen dreckigen Witz von mir anhören.

Angeblich ist der Mann schon älter und ziemlich virtuos. Kevin wollte mir mal ein Video von einem seiner Auftritte zeigen, aber ich hatte keinen Bock, mir irgendeinen Fremden anzuhören, der zwanzig Minuten Mozart, Bach, und wie die toten Typen noch so heißen, spielt. Klassik ist nicht unbedingt mein liebstes Genre.

»Hast du deshalb so schwitzige Hände? Weil du mir den Mann vorstellst, den du liebst?«, frage ich, als wir vor einer Tür halten.

Kevin reißt seine Hand so schnell weg, als hätte er einen Schlag bekommen. Er hat vor lauter Nervosität gar nicht bemerkt, dass er sie die ganze Zeit um meine geschlungen hat. Ihm entgleiten die Gesichtszüge. Jetzt ekelt er sich davor, dass er mit seiner Schwester Händchen haltend hier raufgelaufen ist.

»Kannst du bitte aufhören, mich zu verarschen?«, verlangt er mit ungewohnt hoher Stimme, in der sich seine Aufregung spiegelt.

Ich zupfe ihm einen Fussel vom Shirt und schmunzle ihn an. Jetzt reicht es wirklich mit den Geschwistersticheleien. Ab jetzt sind wir eine Familie, eine Front. Ich schenke ihm einen Blick, der ihm versichert, dass er sich auf mich verlassen kann.

»Klar, Kevin. Wir machen das. Ich werde mir anhören, wie toll du bist, freundlich nicken und deine coole, entspannte Schwester sein, die verdammt stolz auf dich ist.«

Er nickt. »Danke …«, murmelt er verstohlen, bevor er an die Tür klopft.

Das ›Herein‹ klingt schon mal nicht genervt. Eher freundlich.

Kevin drückt die Tür auf, bleibt aber im Rahmen stehen. Ich knalle gegen seinen Rücken, weil ich nicht damit gerechnet hatte, dass er noch mal anhält.

»Hätten Sie noch Zeit für uns? Ich weiß, es ist spät, aber …«

Das hier erinnert mich an meinen Termin bei Vincent. Als Jan nervös vor mir die Bremse gezogen hat, weil er Angst hatte, den großen Boss zu stören.

»Nein, nein. Kommt rein. Schön, dass ich noch jemanden aus deiner Familie kennenlernen kann.«

Okay. Die warme Stimme erinnert mich überhaupt nicht an Vincent. Kevins Lehrer klingt melodisch, freundlich und … nicht so alt, wie ich vermutet hätte.

»Danke!«, flötet mein Streberbruder, dreht sich nach mir um und funkelt mich dann regelrecht vorwurfsvoll an, so als würde ich mich hinter ihm verstecken. Tue ich nicht, Kevin steht einfach im Weg und merkt es nicht mal. »Emma, das ist Herr Favre. Mein Musiklehrer und Klassenvorstand.«

Okay. Und jetzt mach einen Schritt raus aus dem Türrahmen, du nervöse Kröte!

Ich drücke ihn zur Seite, lasse ein freundliches Schmunzeln meine Lippen zeichnen und strecke die Hand aus. »Freut mich, ich bin …«

Die Escort, die du letzte Woche auf das Hotelzimmer bestellt hast!

Mir gefriert die Miene, als mein Blick über das perfekte Gesicht schweift, das ich nicht mal dann vergessen oder verwechseln könnte, wenn ich einen Schlaganfall erleiden würde – was gerade passiert, es fühlt sich zumindest so an.

Trotzdem erkenne ich Marcel wieder! Dieses markante Engelsgesicht gibt es nur einmal auf der Welt.

Oder hat er einen Zwillingsbruder?! Einen, der sich gern Escorts bestellt und letzte Woche eine blutende Trulla verarzten musste, die sich selbst die Badezimmertür auf die Nase gedonnert hat?!

Nein. In seinen übernatürlich blauen Augen spiegelt sich Schock. Er erkennt mich auch. Und teilt mit mir höchstwahrscheinlich folgenden eindringlichen Gedankenmonolog:

Scheiße! Scheiße! Scheiße!

Du bist Lehrer?! Hier?! Wieso?! Wieso ausgerechnet dieses Internat?!

Wieso ausgerechnet Kevins Lieblingspädagoge?!

Ich hasse die bescheuerte Kröte übrigens! Von wegen ›Der Kerl ist alt‹!! Ist er nicht! Er ist Anfang dreißig!! Für einen blöden Teenager ist das aber wohl gefühltes Rentenalter!!

Ich glaube, ich falle gleich in Ohnmacht. Zumindest mein Verstand.

Der Körper bleibt stehen, weil er versteinert ist.

Wie nennt man das dann?

Hirn-Ohnmacht? Ja, das passiert mir gerade.

Ich merke erst, dass meine Hand unnatürlich regungslos in der Luft hängt, als er sich plötzlich von seinem Schreibtisch abstößt, drei große Schritte auf mich zu macht und sie schüttelt.

»Sie sind Frau Reichhald, Kevins Schwester«, vervollständigt er meine Vorstellung, weil ich es selbst nicht geschafft habe.

»Freut mich. Schön, dass Sie es noch geschafft haben.«

Mhm. Ja. Ich höre, dass er irgendetwas sagt, aber ich kann nur daran denken, dass er mir zum ersten Mal die Hand schüttelt, obwohl wir schon Sex hatten. Damals, als ich vor seinem Hotelzimmer gestanden und auch Panik geschoben habe, weil er mein erster Kunde war, hat er sie in der Luft hängen lassen. Jetzt schüttelt er sie inbrünstig und schmunzelt dabei so freundlich, als wäre er überhaupt kein misstrauischer, sondern vollkommen offener Mensch.

Ich reagiere zu lange nicht. Kevin räuspert sich schon, aber ich schrecke erst aus meiner Starre hoch, als Marcel meine Hand fest drückt.

»Ich hoffe, Sie hatten keine zu stressige Anreise?«, fragt er und mustert mich eindringlich – der Schock hinter seinen Iriden ist verflogen, er überspielt die Überraschung hervorragend.

»Ja. Ich … Nein, nein, kein Stress! Alles gut.«

Nur Sex mit einem abgedrehten Künstler und ein Angebot zum SM-Unterricht von meinem Zuhälter. Außerdem trage ich den BH einer fremden Frau. Trotzdem ist das hier das schockierendste Ereignis heute!

»Schön«, erwidert der Mann, dessen Nachnamen ich bisher nicht kannte, nickt und lässt meine Hand los. »Setzen Sie sich doch.«

Es folgt eine einladende Geste in Richtung der Stühle vor seinem Schreibtisch. Als Kevin mich irritiert mustert, während er an mir vorbeigeht und sich hinsetzt, verpasse ich mir selbst eine mentale Ohrfeige. Ich muss mich einkriegen, mich normal verhalten. Hier geht es um so viel, dass ich mir die innere Unruhe im Moment nicht leisten kann.

»Entschuldigen Sie die Verspätung. Nett, dass Sie auf mich gewartet haben«, sage ich, setze mich und sehe, wie sich Herr Favre hinter seinem Schreibtisch niederlässt.

Er schmunzelt und schüttelt den Kopf. »Nichts zu danken. Schön, dass ich jemanden aus Kevins Familie kennenlernen kann.«

»Unsere Eltern sind leider verhindert. Sie wären gern selbst gekommen.«

Lügen. Aber der Raum ist sowieso voll davon. Davon und von Marcels warmherziger Ausstrahlung.

Unglaublich, dass der distanzierte Franzose und der freundliche Lehrer dieselben Menschen sind. Obwohl, so unglaublich ist es gar nicht. Klar ist er einer fremden Prostituierten gegenüber misstrauischer und distanzierter als der Schwester seines Schülers. Es kommt mir sogar so vor, als hätte ich seine Pädagogen-Fürsorge-Vibes durchblitzen sehen, als er mich wegen der Blutfontänen, die aus meiner Nase geschossen sind, beruhigt hat.

Mann, ich hatte beinahe verdrängt, wie peinlich mir das war!

»Richten Sie Ihren Eltern liebe Grüße aus. Sie können sehr stolz auf ihren Sohn sein – Kevin hat sich in den letzten fünf Jahren ausschließlich hervorragend geschlagen.«

Seine lieb gemeinten Worte treten etwas Schwermut in mir los. Kevin geht es auch so. Er lächelt zwar kurz, aber ich sehe ihm an, dass er hinter der gespielt geschmeichelten Reaktion mit diesem Satz hadert. Unsere Eltern sind vielleicht nicht da, um stolz auf ihn zu sein, ich schon.

»Ja. Mir ist zu Ohren gekommen, dass Kevin sich gut macht. Er war auch von Anfang an äußerst begeistert vom Internat.«

Herr Favre schmunzelt mit mir zusammen. Das fühlt sich alles verdammt gestelzt an, auch die Art, wie wir miteinander sprechen, aber wir tun das für meinen Bruder und seinen Schüler – wir können gerade beide das Gesicht verlieren und darauf legt es keiner von uns an.

Ich weiß, dass Marcel sehr bedacht auf Diskretion und beinahe schon paranoid vorsichtig ist. Diese Gewissheit fühlt sich gut an. Da kommt kein Fünkchen Zweifel in mir auf, dass er mindestens genauso viel Interesse daran hat, unter den Tisch zu kehren, dass wir uns kennen.

»Ein glänzender Notenschnitt, großes Engagement in der Schulpolitik und keinerlei Disziplinareinträge – ich kann deiner Schwester ausschließlich Gutes über dich erzählen. So viel, dass es sie bestimmt langweilt«, reißt er einen Lehrerwitz, während er Kevins Akte aufschlägt. »Ich weiß, dass du später mal Politik studieren willst. Ein anspruchsvolles Studium, aber du wirst dich hervorragend schlagen. Hast du dir schon überlegt, ob du Musikologie parallel dazu beginnen willst?«

Dass Kevin das vorhatte, höre ich zum ersten Mal. Ich sehe zu ihm rüber, er weicht meinem Blick aus, als er Herrn Favre antwortet.

»Nein. Das wird wohl nichts. Ohne eigenen Flügel kann ich an der Uni nicht mehr üben.«

»Und der Schulflügel? Du weißt, du kannst ihn haben. Ich habe mit Direktor Morgenthaler darüber gesprochen.«

Kevin nickt. »Ich weiß. Vielen Dank dafür. Aber …«

»Das Klavier ist etwas zu groß für unsere Wohnung«, nehme ich Kevin die unangenehme Antwort ab.

»Es ist ein Flügel«, korrigiert Herr Favre mich und zieht eine Braue nach oben, so als wäre er schockiert, dass ich den Unterschied nicht verstehe. Dieses Gespräch hatte ich schon mit Kevin, und ja, der Unterschied ist mir egal.

Gibst du mir jetzt ein Mitarbeits-Minus in Musik?

Marcel nickt verständnisvoll, als er sich damit abgefunden hat, dass ich eine Kunstbanausin bin. »Ja, so ein Flügel ist leider ziemlich platzaufwendig.«

Er klopft mit den Fingern kurz nachdenklich auf die Tischplatte.

Eindeutig Klavierspieler-Hände – lange, schmale Finger, und wie ich schon bei unserem ersten Treffen festgestellt habe: Sogar seine Knöchel sind ästhetisch und perfekt.

»Es wäre schade, wenn du das Spielen aufgeben würdest. Du bist wirklich gut«, meint Marcel an Kevin gewandt. »Vielleicht kann ich ein Digitalpiano für dich auftreiben. Kein Vergleich zu einem Flügel, aber du könntest weiterhin üben und es lässt sich verstauen und nimmt kaum Platz weg.«

Kevins Augen werden groß. Ich kann ihn jetzt gerade nicht daran erinnern, dass wir kein Geld haben, um uns ein elektronisches Klavier-Flügel-Tasten-Dings – was auch immer – leisten zu können. So nett das Angebot, dass Marcel eines auftreibt, auch ist.

»Ich weiß das wirklich zu schätzen«, versichert Kevin. »Dass Sie so viel Zeit in Stunden für mich investiert haben.«

Der blonde, unwirklich schöne Mann schüttelt den Kopf. »Wenn ich ein so ausgeprägtes jugendliches Talent fördern darf, tue ich das gern. Unsere Stunden werden mir fehlen.«

Kevin schmunzelt. »Sie haben ja noch Ronja, der Sie Stunden geben.«

»Sicher. Aber meine Ohren werden dich trotzdem vermissen. Du hast sie nie dazu gebracht, zu bluten.«

Sie lachen und ich unterdrücke das Grinsen, weil Kevin so glüht. Er mag Marcel wirklich – ich meine, Herrn Favre. Eigentlich dachte ich immer, dass er so etwas wie einen Mentor in ihm sieht, aber es ist wohl eher sein Wunsch nach einem großen Bruder, zu dem er aufschauen kann und den er schon immer hatte, den Marcel bedient.

Das ist unheimlich süß und es freut mich, dass er ein inspirierendes männliches Vorbild an der Schule hatte, aber das weckt in mir nur noch viel mehr den Drang, Kevin niemals wissen zu lassen, dass sein Wunsch-großer-Bruder seine Schwester für Sex bezahlt hat. Das wäre der Super-GAU. Nicht nur ich würde ihn grenzenlos enttäuschen, sondern auch der Mann, zu dem er aufsieht.

»Ich befürchte, ich kann mir vorübergehend auch kein Digitalpiano leisten. Machen Sie sich nicht die Mühe, sich nach einem für mich umzusehen …«, rückt Kevin plötzlich mit der Wahrheit raus, die ihm sichtlich unangenehm ist.

Ein weiterer Beweis dafür, dass er sehr großes Vertrauen zu seinem Klassenvorstand hat. Er will nicht, dass alle hier davon erfahren, Kevin scheint aber sicher, dass Marcel die Information für sich behält.

»Unsere Eltern sind im Moment … Es ist etwas kompliziert. Und ich kann Emma nicht ständig um Geld anpumpen, sie tut schon so viel für mich und schränkt sich selbst so ein …«

Okay, das ist lieb von ihm, aber das ist mir gerade ein wenig zu viel Real Talk. Kannst du ihm das bitte nicht alles erzählen? Du wolltest doch selbst, dass ich die Klappe halte, was unsere Finanzen betrifft!

Kevin scheint sich zwischen mir und Marcel aber ungeahnt wohlzufühlen. Es mal auszusprechen, brannte ihm wahrscheinlich auf der Seele.

»Du kannst dich glücklich schätzen, dass du eine Schwester hast, die dich so sehr unterstützt«, meint Marcel, klingt dabei überhaupt nicht gefühlsduselig und trotzdem eindringlich ehrlich.

Er hat eine angenehme Aura. Sehr ruhig, besonnen, freundlich und doch irgendwie distanziert – eine seltsame Mischung, aber sie fühlt sich besonders an.

Kevin schielt verstohlen zu mir und lächelt. »Ich weiß. Ich revanchiere mich auch bestimmt, sobald ich mit dem Studium fertig bin.«

»Ach, darf ich dann in deiner Villa wohnen?«

»Sicher. Du kannst deinen Job an den Nagel hängen und dich an meinen Pool legen«, scherzt er, wendet sich dann wieder seinem Lehrer zu und zuckt mit den Schultern. »Meine Schwester hat einen ungewöhnlichen Job, deshalb kam sie heute auch so spät. Sie arbeitet meistens abends oder nachts.«

Marcel hustet – nicht, weil ihm etwas im Hals kratzt, sondern weil ihn dieser Satz aus Kevins Mund genauso schockiert wie mich. Ich starre meinen Bruder mit großen Augen an und traue mich kaum, zu atmen.

»Interessant. Was machen Sie denn beruflich?«, stellt Marcel eine Frage, die er mir so offensichtlich nicht stellen will, dass seine Stimme dabei zwei Oktaven höher klingt. Er kann Kevins Spruch aber nicht einfach ignorieren, das wäre auch auffällig.

»Sie zeichnet. Und designt Grafiken. Emma war auf der Kunstfachschule«, antwortet Kevin für mich, der sich wundert, dass ich gerade kein Wort herausbringe.

Oh mein Gott, bin ich froh, dass er das meinte! Ich meine: Natürlich meinte er die Kunstsache, aber seine Formulierung war so unglücklich zweideutig, dass er Marcel und mir damit beinahe einen Herzinfarkt beschert hätte.

Ich habe früher wirklich meistens abends oder nachts designt, weil ich zu dieser Zeit am kreativsten war. Jetzt muss ich mir die Abende und Nächte aber für andere Dinge frei halten, die wir hier garantiert nicht thematisieren werden! Nie!

Der blonde Lehrer nickt, ich sehe aber an seinem Adamsapfel, dass er den Schreck erst mal runterschlucken muss.

»Kunst und Design. Sehr schön«, meint Marcel und räuspert sich kurz, da er wahrscheinlich heraushört, dass seine Stimme schräg klingt. »Ich hoffe, der Abend heute hat Sie nicht aus Ihrem kreativen Rhythmus gebracht. Für Künstler ficken die Uhren ja immer ein wenig anders.«

Bitte was machen die Uhren?! Habe ich mich verhört?

Nein. Scheiße. Marcel sieht eine Sekunde lang so aus, als würde er innerlich explodieren. Er wollte ganz offensichtlich ›ticken‹ sagen, hat er aber nicht. Jetzt brennt er in einem Feuer aus Unbehagen und Scham, das ich nur allzu gut kenne, weil mir das auch manchmal passiert, wenn ich nervös werde. Er versteckt es zwar gut, aber ich habe die Explosion hinter den blauen Iriden trotzdem gesehen.

Ich weiß nicht, ob Kevin der Versprecher aufgefallen ist. Er grinst zumindest nicht. Aber vielleicht ist er auch zu höflich, um seinen Lehrer auszulachen. Oder zu misstrauisch. Ich muss unbedingt etwas sagen und das Gespräch weiterführen, sonst fällt die Sache noch mehr auf!

»Ja, ich arbeite gern nachts. Von zu Hause. Meistens mit Photoshop und Grafiktablet, aber ich zeichne auch gern konventionell und scanne es dann ein. Stift und Papier haben eine ganz eigene Faszination und mir tun von den hellen Bildschirmlichtern manchmal die Augen weh.«

Zu viele Infos, ich weiß, aber Marcel ist mir bestimmt dankbar für das Blabla, mit dem ich seine fickenden Uhren überschatte.

»Das klingt spannend«, erwidert er, obwohl er sich den Scheiß nicht mal selbst abkauft. Er findet es nicht spannend, dass ich mir regelmäßig die Netzhaut wegbrenne, aber je mehr wir reden, desto weiter rückt sein Versprecher in die Vergangenheit.

»Darf ich Ihnen das Abschiedsgeschenk für Kevin mitgeben?«, fragt er und lenkt das Thema damit zum Glück wieder in eine Richtung, die uns beide nicht nervlich fertigmacht. Er greift in seine Schreibtischschublade und zieht einen USB-Stick hervor. Einen sehr süßen, der wie eine kleine Absolventenkappe aussieht.

»Unsere Film-AG hat für jeden Schüler der Abschlussklasse eine Collage zusammengestellt. Fotos und Videos von Ausflügen, Schulveranstaltungen ...«, erklärt er und schmunzelt Kevin an. »Ich habe deine Collage gesehen. Dein Konzert vom letzten Winterfest ist drauf. Du hast wirklich fantastisch gespielt.«

Kevin verzieht das Gesicht, nicht weil er sich nicht über das Geschenk freut, sondern weil er selbst sein schlimmster Kritiker ist. Ich bin mir sicher, er nimmt seinen Auftritt auseinander.

Marcel reicht mir den Stick. Als ich ihn nehmen will, fällt er auf die Tischplatte, weil wir beide zu früh loslassen, aus Angst, unsere Finger könnten sich berühren.

Als ich ihn greife, schmunzelt Marcel mir kurz zu. »Ich hoffe, das Klavierspiel Ihres Bruders inspiriert Sie zu einem großartigen Design. Musik und Kreativität passen gut zusammen.«

Ich verliere mich eine Sekunde zu lange in den blauen Augen. Marcel merkt das und wendet den Blick von mir ab. Seine Miene wirkt mit einem Mal etwas strenger – nicht sehr, aber mir fällt es auf, weil ich ihn so genau gemustert habe.

»Haben Sie noch Fragen, Frau Reichhald? Darf ich Ihnen noch ein paar Loblieder auf Ihren Bruder singen oder sind Sie schon stolz genug auf ihn?«

Okay, das klang zwar nett, aber er will uns loswerden. Das ist so offensichtlich, dass selbst sein Nettigkeitsschleier es nicht vertuschen kann.

»Ja, ich bin definitiv stolz genug. Wir gehen jetzt. Vielen Dank, dass Sie für uns länger geblieben sind, Herr Favre.«

»Sehr gern«, erwidert er höflich und steht auf, um uns zur Tür zu begleiten. »Wir sehen uns morgen im Französischunterricht«, meint er an Kevin gewandt und klopft ihm auf die Schulter.

Klar unterrichtet er auch Französisch. Er ist schließlich Franzose.

Als er sich mir zuwendet, frieren seine warmen Züge etwas ein. Er wirkt sehr geschäftlich, sehr beherrscht, als er mir die Hand hinstreckt. »Hat mich gefreut, Sie kennenzulernen, Frau Reichhald. Vielleicht sehen wir uns ja bei der Abschlusszeugnisübergabe wieder.«

»Ja. Vielleicht.«

Ein Händedruck, ein Nicken, dann schließt er die Tür zu seinem Büro hinter uns.

Ich hoffe, mit dem Geräusch des klackenden Schlosses enden auch die unvorhersehbaren Ereignisse für heute. Mann, war das ein verrückter Tag …

VOUS ME SUIVEZ?

D ie Schule ist beinahe leer, als ich Kevin durch die Gänge folge. Dieses Gebäude ist der reinste Irrgarten, aber ich kann mir vorstellen, dass man sich hier wohlfühlt, sobald man sich nicht mehr verläuft. Alles wirkt sehr freundlich, offen, modern, und nichts versprüht diesen Altbau-Prüfungsangst-Charme, der in meiner Schule in jedem langen Gang gelauert hat.

»Willst du den Stick haben oder darf ich ihn vorerst behalten?«, frage ich Kevin und schiele prüfend zu ihm rüber, um seine Stimmung einzuschätzen.

»Nein. Behalt ihn. Vielleicht können wir ihn zusammen ansehen, wenn ich mal am Wochenende bei dir bin?«

Er ist gut drauf. Das heißt, er hat die nervösen Spannungen zwischen mir und seinem Lehrer nicht mitbekommen.

»Okay. Ich besorge Popcorn und Taschentücher, falls ich heulen muss, weil mein Bruder so großartig ist.«

Ich stoße Kevin in die Seite und höre ihn lachen.

»Hey, ich kann nichts dafür, dass ich so beliebt bin!«

»Klar. Du kriechst Herrn Favre auch überhaupt nicht in den Arsch.«

»Tue ich nicht! Er mag mich einfach. Wir verstehen uns gut«, verteidigt sich Kevin und grinst plötzlich. »War schon witzig, als er ›ficken‹ gesagt hat.«

Ich stimme nicht in sein Grinsen ein, schüttle nur den Kopf und zucke mit den Schultern. »Hab ich nicht gehört«, murmle ich.

Kevin zieht eine Augenbraue hoch. »Das hast du nicht gehört? Er hat sich so eindeutig versprochen, dass er selbst beinahe gelacht hätte!«

Oh nein. Nach Lachen war ihm definitiv nicht zumute. Aber schön, dass Kevin das glaubt.

»Schon schräg. Herr Favre ist total eloquent und immer extrem höflich. Ich wusste nicht mal, dass er das Wort ›ficken‹ überhaupt kennt!«, reflektiert er amüsiert.

Hast du eine Ahnung, du kleines rothaariges Unschuldslamm. Der kennt noch viel mehr als das dreckige Wort dazu.

Ich will eigentlich das Thema wechseln und Kevin auf andere Gedanken bringen, aber das erledigen die beiden Jungs, die unseren Weg kreuzen. Sie sind anscheinend seine Klassenkameraden, zumindest wohnen sie im selben Wohnheim und wollen wissen, ob Kevin mit zu irgendeinem Wettessen kommt. Ich vermute, dass sie nur nicht Wetttrinken sagen, weil ich dabei bin, aber so oder so, ich muss mir keine Sorgen um Kevin machen – er stellt keinen Blödsinn an, solange er emotional nicht durch den Wind ist. Und im Moment geht es ihm zum Glück gut.

»Ich begleite nur noch meine Schwester nach draußen. Ich komme gleich nach«, versichert er und sieht mich dann den Kopf schütteln.

»Schon gut. Da vorn ist doch der Ausgang. Ich finde allein raus, geh nur.«

»Wirklich?«

»Sicher. Ich bin schon groß, ich komme klar«, versichere ich zwinkernd.

Kevin grinst. »Du bist nicht groß, Emma, du bist winzig.«

Ich hasse es, wenn er mir den Kopf tätschelt, so als wäre er zehn Jahre älter als ich. Er ist einfach nur größer und verarscht vor seinen Freunden seine Schwester. Hätte ich nicht so ein schlechtes Gewissen, weil sein höflicher Lieblingslehrer schon mal in mir gekommen ist, würde ich die kleine Kröte jetzt auch in Verlegenheit bringen. Aber ich verkneife mir die Anekdote darüber, dass Kevin seinen Lehrer in der Unterstufe aus Versehen mal vor der ganzen Klasse ›Mama‹ genannt hat. Die Geschichte bringt ihn heute noch vor Scham zum Glühen.

»Jaja. Ich bin klein, sehr witzig. Sieh zu, dass du dich beim Wettessen nicht überisst«, rate ich und höre selbst, wie mütterlich sich meine Stimme anhört, wenn ich solche Warnungen ausspreche. Kevin ist aber daran gewöhnt. Ab und an hört er mich so reden, aber es stört ihn nicht. Ich denke, er mag es sogar.

»Ich ruf dich an, wenn ich am Wochenende Zeit habe«, kündigt er an.

»Mach das.«

Er hebt kurz die Hand und will sich seinen Freunden zuwenden, hält aber noch mal inne. »Danke, Emma.«

»Für was denn?«

»Du weißt schon.«

Ja, ich weiß es. Aber du nicht. Schon gut.

Kevin verschwindet mit den beiden Jungs über einen anderen Ausgang nach draußen. Ich halte weiter auf das Haupttor zu, verlasse das Gebäude und betrete es dann gleich wieder. Es regnet. Ich habe keine Lust, nass zu werden, während ich auf ein Taxi warte, also telefoniere ich in der Aula.

Zwanzig Minuten Wartezeit, die ich damit füllen werde, meine Mails zu checken und darauf zu hoffen, dass ich einen neuen Auftrag bekommen habe.

So viel Geld mir diese Escort-Sache auch eingebracht hat, für die Deckung meiner Lebenskosten ist noch immer mein Grafikdesigner-Job verantwortlich. Im Moment läuft es scheiße. Was hauptsächlich daran liegt, dass ich viel weniger Arbeiten online stelle und mich nicht um Kontakte bemühe wie sonst.

Während ich auf mein Handy starre, schlendere ich den Gang entlang, da ich dort hinten Toiletten vermute. Mein Hals fühlt sich trocken an, ich will einen Schluck Wasser trinken und mir das Gesicht waschen.

Als ich Schritte von den hohen Wänden hallen höre, bleibe ich stehen und sehe von meinen Mails auf. Das Gebäude ist schon so leer, dass es auffällt, wenn einem jemand begegnet.

In dem Moment, als er um die Ecke des Ganges biegt und mich sein Blick trifft, bleibt er auch stehen.

Marcel trägt eine dunkelblaue Ledertasche, die sein Lehrer-Outfit perfekt abrundet. Weißes Hemd, dunkelblaue Hose, schwarzer Gürtel und Schuhe – mir fällt erst jetzt auf, dass ihm der Look wirklich gut steht. Er sieht aus wie … na ja, wie ein sexy Franzose, der unterrichtet.

Er bewegt sich nicht mehr, verharrt nur genauso regungslos wie ich.

Was jetzt? Starrduell? Oder schießen wir aufeinander? Das hier erinnert mich an alte Wildwestfilme, nur trägt mein Gegenüber keinen Revolver, sondern vermutlich Klausuren.

Das ist doch dämlich, oder? Wir können ganz normal aneinander vorbeigehen. Wir haben schon ein beklemmendes Elterngespräch überstanden, ohne zu explodieren, da schaffen wir auch das.

Ich setze mich in Bewegung und versuche, meinen Blick auf meine Mails zu richten. Mein Plan, Desinteresse zu heucheln, funktioniert nicht. Ich muss einfach zu ihm aufsehen, während ich auf ihn zugehe.

Marcels Miene wirkt ziemlich unterkühlt. Zumindest bis uns nur noch zwei Meter trennen und er plötzlich lächelt.

»Frau Reichhald. Gut, dass ich sie noch mal treffe«, tönt er überrascht.

Ich bleibe verdutzt vor ihm stehen und hebe die Brauen.

Wieso sagst du das jetzt so, als hätten wir uns gerade nicht eine Minute lang angestarrt? Bist du stark kurzsichtig und hast mich bis vor zwei Metern noch für eine der Ficus-Pflanzen gehalten?

»Ich glaube, Sie haben Ihr Portemonnaie in meinem Büro vergessen«, meint Marcel und bringt mich dazu, in meiner Tasche zu wühlen.

Als ich meine Geldbörse finde, schüttle ich den Kopf. »Nein. Die gehört mir nicht, meine ist hier. Aber danke.«

»Ich bin mir ziemlich sicher«, entgegnet er eindringlich klingend.

Ich ziehe die dunkelviolette Geldbörse aus meiner Tasche und wedle damit vor seinem Gesicht herum.

Wenn er jetzt noch mal behauptet, dass ich …

Oh.

Marcel sieht zu, wie ich das Stück Leder wieder verschwinden lasse, und blinzelt mich dann absolut nichtssagend an. Ich verstehe aber endlich, was er meint.

»Wenn du mit mir reden willst, dann sag das doch«, verlange ich schulterzuckend, bleibe zwar bedacht leise, aber dieser Gang ist doch sowieso leer. »Kevin ist in sein Wohnheim gegangen und sonst ist auch niemand hier. Du kannst ...«

»Schön. Wenn Sie mir folgen möchten?«

Dass er mir mit bestimmter Höflichkeit ins Wort fällt, ist ein sicheres Indiz dafür, dass er will, dass ich die Klappe halte und ihm folge. Ich verkneife mir das Augenüberdrehen, weil mir wieder einfällt, wie paranoid Marcel ist.

Kein Mensch in Hörweite, er braucht trotzdem einen Vorwand, und das sogar, um mich zu fragen, ob wir noch reden können. Von mir aus.

Ich laufe ihm hinterher, nur ein Stück, er hält nämlich vor einer ganz anderen Tür als vor seinem Büro.

»Darf ich Ihnen den Flügel zeigen, den ich für Kevin vorgesehen hatte?«

»Sicher dürfen Sie das«, sage ich übertrieben gestelzt und gestikuliere dabei scherzhaft mit den Händen. »Eure Hoheit«, füge ich hinzu.

Er kann meiner Verbeugung absolut nichts Komisches abgewinnen. Ich schon. Ich bin aber auch müde, überreizt von diesem Tag und genervt von seiner Übervorsichtigkeit. Es liegt genauso in meinem Interesse, dass niemand hier mitbekommt, dass er mich gebucht hat, aber wir können doch trotzdem wie normale Menschen reden.

Die Tür, die Marcel öffnet, führt zu einem stockdunklen Saal. Als er das Licht anknipst, entdecke ich viele Stühle und eine Bühne mit Rednerpult. Ich sehe auch das Klavier, das er angesprochen hat, aber ich bin mir sicher, dass wir nicht hier sind, damit ich mir das Ding ansehe.

Marcel schließt die Tür hinter uns. Das klickende Geräusch ist mein Startschuss, um loszuwerden, was mir seit der Sache mit dem Portemonnaie durch den Kopf geht.

»War das jetzt wirklich notwendig? Diese Show ohne Publikum? Die Schule ist quasi leer und du kannst doch sagen, dass du mit mir reden willst, auch ohne Vorwand. Da ist doch nichts dabei. Wir könnten uns einfach sympathisch finden. Wir könnten befreundet sein, was spricht dagegen? Wir könnten uns sogar daten. Wen interessiert das denn? Solange niemand herausfindet, dass du mich bezahlt hast, um …«

Ich stoppe meinen Vortrag, nicht weil er mich wieder unterbricht, sondern weil seine Miene so unsagbar finster wird, dass es so aussieht, als würde sein perfektes Gesicht Risse bekommen.

Oje. Ich glaube, ich habe den Franzosen kaputtgemacht.

»Warum bist du hier?!«, knurrt er vorwurfsvoll.

Ich neige fragend den Kopf. Er weiß doch, warum ich hier bin.

Elternabend – du hast mir gerade einen kleinen USB-Stick geschenkt und mir gesagt, wie großartig mein Bruder ist.

»Warst du schon mal hier?! Kanntest du mich, bevor du bei Vincent angefangen hast?! War es deshalb?!«

»Sag mal, bist du high?«

Die Frage erscheint mir berechtigt, zumal er anscheinend gerade auf einem Paranoia-Trip ist.

»Wieso sollte ich dich denn schon vorher gekannt haben? Woher denn? Ich war erst einmal hier, vor über vier Jahren. Keine Ahnung, ob du auch da warst, aber ich habe dich letzte Woche im Hotel zum ersten Mal gesehen. Kevin hat dich immer als ›alt‹ beschrieben. Ich dachte, du wärst sechzig.«

Die blauen Iriden funkeln prüfend.

Ich schnaube genervt. »Was hätte es denn bitte für einen Sinn, dir zu verschweigen, dass ich …«

Mir kommt gerade eine Vermutung. Ich glaube, ich verstehe seinen irrationalen Vorwurf.

Der Franzose ist tatsächlich kaputt. Sehr sogar. Schwerer Systemfehler!

»Denkst du, ich habe deinetwegen bei Vincent angefangen?! Weil ich dich mal gesehen habe und seither so hoffnungslos verknallt in dich bin, dass ich dich gestalkt und herausgefunden habe, dass du Escorts buchst, um mich dann selbst zu prostituieren?!«

Er schweigt. Verzieht nur kurz den Mund. Das heißt wohl ›Ja‹.

Lieber Marcel, ich hatte vorhin Sex mit einem Typen mit fünf Persönlichkeiten, deshalb landest du leider nur auf Platz zwei der ›Männer mit Psychosen, die Emma buchen‹-Liste, die ich seit heute führe – trotzdem Gratulation zu so viel kreativer Spinnerei!

Ich beginne, meine Worte heftig mit zu gestikulieren, weil ich kaum glauben kann, dass jemand so paranoid sein kann.

»Du denkst, ich verkaufe meinen Körper, nur um an dich ranzukommen?! Für wie irre hältst du mich denn?! Niemand auf dieser Welt ist so bescheuert! Ich tue das nicht für irgendeinen blöden Typen, den ich nicht mal kenne, sondern für Kevin! Wegen des Schulgelds …«

Warum ich das raushauen musste, weiß ich nicht, aber ich war gerade so in Fahrt, da ist es mir einfach rausgerutscht. Scheiß drauf. Er wird es sowieso niemandem erzählen, zumindest das versichert mir seine Übervorsichtigkeit.

»Hältst du dich wirklich für so scharf und unwiderstehlich, dass Frauen so etwas tun, um mit dir zu vögeln?! Ganz ehrlich, du bist schön, aber es gibt viele schöne Männer auf der Welt, und die leben nicht mit dem Kopf in ihrem Arsch, vor lauter Angst, dass die Frauenwelt auf ihr Aussehen wie auf Crystal Meth reagiert und total abdreht!«

Oh, der letzte Teil war etwas vulgär, aber ich muss ihm das so unverblümt ins Gesicht sagen, vielleicht erkennt er dann, dass er narzisstische Wahnvorstellungen hat.

Marcel starrt nur. Irgendwann starrt er mich nicht mehr an, sondern durch mich hindurch. Seine Miene ist ziemlich neutral. Ich weiß mittlerweile, dass er seine Emotionen so gut unter

Kontrolle hat, dass man nicht unbedingt erkennt, was er fühlt. Da ist aber ein Fünkchen Scham hinter den blauen Augen versteckt. Mein Vortrag hat ihn wohl überzeugt. Und aus der Paranoia wachgerüttelt. Im Wachzustand ist ihm seine Unterstellung unangenehm.

Jetzt tut es mir irgendwie leid, dass ich so forsch geworden bin. In seiner schrägen Gedankenwelt macht das alles wohl Sinn. Und eigentlich geht es mich auch nichts an. Ich wollte mich nur gegen seine Unterstellung verteidigen.

»Du bist offensichtlich ein hervorragender Lehrer ...«, setze ich leise an, um meine Schimpftirade zu relativieren. »Kevin ist wirklich begeistert von dir und sieht zu dir auf. Dass du ihm gratis Klavierstunden gegeben hast, weiß ich sehr zu schätzen. Aber ...« Ja. Ich muss es noch mal loswerden. Diesmal netter. »Aber du kannst doch niemandem unterstellen, dass er sich auf psychologisch bedenkliche Art in dich verliebt, nur weil er dich einmal sieht. Das ist doch nicht normal, Marcel.«

So einen Psychosen aufzählenden Vortrag hätte ich Finn niemals gehalten. Zum einen, weil ich nicht mutig genug gewesen wäre, dem Teufel ins Gesicht zu sagen, dass er sich wahnsinnig verhält, und zum anderen, weil ich nicht davon ausgehe, dass das bei ihm irgendeinen Nutzen gehabt hätte. Marcel ist nicht wirklich irre, er hat anscheinend nur ... eine Klatsche. Und irgendwie will ich ihm helfen, sie loszuwerden. Weil er ansonsten offensichtlich ein netter Mensch ist und viel für Kevin tut.

Ach, nur deshalb?

Falscher Zeitpunkt für Kommentare!

Ich befürchte schon, er reimt sich die nächste Verschwörungs-
theorie zusammen, aber als er den Mund aufmacht, verliert
seine Miene endlich die Anspannung und die Risse verschwinden aus der ebenen Haut.

»Pascal«, sagt er und verliert kurz den Blickkontakt mit mir.

»Was?«

Er sieht mich wieder an. »Ich heiße nicht Marcel. Ich heiße
Pascal. Pascal Favre.«

Ich schmunzle. Er hat mir bei unserem Treffen sogar einen
falschen Vornamen genannt. Unnötig, aber sein Stil.

»Und du hast recht. So etwas zu unterstellen, ist wohl nicht
normal«, gibt er zu, zuckt aber mit den Schultern. »Entschuldige. Du hast mich vorhin in meinem Büro kurz so angesehen, als
wärst du …« Jetzt ist es ihm unangenehm, es auszusprechen,
aber es ist auch verrückt.

Ich weiß, welchen Moment er meint. Als er den süßen Satz
mit der Kreativität und der Musik gesagt hat, habe ich ihn eine
Sekunde lang angeglüht. Das hat wohl gereicht, um ihn am Rad
drehen zu lassen. Vorhin am Gang dachte er wahrscheinlich,
ich verfolge ihn – das würde auch seine Schockreaktion im ersten Moment erklären.

Ich wollte nur Wasser aus dem Waschbecken auf den Toiletten trinken, nicht deine Frau werden!

»Ich fand deinen Satz süß – nichts weiter. Ich stehe nicht auf
dich, Mar… Pascal. Ich stehe auf niemanden. Das kommt im

Moment auch gar nicht infrage, wegen des Jobs.« Den letzten Satz murmle ich leise vor mich hin, weil er mir unangenehm ist.

Er nickt.

Jetzt fühlen wir uns beide eine Runde seltsam. Geteiltes Leid ist halbes Leid.

Stille. Wir schweigen vor uns hin. Das war's dann wohl mit dem Gespräch. Er weiß jetzt, dass ich nicht verrückt bin und ihn nicht anbete. Um mehr ging es hier nicht. Oder suchen wir jetzt noch die imaginäre Brieftasche in seinem Büro?

Ich sollte gehen.

Dann geh.

Mache ich.

Deine Beine müssen sich zum Gehen bewegen. Sag doch gleich, dass du stehen bleiben willst. Du musst dich nicht selbst anlügen, Emma.

Doch, muss ich. Erspart mir viele Kopfschmerzen.

»Das ist der Flügel, den ich Kevin angeboten habe«, durchbricht er die eingekehrte Stille zwischen uns und lässt mich aufhorchen.

Mein Blick folgt seiner Geste auf die Bühne. Am linken Rand steht ein schwarzes Klavier. Ich gehe darauf zu, um mir das Instrument anzusehen.

Es ist ungefähr doppelt so groß, wie ich es mir vorgestellt hatte. Das Teil würde meiner Wohnung regelrecht Angst einjagen, weil sie weiß, dass es viel zu groß für sie ist. Ich will mir den Vergleich mit Victors Männlichkeit und meiner Muschi verbieten, aber er drängt sich mir auf.

»Das Klavier passt unmöglich in meine Wohnung«, gestehe ich.

»Flügel«, korrigiert Marcel – Pascal! Mann, ist die Umstellung schwierig! Ich kann mir entweder merken, dass das Ding dort Flügel und nicht Klavier heißt, oder, dass ich ihn nicht mehr Marcel, sondern Pascal nennen soll. Die Entscheidung fällt mir leicht. Das Ding ist ein Klavier und der schöne Franzose ist ein Pascal. Abgespeichert.

Er stellt sich neben mich und lässt seine Hand über den schwarzen Lack gleiten. »Ich verstehe. Aber es wäre schade, wenn Kevin aufhören würde, zu spielen, nur weil ihm ein Instrument fehlt. Er spielt sehr leidenschaftlich – technisch verbesserungswürdig, aber das ist zweitrangig.«

Ich mag, wie Pascal als Herr Favre über Kevin spricht. Sehr warm, trotzdem nicht wie ein dauergrinsender Waldorfpädagoge, der jeden Schüler einmal knuddelt, bevor er Bäume umarmen geht. Es scheint ihm wichtig zu sein, dass Kevin nicht mit der Musik aufhört. Und ich habe das Gefühl, in dieser Hinsicht kennt er meinen Bruder besser als ich. Mir war nicht klar, wie viel Kevin das Spielen bedeutet.

»Ich … sehe mal, was ich tun kann. Vielleicht kann ich ihm eines dieser Keyboards besorgen, von denen du gesprochen hast.«

»Elektronisches Piano«, korrigiert Pascal.

Ich ziehe eine Braue nach oben. »Ist der Unterschied wichtig?«

Mir war nicht klar, dass dieses perfekte Gesicht so schockiert verdutzte Züge annehmen kann. Er sieht gerade wie eine unheimlich schöne Comicfigur aus, der gleich die Augen rausploppen. Irgendwie witzig.

»Ob der Unterschied wichtig ist? Du meinst, weil beides Tasten hat? Aus dieser Schlussfolgerung heraus könntest du ihm auch eine Computertastatur besorgen und ihm vorschlagen, darauf Beethovens 9. zu üben.«

Da ist aber jemand empfindlich, wenn es ums Musizieren geht. Liegt auch nahe.

»Kevin meinte, du spielst wie der wiedererweckte Mozart«, lenke ich das Thema von meiner Unwissenheit weg, was Instrumentenkunde betrifft. Zu Hause werde ich den Unterschied mal googeln.

Pascal zuckt mit den breiten, geraden Schultern und macht ein paar Schritte am Flügel entlang auf mich zu. Er lässt die Finger seiner linken Hand dabei kurz über die Tasten gleiten – während er geht, seitlich zum Instrument geneigt! Das muss man betonen, weil er dem Klavier dabei Tonfolgen entlockt, die mich schon von jemandem, der sitzend beidhändig spielt, vom Hocker hauen würden.

»Du hast da doch jetzt einen Play-Button gedrückt, oder?«, frage ich ungläubig, weil ich eher glauben könnte, dass das gerade ein Zaubertrick war.

»Fragst du, ob der Flügel eine Stereoanlage eingebaut hat? Sag mal, hattest du jemals Musik an der Schule?«

Er bleibt vor mir stehen, mustert mich mit einem Hauch Strenge im Blick, die aber nicht einschüchternd wirkt, weil er auch einen Mundwinkel hochzieht. Ich kann mir vorstellen, dass er genauso unterrichtet – streng, leistungsorientiert, aber mit einem motivierenden Lächeln auf den Lippen.

»Mein Lehrer war 103 Jahre alt und hat sich selbst für eine Trompete gehalten. Hat sich aber gut mit meiner Biologielehrerin vertragen – die hielt sich für eine Posaune. Eigentlich waren beinahe alle Lehrer, mit denen ich zu tun hatte, Geisteskrankheiten sehr zugetan«, entgegne ich schmunzelnd.

Pascals Züge werden wieder vertuschend neutral.

Oje. Das sollte ein Witz und keine Anspielung auf seine verquere Übervorsichtigkeit und seine seltsamen Ängste sein! Jetzt höre ich aber auch heraus, wie das geklungen hat. Das war wirklich keine Absicht.

Themenwechsel! Themenwechsel!

»Danke, dass du Vincent nichts verraten hast. Wegen der Sache mit dem Nasenbluten …«

Ja, das Thema ist mir zwar höllisch unangenehm, aber ich schlucke das Unbehagen lieber, bevor er weiter darüber nachdenken kann, ob ich ihn für geisteskrank halte. Das tue ich nicht. Pascal ist merkwürdig, aber nicht krank.

»Ich weiß, dass ich mich Frauen gegenüber nicht immer normal verhalte«, lautet seine Antwort.

Er übergeht meinen Themenwechsel, lehnt sich neben mich an den Flügel und verschränkt die Arme vor der Brust. Sein

Blick schweift auf seine Beine – er stellt eines vor das andere und tippt mit der Schuhspitze langsam auf den Boden.

»Ich hatte in der Vergangenheit Probleme mit Stalkerinnen«, murmelt er seinen Füßen entgegen.

Hat er absichtlich oder aus Versehen den Plural benutzt?

»Ich habe Claire gebucht, weil ich keine Beziehung haben will – kann. Es geht nicht. Noch mal tue ich mir so etwas nicht an.« Er schüttelt den Kopf, nicht für mich, sondern um seinen Worten für sich selbst Nachdruck zu verleihen.

Ich hake nicht nach, da ich mir sicher bin, dass er sowieso abblockt, aber es würde mich schon interessieren, was jemandem passieren muss, damit er irgendwann an den Punkt gelangt, dem Boden zu zu murmeln, dass er für immer allein bleiben will. Es könnte natürlich auch sein, dass er eine kleine Drama-Queen ist – Pascal wirkt aber nicht so. Eher wie jemand, der viel schluckt, bevor er den Hals voll hat.

Das klang jetzt unbeabsichtigt pervers …

»Ich hatte nie andere Escorts – immer nur Claire. Und eigentlich auch nur, weil sie die Freundin von … weil ich sie kannte und wusste, dass sie kein Interesse an mir hat.«

Okay. Sie kannten sich also? Sind sie befreundet? Mir fällt auf, dass Claire mir ziemlich wenig über Pascal erzählt hat. Sie hat auch bei der Sache mit dem falschen Vornamen mitgespielt.

»Es tut mir leid, dass ich dir das alles unterstellt habe. Aber ich bin nicht verrückt. Ich bin nur … vorsichtig.«

»Ich halte dich nicht für verrückt«, versichere ich und versuche, meine Stimme möglichst sanft und nicht neugierig klingen zu lassen. »Willst du mir von der Sache mit deiner Stalkerin erzählen?«, frage ich vorsichtig, weil ich denke, dass es ihm guttut, wenn er darüber spricht. Es wirkt so, als hätte er das Thema für sich eingemauert und würde den Zementklotz seither einfach mittragen.

Pascals dezent betretene Miene friert plötzlich ein. Er hebt den Blick, sieht zu mir und ich könnte schwören, seine blauen Iriden sprühen gerade Eisblitze. »Was sollte dich das denn bitte angehen?«, fragt er und hebt eine Braue.

Es scheint, als ob er sich vorhin nur ein Stück weit geöffnet hat, weil er sich für seinen paranoiden Anfall verteidigen wollte und nicht akzeptieren konnte, dass ich ihn für durchgeknallt halte. Weitergehen will er nicht. Er gibt nur so viel preis, wie er für seine Verteidigung für notwendig hält.

»Sorry. Ich dachte, es würde dir guttun«, gebe ich zu und zucke mit den Schultern.

»Mit einer Fremden zu reden, soll mir guttun? Erzählst du denn jedem Typen, den du kennenlernst, gleich deine Lebensgeschichte?«

Ihm kommt die Antwort auf seine Frage offensichtlich selbst in den Sinn, deshalb schüttelt er auch amüsiert schnaubend den Kopf.

»Stimmt ja, du hast mir in den ersten drei Sekunden meiner Buchung deinen vollen Namen verraten – tust du das mit all deinen Kunden? Das solltest du abstellen, das ist wirklich leichtfertig.«

Ich verziehe beleidigt den Mund. »Nein, das tue ich nicht. Das habe ich nur bei dir gemacht …«

Der Satz müsste ihn eigentlich wieder in misstrauische Schockstarre versetzen. Obwohl ich es nicht so gemeint habe, klang das sehr nach einem Zugeständnis, dass ich etwas Besonderes zwischen uns gefühlt habe. Er war aber nur mein erster Kunde und die Nervosität hat mich dämlich gemacht – das will ich ihm allerdings nicht verraten.

Pascal bleibt ruhig. Er glaubt mir wohl endgültig, dass ich nicht hoffnungslos in ihn verschossen bin und nicht das bedenkliche Bedürfnis habe, alles abzulecken, was er angefasst hat – oder was Stalker auch immer tun.

Du redest trotzdem auffallend gern mit ihm. Dein Taxi ist bestimmt schon weg.

Nur wegen Kevin! Ich rufe eben ein neues …

Was hat denn Kevin damit zu tun, dass du hier stehst und nicht wegwillst?

Stehe ich hier vor Gericht, oder was? Ich verweigere die Aussage! Ich kann mich an nichts erinnern.

»Du kanntest meinen Nachnamen«, spreche ich etwas an, das mir gerade auffällt. »Wieso warst du heute trotzdem so überrascht, mich zu sehen? Du wusstest, dass ich Reichhald heiße.«

Pascal schüttelt den Kopf. »Ja, aber ich war mir absolut sicher, dass du mir einen falschen Nachnamen genannt hast – wer haut denn bei so einem Job seinen echten Nachnamen raus? Selbst wenn man nicht so speziell ist wie ich, tut man das nicht.«

Ja, das macht Sinn. Schön. Jetzt weiß er, dass ich bescheuert bin.

»Bist du heute zu spät gekommen, weil du bei einem Kunden warst?«

Ich bin mir nicht sicher, was ich antworten soll – oder will. Pascal weiß, was ich tue, es ist kein Geheimnis. Außerdem hat er mich selbst schon gebucht. Eigentlich dürfte es mir nicht unangenehm sein – ist es aber. Wahrscheinlich, weil mir Finn wieder im Kopf herumspukt.

»Ich hatte einen Termin …«, murmle ich nichtssagend und sehe, wie sich Pascal vom Klavier abstößt und vor mich stellt.

»Dann ist das an deinem Hals ein Insektenstich. Keine Zahnspuren«, behauptet er, lässt aber durchklingen, dass er die Schlussfolgerung nur ausspricht, nicht glaubt.

Ich wende den Blick ab.

Übrigens, zu meiner Verteidigung: Schreib ins Protokoll, dass er auch keine Anstalten macht, das Gespräch zu beenden und Feierabend zu machen!

Hab ich notiert.

»Bedienst du Fetisch-Kunden?«, will Pascal wissen. Seine Stimme klingt dabei sehr kühl.

Jetzt starre ich auf meine Füße. »Nein. Das heute … war eine Ausnahme. Ich mache das sonst nicht.«

»Du bist neu. Du machst das noch nicht lange«, unterstellt er wissend. Das muss ihm Claire erzählt haben. Oder er hat es anhand der Tatsache herausgefunden, dass ich mich bei unserem Termin wie eine blutige Anfängerin angestellt habe – im wahrsten Sinne …

»Kannst du mit Fetischkunden überhaupt umgehen? Ich habe dich schon nervös gemacht und ich bin nur ein dominanter Egosex-Typ, kein Würger.«

»Ich komme schon klar … Das heute war wirklich nur eine Ausnahme.« Hoffe ich. Ich weiß es nicht.

Wenn Victor mich ausbilden will, werden sich solche Termine wohl häufen. Mein Körper hält das aus, aber ich bin mir nicht sicher, ob ich mental damit klarkomme. Wenn mir jeden Abend ein Mann ins Ohr knurrt, dass ich eine wertlose Schlampe bin …

Ich schrecke aus meinen Gedanken hoch, weil ich Pascals Finger an meinem Hals fühle. Dass er so nah neben mir steht, ist mir nicht aufgefallen, weil ich auf meine Schuhe gestarrt habe. Jetzt blinzle ich irritiert die blauesten Augen der Welt an.

»Hast du sonst irgendwelche Verletzungen? Außer am Hals?«, will er wissen. Seine Stimme klingt rau.

»Nein, nein. Alles in Ordnung.«

Pascals Finger tasten so vorsichtig über meine Haut, dass sie meine Nervenenden kribbeln lassen. Er packt nicht mein Kinn oder zwingt mich, zu ihm aufzusehen, er gibt mir nur einen vorsichtigen Impuls und lässt mir die Wahl, ob ich den Kopf für ihn neige oder nicht.

Ich weiß, dass er beim Sex dominant ist. Ziemlich sogar. Abseits seiner Lust ist das scheinbar anders. Sein Blick ist kühl, ja, aber es fühlt sich so an, als würde er sich Sorgen machen. Obwohl wir uns kaum kennen. Das ist wohl der Lehrer in ihm. Nicht alle Männer, die wissen, dass ich mich verkaufe, halten mich für eine wertlose Schlampe. Er weiß gar nicht, wie gut seine Fragen meiner Seele gerade tun. Zu ausführlich darauf eingehen möchte ich trotzdem nicht.

Ich drücke seine Hand vorsichtig weg. Es bleibt unangenehm, dass er ahnt, was ich heute über mich habe ergehen lassen und dass das eigentlich nichts ist, das ich gern ertragen habe.

»Die Agentur passt auf mich auf. Mir passiert nichts«, spreche ich etwas aus, das mir selbst ungeahnt guttut, weil ich daran glaube. Vor allem nach dem Anruf von Vincent und der Fahrt mit dem knurrenden, rauchenden Wachhund, der mich gern an die Leine legen würde.

»Du kennst Claire, und sie macht das seit Jahren, also … mach dir keine Sorgen.«

Pascal tritt einen Schritt zurück und schüttelt den Kopf. »Dein Leben. Mach, was du willst. Es geht mich nichts an. Ich will es eigentlich auch gar nicht wissen.«

Das waren ziemlich viele Sätze, die ›Ich mache mir keine Sorgen!‹ aussagen sollten. Weiß er, dass er dabei bockig klingt?

»Dann fummel nicht an meinem Hals herum«, entgegne ich mit hochgezogener Braue, einfach weil ich sehen will, wie er darauf reagiert.

Oha. Ja. Das zieht. In dem ebenen Gesicht spiegeln sich plötzlich fünf Emotionen auf einmal und drei davon bringen ihn zum Knurren.

»Wenn ich junge Menschen sehe, die verletzt sind, frage ich nach – ich bin Lehrer! Das passiert automatisch! Das hat nichts mit dir zu tun. Ich kümmere mich um Schülerinnen. Schüler. Nicht, dass du eine wärst, aber … Je n'ai pas à me justifier devant toi vous!«

Okay. Enthusiastischer Vortrag. Dass er am Ende ins Französische gewechselt hat und das anscheinend nicht mal bemerkt, deute ich als Zeichen dafür, dass sich seine Gedanken beim Reden überschlagen haben. Er hat übrigens gesagt, dass er sich nicht vor mir rechtfertigen muss. Muss er auch nicht, tut er aber.

Ist es bedenklich, dass es mir Spaß macht, ihn zu triezen?

»Schon gut. Es ist ja sehr süß, dass du dir Sorgen um mich machst, Herr Favre«, entgegne ich und schmunzle ihn an.

Pascal schießt mit imaginären Eisblitzen. »Süß?«, wiederholt die männliche Elsa übertrieben verständnislos. »Das ist nicht süß, ich bin nur kein empathieloses Arschloch. Wenn du das mit Zuneigung verwechselst, kann ich dir nicht helfen. Ich bin der Lehrer deines Bruders und ich kenne Kevin viel länger und besser als dich und würde ihn definitiv zuerst aus dem Wasser ziehen, wenn ihr beide am Untergehen seid.«

Ich weiß, das soll gemein klingen, aber ich finde es großartig, dass er die kleine Kröte zuerst retten würde – Kevin schwimmt schlechter als ich, wenn das Wasser rau ist. Schön, dass er jemanden wie Herrn Favre hat.

Dass ich noch immer schmunzle, geht ihm gegen den Strich. »Langsam glaube ich wieder, du erhoffst dir irgendetwas zwischen uns.«

Nein, das glaubt er nicht. Sonst würde er viel mehr zumachen. Pascal ist bei Weitem nicht mehr so distanziert paranoid wie bei unserer Buchung oder vorhin am Gang. Das Argument kommt ihm aber gelegen.

»Ich bin nur der Lehrer deines Bruders. Und ich bin nur der Mann, der dich gebucht hat, um dich zu haben … mehr nicht.«

»Um mich zu haben? Was ist denn das für eine gestelzte Formulierung? Ist dir das Wort für das, was du mit mir gemacht hast, entfallen? Vorhin in deinem Büro hattest du es noch drauf. Oder ticken deine Uhren jetzt anders?«

Pascal zuckt kurz betreten zusammen. »Ist es Kevin aufgefallen?«

»Neeeein. Das war ein sehr subtiler, kaum hörbarer Versprecher! Du hast das F am Anfang auch gar nicht überbetont oder so ähnlich.«

Er seufzt, weil er den Sarkasmus heraushört. Seine Mimik wirkt irgendwie leidend. Dass er sich deshalb so einen Kopf macht, war mir nicht klar. Ich wollte ihn nur ein wenig auf den Arm nehmen.

»Halb so wild. Kevin fand es lustig. Er meinte, du bist sonst sehr überlegt in deiner Ausdrucksweise. Ich denke, es hat ihm gefallen, dass du mal so etwas raushaust.«

Pascal schüttelt den Kopf. »So etwas sagt man nicht vor Kindern. Schon gar nicht, wenn man sie unterrichtet.«

»Kevin ist achtzehn. Er ist kein Kind mehr. Der vögelt am Wochenende so viel rum, dass er am Sonntagabend komisch läuft«, meine ich und winke einmal, um die Sache abzutun.

Pascal sieht irgendwie bestürzt aus. Er weiß doch, dass seine Schüler Sex haben, oder? Das hier ist ein Oberstufeninternat, keine Klosterschule. Sonst wäre er ein Priester. Und uns hätte beim Vögeln der göttliche Blitz erschlagen.

»Kannst du mir bitte nichts über das Sexualleben meiner Schüler erzählen?«, verlangt er und klingt dabei so hoheitsvoll gestelzt, als hätte er noch nie etwas Schmutziges gesagt oder gehört.

»Steht dein Direktor hinter diesem Vorhang und belauscht uns?«, will ich wissen und mache einen Schritt auf den dunkelroten Stoff zu, hinter dem eine kleine Nische ist, in der die Sitzkissen für die Stühle gelagert werden. Ich ziehe ihn demonstrativ zu und schüttle den Kopf.

Pascal mustert mich finster, weil er weiß, dass ich ihn wegen seiner Ausdrucksweise verarsche.

»Niemand hier«, stelle ich verschwörerisch klingend fest.

»Sag es.«

»Was?«, entgegnet er und vergisst, dass er nicht ausschließlich schockiert, sondern auch streng klingen will.

Ich grinse und mache einen Schritt auf ihn zu. »Was reimt sich auf picken?«

Pascal zieht eine Augenbraue nach oben. »Dir ist schon klar, dass ich ein dreißigjähriger Mann mit zwei Hochschulabschlüssen bin?«, entgegnet er und schüttelt ablehnend den Kopf.

»Zu infantil? Okay, du hast recht«, gestehe ich schulterzuckend. Ich könnte jetzt aufhören, aber ich denke, es würde ihm guttun, diese höfliche Verklemmtheit abzulegen, die er sich Frauen gegenüber antrainiert hat, die er gerade nicht gegen Bezahlung vögelt.

Werd locker, Franzose! Du musst nicht zum Lachen in den Keller gehen, nur weil du nicht für Spaß bezahlt hast.

Ich seufze und sehe dann mit schief gelegtem Kopf zu ihm auf. »Ich dachte, der Mann, der mich gefragt hat, ob ich immer so schnell feucht werde, würde nicht erröten, wenn ich ein schmutziges Wort aus seinem Mund hören will.«

Im Gegensatz zu seiner eingefrorenen Miene reagieren seine blauen Iriden auf meine Worte – das Eisblau funkelt.

»Sehe ich aus, als würde ich erröten?«, tönt er mit so tiefer, melodischer Stimme, dass ich mir gerade sicher bin, dass ich Gänsehaut bekommen würde, sobald er etwas singt. Kurt kann einpacken – Pascal rockt die Nummer besser. »Ich bin nicht verlegen – ich weiß mich nur an meinem Arbeitsplatz zu benehmen.«

»Und was ist, wenn du dich mal drei Sekunden an deinem Arbeitsplatz nicht benimmst? Musst du dann dein Diplom zurückgeben? Wirst du rausgeschmissen? Zerknittert dein Hemd? Riskier es mal ... ich wette, die Welt dreht sich weiter.«

Ich merke erst, wie nah ich ihm gekommen bin, als ich sein brummendes Ausatmen an meinen Wangen fühle.

Es ist schräg, aber hier krümmt sich gerade das Raum-Zeit-Kontinuum. Die zwei Sekunden, die er benötigt, um die Augen zu schließen und die Hand an meinen Hals zu legen, vergehen für mich in Zeitlupe. Das funkelnde Eisblau seiner Augen verschwindet unnatürlich langsam hinter seinen Lidern, die schmalen, langen Finger drücken sich hintereinander auf meine Haut, so als würde er an meinem Hals Klavier spielen.

Entweder wird er gleich von all meiner verbalen Penetranz ohnmächtig und will sich noch schnell an mir festhalten, oder er will mich küssen.

Darauf war ich wirklich nicht aus. Ich dachte nur, ich mache ein klein wenig Konfrontationstherapie und bringe ihm bei, das Leben etwas lockerer zu sehen.

Emma. Das ist so offensichtlich gelogen, dass ich das mal aus dem Protokoll streichen werde. Sag lieber: Ja, ich habe den schönen, verklemmten Mann so lange getriezt, bis er mich küsst, und ich unterdrücke das freudige Quieken, um gleich nicht wie ein glückliches Schweinchen zu klingen.

Ja! Von mir aus! Dann eben so …

Ich atme noch mal ein, dann schließe ich die Augen und der Kuss, der folgt … folgt nicht. Ein Quieken kann ich mir trotzdem nicht verkneifen, denn ich knalle so schwungvoll durch den roten Vorhang und lande in den Sitzkissen, dass sich mein inneres Schweinchen total erschreckt.

Du schubst mich?! Ich dachte, du wolltest mich küssen!

Bevor ich in Gedanken weiter schockiert sein kann, schallt auch schon eine laute männliche Stimme durch den Festsaal.

»Da bist du! Ich wusste es! Leckst wieder am Flügel! Das ist so beknackt, Pascal. Lass das Ding doch mal allein, es steht hier auch rum, ohne dass du ihm ›Gute Nacht‹ sagst!«

Okay. Jetzt macht das Geräusch Sinn, das ich, kurz bevor ich gefallen bin, gehört habe – jemand hat die Tür aufgerissen. Aber das ist definitiv kein Schüler – oder der frechste Schüler der Welt.

»Kannst du hier bitte nicht so herumschreien?«, murrt Pascal und schafft es, genervt zu klingen, nicht ertappt.

Ich bleibe still liegen und ziehe langsam den Fuß, der noch rausguckt, hinter den Vorhang. Klar, ich wollte Pascal ein wenig desensibilisieren, was seine Verklemmtheit abseits des Schlafzimmers angeht, aber ich wollte nicht, dass uns einer seiner Kollegen beim Knutschen erwischt.

Wollte er überhaupt knutschen? Ich bin mir gerade nicht mehr so sicher, was passiert wäre, wenn wir nicht unterbrochen worden wären. Vielleicht wollte er nur meinen Puls fühlen oder noch mal an Finns Zahnspuren herumtasten und der Rest war reines Wunschdenken.

»Entschuldigen Sie, Herr Favre! Bin ich zu laut für deine französischen Öhrchen?«

Pascal brummt vor sich hin. »Der Elternabend ist gerade mal seit einer Stunde vorbei. Kann es sein, dass du schon besoffen bist?«

Ihm gegenüber wählt er seine Worte nicht so übertrieben bedacht. Sie sind wohl nicht nur Kollegen, sondern Freunde. Ein Zustand, den er höchstwahrscheinlich nur mit Männern erreichen kann.

»Achtundneunzig Prozent des Kollegiums feiern im Lehrerzimmer und sind schon voll. Nur Frau Sommer nicht, die ist schwanger. Und du, weil du anscheinend seit der Uni mit der Spaßbremserei trächtig bist.«

Eine Feier nach dem Elternabend klingt wirklich nach Spaß. Das heute war bestimmt eine anstrengende Veranstaltung. Dass sie unter Kollegen miteinander feiern, beweist, dass das Arbeitsklima hier sehr gut sein muss. Ich hatte mit viel steiferen alten Lehrern gerechnet, aber die andere, besoffene Stimme klingt nicht älter als Pascal. Ich sehe ihn nicht, weil ich brav in meinem Vorhangversteck bleibe und so tue, als wäre ich eines der Kissen. Ich würde zwar gern spähen, aber ich habe zu große Angst, dass ich Pascal in seiner Problembewältigung durch das Schockerlebnis, dass uns jemand erwischt, um Lichtjahre zurückwerfe. Auch wenn er ganz offiziell mit mir knutschen dürfte, weil ich nur die Schwester eines Schülers und keine Schülerin bin.

»Ich komme gleich, Remo«, versichert Pascal.

»Nein, nicht gleich – jetzt! Sonst verpasst du, wie ich mit Morgenthaler ›Volare‹ in die Karaokeanlage trällere. Und ich brauche jemanden im Publikum, der mich verächtlich mustert, während ich singe, sonst wird mein Ego so groß, dass ich vor dem Schlafengehen den Spiegel im Badezimmer küsse. Du hältst mich klein. Danke. Hör mir und dem Direktor beim Singen zu. Jetzt!«

»Nein, Remo.«

»Was? Ich muss mit ihm singen. Er ist quasi mein Schwiegervater – ich muss ihn glücklich machen und der Mann will ›Volare‹ singen!«

»Das meine ich nicht. Ich meine, ich komme nicht sofort, aber ich komme gleich!«

Hat der andere Lehrer einen großen Hund dabei? Da knurrt doch einer, oder?

»Na gut. Aber wenn du nicht in drei Minuten kommst, zwinge ich dich, was mit mir zu singen, und du weißt, dass dir dabei immer übel wird.«

»Trink mal ein Glas Wasser statt das fünfte Glas Wein.«

»Ach, du bist mein verloren geglaubter Vater? Papa, ich suche dich schon so lange ...!«, schluchzt er gespielt theatralisch.

»Bis gleich, Remo.«

»Drei Minuten! Dann kommst du. Und wisch den Flügel sauber, falls du darauf kommen willst – echt beängstigend, wie oft du mit dem Ding allein bist und es nur anstarrst. Wichs doch bitte wie jeder normale Mann beim Duschen …«

Okay. Es wundert mich gerade überhaupt nicht mehr, dass Pascal mit meinem etwas vulgären, manchmal kindischen Humor klargekommen ist, ohne das Gespräch zu beenden. Er ist ganz offensichtlich mit der personifizierten humoristischen Versautheit befreundet.

Ich muss Kevin unbedingt fragen, welcher seiner Lehrer einen großen Hund hat und gern Frei-Schnauze-Humor zum Besten gibt. Obwohl ich denke, beim Unterrichten ist er anders. Das hier ist ihre Privatzeit und die Schüler sind auch schon längst in ihren Wohnheimen am Feiern.

Als ich die Tür wieder zufallen höre, richte ich mich auf. Den Vorhang aufzumachen, traue ich mich nicht. Ich warte, bis Pascal es tut.

»Entschuldige.«

Er reicht mir die Hand, obwohl ich schon wieder auf den Beinen stehe. Ich greife sie und trete aus meinem Versteck.

»Hast du dir wehgetan?«

Die blauen Augen mustern mich, haben aber ihren Glanz verloren.

»Nein. Da waren hundert Kissen.«

»Ich wollte dich nicht stoßen, aber ich wollte auch nicht erklären, wieso ich hier mit der Schwester eines Schülers stehe. Und ich masturbiere übrigens nicht, wenn ich hier allein bin. Ich übe nur meistens nachts, weil ich dann niemanden störe.«

Ich nicke.

Pascal lässt meine Hand los. »Findest du allein zum Ausgang oder soll ich dich begleiten?«

»Nein. Danke. Ich finde allein raus.«

Er läuft wieder im Höflichkeits-Modus. Und er will endlich Feierabend machen und auf die After-Work-Party – klar.

Irgendein naiver Teil in mir ist gerade enttäuscht. Wahrscheinlich weil das hier das Potenzial gehabt hätte, die Sache mit Finn zu überschatten.

Der naive Teil bin ich. Und ja, das wäre gut gewesen!

Tja, sorry. Keine französischen Küsse für heute. Nur Teufelszungen. Ab nach Hause.

SCHRÄG UND SCHRÄGER

st das Buch spannend?«

»Welches?«

Die Frage erscheint erst mal berechtigt. Da liegen zwei Bücher auf Jans Sofa – eines davon ist aber Fachlektüre, die er wohl für die Arbeit als Arzthelfer liest. Ich frage sicher nicht, ob ›Makuladegeneration im Alltag‹ spannend ist. Die Antwort kenne ich.

»›Leon: Glück trägt einen roten Pony‹«, präzisiere ich und drehe das hübsche Taschenbuch neugierig in der Hand.

»Urban Fantasy, abgefuckter Typ, scharfe Rothaarige – superunterhaltsam«, tönt Jan begeistert und kramt weiter in seinem Vorzimmerschrank. Er sucht ein Kabel, damit wir seinen alten Nintendo 64 an den Fernseher anschließen können. »Du weißt, ich stehe auf Rothaarige!«, fügt er hinzu und steckt den Kopf kurz aus dem Schrank, um mir zuzuzwinkern.

Ich grinse und blättere ein wenig im Buch herum. Hier zu sein, fühlt sich jedes Mal toll an. Ich bin so gern bei Jan, dass ich mich immer einen Moment lang frage, ob es ein Fehler war, mit ihm Schluss zu machen.

»Ach, wenn du ein Lederarmband in der Sofaritze findest, sag Bescheid! Dieser Kai sucht es. Oder Jakob. Einer der beiden. Ich verwechsle die ständig ... die dürfen aber niemals voneinander erfahren, einer der beiden ist total eifersüchtig! Ich glaube, der mit dem Armband ...«

Ja. Dann haut Jan so etwas raus und ich weiß wieder, wieso wir Freunde und kein Liebespaar sind. Man kann mit dem hübschen, stylischen Charmebolzen keine Beziehung führen, weil er Monogamie für etwas Infektiöses hält, vor dem er sich schützen muss.

Wir sind uns eigentlich ziemlich ähnlich. Ich kann verstehen, dass er Sex einen hohen Spaßfaktor abgewinnen kann. Allerdings unterscheiden wir uns in einem wichtigen Punkt: Ich kann mir Spaß auch in einer Beziehung holen, Jan braucht dazu mindestens einen weiteren Typen mit Lederarmband.

Das notorische Fremdgehen ist aber auch das Einzige, was dem Engel von Mensch, der er ist, manchmal Hörnchen wachsen lässt. Als Freund tut er einfach alles für Leute, die er lieb hat. Und wer sagt, dass Freundschaft weniger wert sein muss als Liebe?

Ich kann mir im Moment sowieso nicht vorstellen, dass es jemals einen Mann geben wird, bei dem ich lieber auf dem Sofa sitze. Jan liest die gleichen Bücher wie ich, hört die gleiche Musik, zockt gern Nintendo und ist immer für mich da, wenn ich reden oder einfach nur schweigen will. Besser geht es gar nicht, oder?

Ich schiele von den Zeilen hoch und grinse den hübschen Hintern an, der in den engen Jeans steckt und sich gerade anspannt, weil ihm eine Kiste runterfällt.

»Brauchst du …« Ich will eigentlich fragen, ob er Hilfe braucht, aber da passiert gerade etwas so Spannendes, dass ich den Satz nicht beende und das Buch weglege, um sensationslustig die Haltung zu begradigen.

Dass Jan so hektisch nach dem Ding greift, das ihm gerade aus Versehen aus dem Schrank gefallen ist, versichert mir, dass dahinter die spannende Story steckt, die ich mir erhoffe.

»Trägst du die?!«, piepse ich amüsiert und grinse vor mich hin.

Jan sieht mich mit großen schockierten Augen an. »Was? Nein! Das war … ein Staubwedel!«

Er lügt so schlecht, dass es fast schon peinlich ist.

»Ach? Ein Staubwedel mit blonden Beachwaves? Sehr stylish, wo bekommt man so was?«

»Bei einem Putz-Friseur-Bedarf?«, entgegnet er fragend, wahrscheinlich weil er selbst jedes Mal überrascht ist, wie unterirdisch begabt er im Lügen ist.

Ich springe auf die Beine, laufe auf ihn zu und suche nach der Perücke, die er mir als Staubwedel verkaufen wollte.

Jan steht seufzend neben mir und beginnt schon mal, sich zu erklären. »Die ist nicht zu meinem Vergnügen da, sondern für einen Kunden, der etwas speziell ist …«

»Oh mein Gott, du trägst sie, wenn du mit ihm vögelst?! Echt jetzt?!«

»Kannst du bitte nicht ganz so sensationslustig klingen? Crossdressing ist echt nicht mein Fall, aber es macht ihm Spaß und mir bricht kein Zacken aus der Krone, wenn ich das Ding trage, also …«

Ich finde die hübsche blonde Mähne und drehe mich freudestrahlend zu Jan.

»Nein!«, mault er vor sich hin, weil er weiß, um was ich ihn gleich mit großen Augen und breitem Grinsen auf den Lippen bitten werde.

»Ach komm schon! Nur kurz!«

»Nein! Du willst dich über mich lustig machen!«

»Niemals! Ich will nur sehen, ob dir die Farbe steht!«

»Wenn du lachst, bring ich dir nie wieder Starbucks-Kaffee mit!«, droht Jan und greift sich die Perücke.

»Ich schwöre, ich lache nicht!«

Okay, das habe ich vielleicht etwas zu leichtfertig rausgehauen, aber ich würde gerade viel sagen, damit er sich das Ding aufsetzt.

Als er es tut, fällt mir als Erstes auf, dass die Perücke verdammt teuer gewesen sein muss, weil sie verteufelt echt aussieht. Das Nächste, das mir auffällt, lässt meine Mundwinkel nach oben wandern. Sehr weit.

»Du lachst!«, unterstellt er mir beleidigt und will die langen blonden Haare wieder abnehmen.

Ich halte seine Hände fest. »Ich lache nicht! Ich schmunzle nur! Du siehst … überraschend gut aus!«

Das ist nicht gelogen. Jan wäre ein verdammt hübsches Mädchen. Das liegt an dem weichen, symmetrischen Gesicht und den jugendlichen Zügen. In fünf Jahren geht er wahrscheinlich nicht mehr als Frau durch, weil seine Züge markanter werden, jetzt schon. Zumindest bis zu dem deutlich sichtbaren Adamsapfel. Ich kann irgendwie verstehen, warum jemand Gefallen daran finden könnte, ihn so zu sehen – er ist ein niedliches Mäuschen.

»Oh mein Gott, jetzt weiß ich, an wen du mich erinnerst! Mit Make-up könntest du als Taylor-Swift-Double durchgehen!«

Er verzieht den Mund und hebt die Hände an, damit ich sie loslassen muss. »Okay, das reicht. Bevor dir das Bild von mir als Taylor Swift noch einprägst!«

Er nimmt die Haare ab und verstaut sie wieder im Schrank.

»Sag mal, trägst du bei diesen Terminen auch Stöckelschuhe?«, will ich wissen, ernte aber nur noch ein Brummen.

Jan wirft den Schrank zu und macht dann kehrt.

»Ein Kleid? Trägst du auch ein Kleid?!«

Er läuft vor mir davon.

»Hast du einen Frauennamen?!«

Er flüchtet nicht schnell genug. Ich hole ihn ein und lasse mich vor ihm auf das Sofa fallen.

»Darf ich dich mal schminken!?«

Okay, das war ein Spruch zu viel. Jan setzt sich knurrend auf mich und packt meine Handgelenke, um sie auf das Sofa zu drücken. Ich mag es, wenn er mich so anfunkelt, auch wenn sein Blick diesmal ungewohnt finster ist.

»Mach die sexy Lippen feucht und blas mir einen ...«, flüstert er mit rauer Stimme.

Ich blinzle ihn verwirrt an, weil mir dieser dominante Tonfall an ihm neu ist. Jan ist kreativ und spontan, ja, aber er fragt meistens, wenn er etwas Versautes von mir möchte, und befiehlt nicht.

»Echt jetzt?«, will ich wissen und sehe seine strenge Miene weich werden.

Er grinst. »Nein. Ich wollte nur etwas sehr Testosteronlastiges sagen, um die Östrogen-Nummer von vorhin wieder wegzumachen.«

Ich lache, während Jan mich loslässt und sich neben mich auf die bequeme Sitzfläche legt.

»Aber wenn du Bock hast, hätte ich nichts gegen einen Blowjob. Der letzte ist schon eine Weile her. Also an mir – ich selbst blase in letzter Zeit so viel, dass Vincent mir einen Bonus geben sollte.«

»Du hast zu viele Termine. Das muss doch verdammt anstrengend sein. Wie bekommst du das mit deinem Tagesjob auf die Reihe?«

Jan winkt ab, dreht sich zur Seite und stützt den Kopf an seiner Hand ab. »Übungssache. Noch zwei, drei Jahre hart arbeiten, dann kann ich mir eine Eigentumswohnung kaufen – das will ich. Dann ist Schluss.«

Er sagt mir nicht zum ersten Mal, dass das sein Ziel ist. Ich weiß, wovon er träumt und warum er sich so anstrengt, aber ich mache mir etwas Sorgen, weil er dazu neigt, zu vergessen, dass sein Körper nicht unbedingt immer mit seinem Ehrgeiz mithalten kann.

Jan übertreibt es manchmal mit der Zielstrebigkeit. Als wir noch zusammen waren, musste ich ihn mal aus dem Fitnessstudio abholen, weil er dort ohnmächtig geworden ist. Danach habe ich ihm verboten, Zac Efron nacheifern zu wollen. Zu viele Muckis hätten ihm auch gar nicht gestanden. Ich mag seinen schlanken, sehnigen Körper – er muss nur besser darauf aufpassen.

»Wann ist deine nächste Buchung?«, will er wissen und deutet auf mein Handy, das zwischen uns liegt.

Ich greife es mir und öffne die Nachrichten von Tina.

»Freitagabend, 20:00 Uhr. Der Typ heißt Michael und er will mich ÜN ... Ich hab mich noch nicht getraut, zu fragen, was das heißt, aber es klingt schräg«, seufze ich.

»ÜN heißt ›Über Nacht‹. Der Typ hat verdammt viel Kohle!«, tönt Jan begeistert.

Ich würde den Job auch gern mit so viel Enthusiasmus machen, aber meine überschwängliche Naivität wurde mir bei der letzten Buchung weggebumst.

Seit der Sache mit Finn bin ich etwas skeptischer und ängstlicher. Vielleicht ist das auch gut, aber ich beneide Jan gerade um seine Lockerheit. Dieses ÜN fühlt sich irgendwie unangenehm an.

»Großartig. Die ganze Nacht. Das heißt, ich muss dort schlafen, oder?«, murre ich vor mich hin.

Jan schlingt die Arme um mich und zieht mich auf ihn. »Das wird dir Spaß machen. Solche Buchungen sind immer toll! Du gehst wahrscheinlich schick zu Abend essen, schläfst in einem hammer Hotelzimmer und am nächsten Tag gibt es meistens noch ein klasse Frühstück.«

Ja, man kann Jan mit gutem Essen schwer begeistern. Mich eigentlich auch, wäre da nicht die Sache mit der Skepsis. Ich muss mir aber abgewöhnen, hinter jedem Kunden einen potenziellen Teufel zu vermuten.

»Tina hat mir noch einen Buchungsvorschlag gemacht. Für Samstagabend. Aber da steht kein Name oder eine genaue Uhrzeit.«

Ich lege Jan mein Handy auf die Nase. Er greift es sich und überfliegt die Zeilen.

»Ja. Tina macht das manchmal. Sie will nur wissen, ob du Zeit hast. Wahrscheinlich hat sich der Kunde noch nicht auf ein Mädchen festgelegt oder die Escort, die er gebucht hat, kann voraussichtlich aus irgendeinem Grund nicht. Sie sichert sich nur ab. Kommt schon mal vor. Hast du zugesagt?«

»Ja ...«, brumme ich vor mich hin und stütze das Kinn an Jans Oberkörper ab.

Er grinst zu mir runter. »Wieso so grummelig?«, will er wissen und schnippt mir gegen die Nase.

»Wenn die Buchung am Samstag von Finn ist, kann mir der Arzt, bei dem du arbeitest, dann ein Attest schreiben, in dem steht, dass ich eine total ekelige, extrem ansteckende Augenkrankheit habe?«

Jan schnaubt amüsiert und seufzt dann. Er streichelt mir über die Wange. »Finn darf dich nicht mehr buchen. Wenn Vincent gesagt hat, dass der Termin nur eine Ausnahme war, stimmt das auch. Er lügt nicht. Victor ebenso wenig. Die schicken dich nicht mehr zu Fetischkunden, wenn sie dich nicht dafür ausbilden. Du hast nur eins auf den Deckel bekommen, weil du ... ein zu unschuldig denkendes Mäuschen warst.«

Ich habe Jan von meinen Buchungen erzählt – er weiß alles. Von der Sache mit dem Nasenbluten, der Sache mit dem Demütigen und Würgen und dass Pascal Kevins Lehrer ist.

Zwei Kunden und schon so viel Trubel. Ich bin wohl wirklich ein Chaos-Magnet, aber ich bin froh, dass ich mit jemandem darüber sprechen kann, der mich nicht verurteilt oder schief ansieht, sondern mir einfach nur zuhört und mich versteht.

»Ich weiß, du hast jetzt etwas Schiss …«, setzt Jan an und streicht mir über die Wange. »Aber vergiss nicht, dass die meisten Menschen ganz normal und freundlich sind. Die Arschlöcher brennen sich uns nur mehr ins Gedächtnis. Vielleicht steckt aber auch etwas Gutes in diesem Finn, vielleicht verarbeitet er nur irgendein Kindheitstrauma und kommt mit sich selbst nicht klar. Eigentlich traurig …«

Typisch Jan. Er ist so empathisch, dass er niemanden als ›schlechten Menschen‹ abstempelt, ohne seine Geschichte zu kennen. Deshalb hat er damals vor Vincent auch diesen Maik verteidigt, obwohl der ihn im Gegenzug vor den fahrenden Bus gestoßen hat. Jan hat trotzdem nie ein schlechtes Wort über ihn verloren. Er hat nur mal mit mir darüber gesprochen, dass er hofft, dass er einen neuen Job gefunden hat und von den Drogen losgekommen ist.

»Ich verstehe aber wirklich nicht, wie man sich daran aufgeilen kann, ein so kleines, süßes Ding wie dich fertigzumachen«, relativiert er seine Worte, wahrscheinlich weil er Angst hat, dass ich glaube, er will Finns Verhalten rechtfertigen.

Ich weiß, dass das nicht seine Intention war. Er will mir nur die Angst nehmen, damit es mir besser geht und ich weiterarbeiten kann. Jan weiß genauso gut wie ich, dass ich keine Wahl habe. Er ist gutherzig, aber nicht naiv. Ich muss arbeiten, aber es ist leichter, wenn ich mich dabei nicht verrückt mache.

Er mustert mich eindringlich. »Dir tut bestimmt niemand mehr weh, Emmchen. Vincent und Victor passen auf dich auf. Ich auch. Ruf mich das nächste Mal an, wenn so etwas passiert, dann kann ich dich abholen kommen. Und den Typen für dich verprügeln.«

Ich schmunzle. Ich weiß, dass Jan sich nicht prügeln würde und der letzte Satz eine überspitzte Aussage war. Er wollte nur klarstellen, dass er mich lieb hat – was unheimlich süß ist, auch wenn es mich bei dem Gedanken schüttelt, dass Jan versucht, mich vor Finn zu verteidigen. In meiner Vorstellung passieren dabei Dinge, die ich kaum verarbeiten könnte, wenn sie real wären.

Finn ist älter, größer und sicher stärker als Jan – würde er mir helfen wollen, würde das Ganze bestimmt nur damit enden, dass ich mir ansehen muss, wie der Teufel über meinen Engel herfällt und ihn zwingt, zu sagen, dass er ein wertloser kleiner Stricher ist. Horrorvorstellung.

Es ist mir lieber, es passiert mir, als mit ansehen zu müssen, wie es ihm passiert. Das ist wie damals, als Kevin vom Rad gefallen ist. Ich hatte mir einen Monat zuvor beim Skaten eine Platzwunde am Kopf zugezogen und sie noch selbst zuge-drückt, um den Hausflur nicht voll zu bluten, während ich hoch zu meiner Mama gelaufen bin. Als Kevin mit dem Rad ein Schlagloch übersehen und sich das Schienbein übel aufgeschürft hat, habe ich einen lauteren Heulkrampf bekommen als er selbst. Zu viel Empathie zu haben, kann sich auch beschissen anfühlen.

»Finn hat mich nicht geschlagen oder mir wehgetan – es war nur … unangenehm, weil ich nicht darauf vorbereitet war«, versichere ich Jan, der mich etwas zu mitfühlend mustert.

»Ich weiß. Trotzdem. Du bist keine wertlose Schlampe. Ich auch nicht. Wir sind Rosen. Die teuren, langstieligen, die zum Valentinstag immer ausverkauft sind.«

Ich grinse und sehe mir an, wie Jan den Blick wieder auf mein Handy richtet. »Mehr Buchungen hat Tina mir nicht geschickt«, verrate ich ihm für den Fall, dass er deshalb herumscrollt. Tut er aber nicht. Jan grinst und in mir wächst plötzlich das Bedürfnis, ihm mein Telefon aus der Hand zu reißen und mich drauf zu setzen. »Was suchst du denn?!«, quietsche ich nervös und richte mich auf ihm auf. Ich will ihm mein Handy wegnehmen, aber so unterlegen Jan Finn auch wäre, so überlegen ist er mir. Er hält mich mit einer Hand auf Abstand, während die andere weiter auf meinem Display herumwischt.

»Die Frage lautet wohl eher: Was suchst du denn?! Dein Google-Verlauf ist ja mal megaspannend! Und so verboten! Wenn Vincent davon erfährt, hält er dir den berühmten ›Verlieb dich nicht in Kunden‹-Vortrag! Der ist ziemlich lang, energisch und danach fühlst du dich wie durchgekaut und ausgespuckt!«

»So ein Schwachsinn! Ich verliebe mich in niemanden. Ich weiß im Moment nicht mal, wie man ›verlieben‹ schreibt!«, blaffe ich und versuche, Jan zu kitzeln, damit ihm mein bescheuertes Handy auf die Nase fällt.

»Dafür weißt du, wie man ›Pascal Favre‹ schreibt! Und ›Pascal Favre Klavier‹ und ›Pascal Favre Auftritt‹ und … ›Keyboard E-Piano Unterschied‹. Gibt es da einen?«

»Ja! Anscheinend! Und jetzt her mit meinem Telefon!«

Jan krümmt sich vor Lachen, weil ich ihm in die Seite kneife, und gibt mein Handy endlich frei. Jetzt hat er aber sowieso schon alles gesehen, was mir peinlich wäre. Vielleicht noch das Nahaufnahmen-Selfie, das ich von meiner linken Arschbacke gemacht habe, weil ich gestern dachte, ich hätte eine Zecke – hätte er mal lieber in meinen Fotos gestöbert!

Ich schnappe mir mein Handy, werfe es in meine Tasche und setze mich dann mit verschränkten Armen neben ihm aufs Sofa.

»Ich schnüffle auch nicht in deinem Verlauf herum!«, flüstere ich beleidigt.

Jan zuckt mit den Schultern. »Könntest du. Ich googel nur Ryan Reynolds und Selena Gomez. Und die Wikipediaseiten von Filmen, die ich gerade gucke, weil ich wissen will, wie es ausgeht, bevor ich einschlafe. Und YouPorn. Nichts davon ist mir peinlich.«

Ich glaube Jan, dass er mir gegenüber sehr offen mit seinem Leben ist. Bis auf die Sache mit der Perücke – die war ihm etwas unangenehm. Jeder hat wohl dieses eine kleine Geheimnis, das er nicht mal seiner besten Freundin erzählt – oder seinem besten bisexuellen Freund.

Ich weiß jetzt von der Perücke. Und Jan weiß, dass ich mir gestern Pascals Konzert auf YouTube reingezogen habe. Er hat irgendwo in Frankreich gespielt – allerdings vor einer Ewigkeit. Die Bildqualität war unterirdisch und der Ton hat gerauscht. Man hat trotzdem herausgehört, dass er unglaublich talentiert ist.

»Ich stehe nicht auf ihn. Er ist Kevins Lehrer und mich hat nur interessiert, ob er ein so guter Pianist ist, wie Kevin immer behauptet.«

Jan richtet sich auch auf und verzieht den Mund. »Mhm«, tönt er ungläubig und zieht eine Braue hoch. »Weil du klassische Musik ja so spannend findest! Du redest ständig davon, wie gern du Fidelini lauschst und diesem Typ mit der Geige, der sich ein Ohr abgeschnitten hat.«

Wow. Es gibt einen Menschen auf der Welt, der noch tiefer im Musikunterricht geschlafen hat als ich – Jan.

»Du meinst Beethoven, und er hat Klavier gespielt, nicht Geige.«

Jan wird rot. »Stimmt. Keine Ahnung, wie ich auf Geige komme. Der Bernhardiner könnte ja nicht mal eine halten.«

Pascal würde gerade einen Herzinfarkt bekommen. Ich grinse, weil Jan süß ist, wenn er ab und an etwas Dämliches raushaut. Man muss nicht superintelligent sein, um ein toller Mensch zu sein – liebenswert reicht völlig.

»Ich schwöre, dass ich nicht auf diesen Pascal stehe! Ich sehe ihn vermutlich auch nie wieder, weil ich ihm nach der Katastrophe mit dem Nasenbluten versprechen musste, nie wieder eine Buchung von ihm anzunehmen. Ich war nur … etwas neugierig und er ist irgendwie spannend. Mehr nicht. Jetzt konzentriere ich mich aber nur auf den Termin am Freitag und hoffe, dass der Typ mich nicht die ganze Nacht lang vögeln will.«

Jan winkt ab. »Zwei Mal – höchstens drei Mal, wenn er schon lange nicht hat und noch jünger ist. Öfter kann keiner. Am besten, du bläst ihm gleich am Anfang einen – das geht schnell und schont deinen Arsch.«

»Meinen Arsch?«, frage ich schockiert nach, weil er so sicher klingt, dass er mich von hinten nehmen wird.

Jan blinzelt wieder verlegen. »Sorry. Ich habe kurz vergessen, dass du eine Muschi hast. Die macht das schon!«

Während ich lache, greife ich nach einem der Becher auf dem Tisch. Ich weiß nicht, ob es meiner ist oder Jans, aber es spielt eigentlich keine Rolle. Wir teilen hier nicht nur Geheimnisse und Ratschläge, sondern auch Kaffee. Wohler könnte ich mich wirklich bei keinem Mann fühlen.

Vielleicht kriegt er die Sache mit dem Fremdgehen irgendwann auf die Reihe. Dann mache ich ihm einen Heiratsantrag. Er darf zur Hochzeit auch gern die blonde Perücke tragen.

Und hiermit erkläre ich Sie zu Schräg und Schräger. Sie dürfen die Trulla jetzt küssen.

KURT UND DIE DIVA

ch zupfe nervös am Saum meines Kleides herum, weil die Gegend immer grüner wird. Kaum mehr Asphalt, immer mehr Bäume – ich schwöre, ich habe gerade einen fetten Feldhasen auf einer Wiese stehen sehen, der sich mit einem Rehkitz unterhalten hat!

Scheiße. Ich will Verkehrsstaus, belebte Bars und Hochhäuser, in denen so viele Menschen leben, dass man nachts immer von mindestens einem zu lauten Fernseher des Nachbarn beim Schlafen gestört wird. Hört man nämlich die achthundertste *Big Bang Theory*-Wiederholung durch die Wand, hört man auch ein panisches Mädchen schreien, das aus irgendeinem Grund seinen Termin abbrechen muss.

Hier draußen hört mich maximal eine Eule, die meine Panik mit einem gelangweilten ›uhu‹ überschattet.

»Sind Sie sicher, dass Sie die richtige Adresse anfahren?«, will ich von meiner Taxifahrerin wissen, in der lächerlichen Hoffnung, dass sie so etwas sagt wie: Oh mein Gott, du hast recht, ich bin die ganze Zeit in die falsche Richtung gefahren!

»Schätzchen, das Navi irrt sich nicht. Wir fahren zu der Adresse, die du mir gegeben hast. Willst du noch mal nachsehen, ob sie stimmt? Vielleicht hast du ja die falsche Anschrift bekommen«, mutmaßt sie, weil sie sich wahrscheinlich auch wundert, dass sie mich mitten ins Nirgendwo fahren muss.

Ich lehne mich seufzend nach hinten. »Nein. Die Adresse stimmt. Ich bin mir sicher.«

Das bin ich wirklich. Ich habe gestern dreimal mit Tina telefoniert und sie mit Fragen gelöchert. Hätte sie sich mit der Adresse vertan, wäre ihr das bei einer der Gelegenheiten aufgefallen.

Eigentlich wollte ich zuerst nur wissen, ob es möglich ist, dass ich in den frühen Morgenstunden verschwinde, wenn der Kunde seinen Spaß hatte und sowieso schon eingeschlafen ist.

Ist es nicht. Um Tina zu zitieren: ›Du bist ein Escort, kein *Bond-Girl*, das aus dem Bett verschwindet, bevor Daniel Craig aufwacht! Der Mann bezahlt für eine Übernachtung, also bleibst du auch, bis du ›Guten Morgen‹ gesagt hast und er dich wegschickt!‹

Ja. Das war das erste Gespräch. Danach habe ich angefangen, meine Tasche zu packen, und bin irgendwie panisch geworden.

Zugegeben, vielleicht hätte ich beim Packen keine fertig gemixte Pina colada aus der Flasche aus dem Billigsupermarkt trinken dürfen. Das Zeug war mit so viel Zucker versetzt, dass ich nicht nur betrunken, sondern auch zappelig geworden bin. Ich wollte unbedingt mehr über den Mann in Erfahrung bringen, aber alles, was Tina mir sagen konnte, war, dass mich dieser Michael die ganze Nacht gebucht hat, ich unbedingt ein kurzes gelbes Kleid und blaue Pumps tragen soll und es noch genauere Anweisungen gibt, sobald ich an der Adresse auftauche. Ach, und dass sie sich erschießt, wenn ich noch mal anrufe – das war dann unser letztes Gespräch.

Ich wollte wirklich nicht dafür verantwortlich sein, dass Tina die Nerven wegschmeißt, also habe ich aufgehört, anzurufen, und akzeptiert, dass ich wohl nie mehr wissen werde als den Namen des Mannes, die Uhrzeit und die Dauer des Termins.

Jan meinte, es wird viel leichter, wenn man erst mal all seine Kunden kennt und einschätzen kann, was einen erwartet. Das glaube ich auch, aber bis es so weit ist, macht mich die Tatsache, dass ich irgendwo übernachten muss und auch noch einen so genauen Dresscode auferlegt bekommen habe, nervös.

Wer wünscht sich eine Frau in einem gelben Kleid mit blauen Schuhen? Was ist das denn? Ein Fashion-Fetisch? Ich bin mir jetzt schon sicher, dass der Typ megamerkwürdig ist. Außerdem wohnt er anscheinend mitten im Wald oder hat dort ein Haus gemietet. So haben all meine Albträume seit der Sache mit Finn angefangen!

»Wir sind gleich da, Schätzchen«, meint die Taxifahrerin und deutet auf eine Weggabelung. Entweder folgt man der befestigten Asphaltstraße oder dem holprigen Forstweg, den wir entlangfahren. Klar doch! Wieso nicht noch tiefer zwischen Bäumen verschwinden? Da fehlt nur noch ein Schild auf dem ›Zum Horrorfilm-Erlebnis, in dem die Rothaarige, die zu viel redet, stirbt!‹

Ich überlege, ob ich noch eine schnelle Nachricht an Jan tippen soll. So etwas in der Art wie: ›Ich hab dich lieb, du warst mir immer wichtig, bitte schaff all mein Sexspielzeug weg, damit Kevin nicht kotzen muss, wenn er meinen Nachlass regelt.‹

Ja, ich bin gerade etwas melodramatisch. Aber es ist wie bei der Sache in Finns Wagen: Todesprophezeiungen mit schwarzem Humor zu spicken, lenkt mich davon ab, über realistischere unangenehme Dinge nachzudenken, die viel wahrscheinlicher passieren könnten.

Ich weiß, dass man, nachdem man einmal vom Pferd gefallen ist, gleich wieder aufsteigen soll, um die Angst zu verlieren. Den schwarzen Hengst, der mich abgeworfen hat, will ich zwar nie wieder reiten, aber ich hoffe inständig, dass Vincent mir diesmal ein weniger temperamentvolles Pferd gesattelt hat.

Ich starre aus dem Fenster und sehe mir das unglaublich schicke Haus an, vor dem wir halten. Es als Holzhütte zu bezeichnen, würde ein falsches Bild zaubern, obwohl es zum größten Teil aus Holz besteht. Es ist aber viel weniger eine Hütte als ein Architektentraum. Flachdach, Steinfliesenterrasse und riesige

Fensterfronten, die so gut wie gar nichts vom schicken Innenleben verstecken. Ist wohl auch nicht notwendig, schließlich kommt hier niemand vorbei.

Ich bezahle die horrend hohen Taxigebühren, greife meine Tasche, die ich im Pina-colada-Zuckerrausch gepackt habe, und steige aus dem Wagen. Ich warte, bis meine Fahrerin verschwindet, und hoffe, dass sich mein Herzschlag ein wenig beruhigt.

Mein Blick schweift prüfend durch die Glasfront ins Innere des Hauses. Eine moderne Küche, ein Sofa, ein Doppelbett – alles absolut offen gestalten, aber leer. Entweder ist er gerade im Badezimmer oder noch nicht hier. Zweiteres ist eher unwahrscheinlich, zumal da ein dunkelgrauer Alfa parkt. Daneben ein schwarzer Sportwagen.

Kann ein Mensch zwei Autos hierherfahren?

Tina hat nur von einem Mann gesprochen und Vincent würde mich auch nicht von zwei Kunden buchen lassen, die sich die Nacht mit mir teilen wollen. Oder?!

Erinnerst du dich, als du beim Vorstellungsgespräch behauptet hast, du könntest mit fünf Männern gleichzeitig klarkommen? Gratuliere, die Scheiße hast du dir selbst eingebrockt!

Ja, ich erinnere mich. Ich und mein bescheuertes Mundwerk! Ich habe bei diesem Gespräch so viel Schwachsinn gelabert, dass ich mich im Nachhinein eigentlich darüber wundern sollte, wieso Vincent mich eingestellt hat. Vielleicht aus Mitleid. Vielleicht hat er auch mehr in mir gesehen als das hicksende, nervös-verpeilte Ding, das ich gemimt habe. Potenzial, einen lieben Menschen, Loyalität und Dankbarkeit. Oder Victor hat ihm gesagt, dass Arsch, Titten und Muschi in Ordnung sind, und Vincent meinte dann einfach: ›Okay.‹

Ich interpretiere wohl zu viel in diese Entscheidung hinein.

Anstatt über Vergangenes nachzudenken, sollte ich mich lieber auf das Hier und Jetzt konzentrieren und mich fragen, ob ich mit mehr als einem Penis klarkomme.

Mit Penissen … Die Mehrzahl klingt seltsam. Penussen … Penissi.

Kein Mensch benutzt den Plural, oder? Schwänze!

Ich hatte nie einen Dreier. Jan hat es mehr als einmal vorgeschlagen, aber ich hatte irgendwie Angst, dass Eifersucht dabei eine zu große Rolle spielen könnte. Wir waren zusammen und ich wollte ihn nicht teilen, auch nicht mit einem anderen Typen. Ich denke, mit zwei Männern, die man nicht kennt, ist es einfacher.

»Dachte ich mir doch, dass ich einen Wagen gehört habe. Hallo.«

Mein Blick schnellt zu der Ecke des Hauses, hinter der der Mann aufgetaucht ist, zu dem die jugendliche, aber irgendwie rauchige Stimme gehört. Hört man ihn nur, hält man ihn für zwanzig, sieht man ihn, ist klar, dass er in Amerika schon länger Alkohol trinken darf.

»Bist du Michael?«, frage ich und versuche, möglichst freundlich und fröhlich und nicht nervös zu klingen.

Er macht ein paar Schritte auf mich zu, die Hände in den Hosentaschen vergraben, ein Lächeln auf den Lippen. Ein ziemlich großer Mann, schlank, nicht sehr muskulös, aber sehnig. Und tätowiert ohne Ende. Auf beiden Armen prangt Tinte, ebenso auf seinen Schlüsselbeinen und bestimmt auch auf seinem Oberkörper. Durch das lockere schwarze Muskelshirt kann man den Verlauf der Bilder und Schriften erahnen.

Ich finde Typen mit Tattoos eigentlich cool, aber seit der letzten Buchung muss ich bei tätowierten Armen erst mal schlucken. Seine Tattoos ähneln denen von Finn aber kein Stück – sie sind bunter, verteilter, nicht düster. Außerdem würde er ohne bestimmt nackt aussehen. Sein ganzes Auftreten schreit: Punkrock-Rebell. Die engen schwarzen Hosen mit den beiden Schlitzen am Knie, der Nietengürtel, die schweren Boots, die irgendwie abgetragen wirken. Müsste ich seinen Beruf erraten, würde ich auf Musiker tippen. Gitarrist oder Schlagzeuger in irgendeiner Band.

Sind wir deshalb irgendwo im Nirgendwo, weil du gern auf Trommeln herumschlägst?

Als er nah genug ist, um mir die Hand entgegenzustrecken, springt mir etwas ins Auge. Da glänzt Metall in dem schmalen Gesicht mit den markanten Wangenknochen. Die neckisch geschwungenen Augenbrauen sind mit Piercings durchstochen, ebenso seine Ohren – beide.

Er ist wohl in seinen Dreißigern, trotzdem schmunzelt er so frech wie der Schulhofrebell, über den alle reden, weil er einfach spannend ist. Die dunkelbraunen Haare sind gerade so lang, dass er sie ziemlich ungeordnet zusammenbinden kann, eine glänzende Strähne fällt ihm aber ins Gesicht und sticht im Kontrast zu der hellen Haut heraus.

»Ich bin nicht Michael, aber du bist Emma, oder?«

Ich nicke und schüttle seine Hand.

Mann, ist das ein fester Händedruck! Aber seine Miene hat so freundliche Züge und die hellbraunen Augen leuchten so aufgeweckt, dass in mir keine beklemmende Erinnerung hochkommen kann.

Okay, er ist nicht mein Kunde. Dann ist er der Typ, der mich begleitvögelt? Oder uns zusieht?

»Du bist etwas spät dran«, stellt er fest.

»Ja. Entschuldige. Die Fahrt hierher hat länger gedauert, als ich vermutet hatte, und ich …«

Er lässt meine Hand los und tätschelt mir so schnell und kurz die Wange, dass ich erst überrascht blinzle, als er die tätowierte Hand wieder runtergenommen hat. »Sollte kein Vorwurf sein. Cool bleiben. Ich bin nicht dein Boss. Aber hier der Schnelldurchlauf, weil der Typ, der für dich bezahlt hat, schon hinterm Haus wartet …« Er holt Luft und vergräbt die Hände wieder in der Hosentasche. »Ich bin Isak, aber du kannst mich Sek nennen – tun alle, außer meine Freundin, die nennt mich Ferdinand, hauptsächlich deshalb, weil sie einen furchtbar anstrengenden Humor hat. Du und ich spielen im selben Team, also immer cool bleiben und alles abnicken, was ich gleich behaupten werde, weil es den Typen nichts angeht, dass wir noch keine Zeit hatten, uns kennenzulernen. Was hast du für das Taxi bezahlt?«

Zu viele Infos. Er hat eine Freundin? Finde ich nicht gut, falls er mit mir schlafen möchte, aber es geht mich nichts an. Was heißt, wir spielen im selben Team? Ist er auch hier, um Michael zu bespaßen? Ist er einer der älteren Escorts?

Als Sek mir mit dem Zeigefinger gegen die Stirn drückt und einmal kurz pfeift, schrecke ich aus der Analyse seiner Infos hoch. »Jemand zu Hause?«, fragt er amüsiert und grinst. »Was hast du für das Taxi bezahlt? Vincent meinte, ich soll dir das Geld zurückgeben.«

»89 Franken.«

Er kramt in seiner Hose herum und reicht mir zwei Scheine. »200. Hin und zurück. Stimmt so. Gib mir deine Tasche.«

»Da ist nur Zeug zum Übernachten drin«, versichere ich.

Er lacht kurz leise. »Ich will sie nicht durchsuchen, ich will sie nur für dich tragen. Cool bleiben, Emmchen.«

Dass er mich beim selben Spitznamen nennt wie Jan, bringt mich zum Schmunzeln. Ich habe keine Ahnung, wer Sek ist oder in welchem Zusammenhang er zur Agentur steht. Ich weiß nur, dass er punkig aussieht, Musiker-Vibes ausstrahlt, einem beim Händeschütteln beinahe die Finger bricht und sympathisch ist.

Er macht eine auffordernde Geste und setzt sich in Bewegung. Ich folge ihm auf die andere Seite des Hauses.

»Du arbeitest für Vincent? Das heißt, du bist …«

Sek dreht sich nach mir um, legt sich den Zeigefinger auf die Lippe und bringt mich dadurch zum Schweigen. Er zwinkert. »Jetzt nicht. Nicht so wichtig. Tu vor dem Kerl einfach so, als würden wir uns kennen, sonst wirken wir unprofessionell.«

Okay. Keine Ahnung, was hier abgeht, aber er sagt es so freundlich und eindringlich, dass ich zustimmend nicke.

Wir biegen um die Ecke und zwei Augenpaare sind plötzlich auf mich gerichtet. Das eine gehört einem blonden Mann, der ganz offensichtlich Jeffree Star auf YouTube abonniert hat, das andere einem unglaublich schönen schwarzen Hund, der ein Nietenhalsband trägt.

Ich bin schwer irritiert. Hat Sek nicht gesagt, dass der Typ, der mich gebucht hat, schon hier wartet? Wer ist es? Der Mann, der sich besser schminkt als ich, oder der Hund?!

»Hey, Schätzchen. Oh, du bist in natura noch niedlicher als auf den Fotos! Sehr cute! Absoluter Treffer! Ich bin so gut!«, lobt sich der ausgefallene Mann mit den Smokey Eyes selbst und richtet den roten Kragen seiner Gucci-Trainingsjacke.

Wir bleiben voreinander stehen. Der Punkrock-Typ, der Make-up-Typ, der Dobermann – alle sind gut drauf. Einer der drei wedelt sogar mit dem Schwanz.

Okay. Ganz ehrlich: Ich werde hier verarscht, oder? Vinc und Vic verstecken sich doch garantiert hinter einem der Büsche und lachen sich schlapp, weil ich keine Ahnung habe, mit wem oder was hier ich schlafen soll.

»Hey. Ich bin Michael«, stellt sich der Mann in den teuren Klamotten vor und reicht mir die wunderschön manikürte Hand.

Er ist Michael? Er hat für mich bezahlt? Die Verwirrung ist perfekt. Ich würde meine langen Haare darauf verwetten, dass er absolut kein Interesse daran hat, an mir herumzuspielen. Hat Tina meine Buchung mit der von Jan vertauscht? Kifft sie während der Arbeit?! Nein, dann wäre sie entspannter. Außerdem hat er vorhin gesagt, dass er mich auf Fotos gesehen hat – ich wurde also erwartet.

Na dann …

»Hallo! Ich bin Emma. Freut mich, dich kennenzulernen. Deine Jacke ist unheimlich cool!«

Michael schnalzt mit der Zunge und zwinkert. »Danke. Hab ich mir selbst zum Geburtstag geschenkt. Work hard – play hard.« Zu den englischen Wörtern tanzt er und lacht dann.

Das Gute an dieser ultraschrägen Situation: Ich habe keine Angst mehr, dass mir heute Nacht irgendetwas Schmerzhaftes oder Verstörendes passiert. Ich habe aber auch keine Ahnung, was stattdessen passiert. Steht Michael darauf, Pärchen beim Sex zuzusehen? Ist Sek deshalb hier, weil wir eine Show für ihn abziehen? Er wirkt supernett und entspannt, ich hätte nichts dagegen, mit dem gechillten Gitarristen einer Punkrock-Band zu schlafen.

Der große schwarze Hund stupst mit der Nase gegen mein Bein. Ich streichle ihn kurz, dann pfeift Sek plötzlich und macht eine richtungsweisende Kopfbewegung. Der Dobermann dreht um, macht ein paar Schritte und setzt sich dann wie eine hübsche Hundestatue in das Gras.

Er sieht Sek an, der nur kurz nickt, und wedelt dann eine Runde mit dem Schwanz. Der Hund gehört also ihm. Und er ist unheimlich gut abgerichtet.

Ich hätte ihn gern noch länger gestreichelt, aber dafür haben wir anscheinend keine Zeit.

Michael wirft einen Blick auf seine glitzernde Armbanduhr und klatscht dann in die Hände. »Es ist schon verdammt spät, also wenn wir die Formalitäten jetzt klären und das hübsche Schätzchen einweisen könnten, wäre das gut. Sonst klappt das nicht mit meiner Überraschung.«

Ich nicke. Vermutlich bin ich das hübsche Schätzchen, aber ich habe keine Ahnung, was er besprechen will.

Sek übernimmt. »Sicher. Die Vertragsbedingungen, die Vincent dir geschickt hat, kennst du ja. Wir arbeiten sehr diskret und haben Erfahrungen mit Kunden, die in der Öffentlichkeit stehen. Du musst dir also keine Sorgen machen.«

Michael schmunzelt. »Hab ich gehört. Ihr wurdet mir von mehreren Seiten empfohlen. Auch wenn ich bei euren Preisen erst mal schlucken musste. Aber Qualität hat wohl in jeder Branche ihren Preis.«

Kommando zurück! Alles, was ich herausgehört habe, war: Wir haben Erfahrung mit Kunden, die in der Öffentlichkeit stehen.

Wer von euch ist der Star?! Gucci-Jäckchen?! Der Hund?! Irgendwer hier ist definitiv berühmt, aber im Moment kann ich nur mich selbst ausschließen.

Ich blicke zu Sek, der ganz offensichtlich schon lange für die Agentur arbeitet, weil er so viel Sicherheit und Erfahrung ausstrahlt. Oh mein Gott. Victor hat gelogen! Kurt Cobain lebt doch noch. Und er ist auch Zuhälter bei ›Evig Roses‹!

»Ich bin mir sicher, Emma lässt keine Wünsche offen«, versichert Kurt … ich meine, Sek … und klingt dabei so, als würde er absolut für meine Qualität bürgen können, weil wir uns schon lange kennen und selbst schon unzählige Male Sex hatten. Jetzt verstehe ich seine ›Spiel mit‹-Aufforderung von vorhin.

Ich nicke und schmunzle Michael an.

»Du siehst auf alle Fälle haargenau so aus, wie ich es mir vorgestellt habe! Passender geht es gar nicht! Ich würde so gern sein Gesicht sehen, wenn er dich sieht!«

»Ja, bezüglich der Buchung …«, unterbricht Sek Michaels Freude über mein Aussehen. »Wir schicken unsere Escorts eigentlich nicht zu Kunden, die nicht selbst bei uns buchen und sich vorgestellt haben. Das hier ist eine absolute Ausnahme.«

Klasse. Ausnahme. Das Wort mag ich nicht. Wieso bekomme ich ständig die Ausnahmefälle? Ich will die normalen Bums-Buchungen, von denen Jan immer spricht!

»Deshalb war das Nachforschen auch notwendig – entschuldige die Umstände.«

Michael winkt ab. »Nein, nein. Schon gut. Ich verstehe das. Da könnte ja jeder kommen. Schön, dass ihr so vorsichtig seid. Ich schätze das. Die Sache ist bis jetzt genau so gelaufen, wie ich es mir gewünscht habe. Sie weiß noch nicht, was sie erwartet, oder?«

Sek zuckt mit den Schultern. »Emma weiß, dass du sie gebucht hast und sie über Nacht bleiben wird. Wenn du ihr erklären möchtest, wieso sie hier ist und was sie machen soll?«, fordert Sek Michael auf.

»Natürlich!«, entgegnet er und dreht sich schwungvoll zu mir. »Ich hab mich noch gar nicht richtig vorgestellt. Mein Name ist Michael Kobić. Ich bin Author Relations Manager beim Sanctuary Verlag.«

Meine Riesenaugen blicken verstohlen zu Sek. Er sieht mich bestätigend an, so als wollte er mir versichern, dass sie das alles überprüft haben. Es ist also wahr. Und es ist … der HAMMER!!

»Liest du vielleicht gern Bücher? Kennst du den Verlag?«, fragt Michael.

Jetzt nicht ausrasten, Emma! Der schickt dich weg, wenn du weinst oder schreist!

Ich unterdrücke die geballte Euphorie, die in mir hochkommen will, forme sie zu einer Kugel und schlucke sie hinunter. Das tut so weh, als würde ich einen Stein schlucken!

»Ja. Sanctuary Verlag sagt mir was …«, piepse ich vorsichtig, höre mich aber trotzdem an, als würde mir etwas im Hals stecken. Ein Felsmassiv aus absoluter Überschwänglichkeit und

Begeisterung, die ich nicht zeigen darf, weil ich irre wirken würde. Niemand reagiert so auf einen Verlagsmitarbeiter. Es sei denn, man ist neben der Bums-Sache noch Grafikdesignerin. Klar kenne ich den Sanctuary Verlag! Jeder, der auch nur annähernd etwas mit Büchern, Covern, Lektorat oder Publizistik zu tun hat, kennt den verdammten Sanctuary Verlag! Er sitzt irgendwo in England, vertreibt aber in unzähligen Ländern und hat wohl auch hier einen Sitz. Ich habe da schon mindestens fünf Mails hingeschickt, um meine Arbeiten vorzustellen, aber nie eine Antwort erhalten. Die sind einfach zu groß, um mit unbekannten Designern zu arbeiten. Wenn man dort niemanden kennt, hat man absolut keine Chance, Fuß zu fassen.

Wenn ich jetzt aber mit der Tür ins Haus falle und Michael sage, dass ich ALLES dafür tun würde, um für Sanctuary zu arbeiten, gefährdet das mit Sicherheit diesen Job. Er stellt bestimmt kein Groupie ein – weder als Designer noch als Escort. Ich muss den richtigen Zeitpunkt abwarten, subtil sein, gut sein, hoffen, dass sich eine Gelegenheit ergibt, und dabei bloß nicht die Nerven wegschmeißen.

Zum Glück kann ich meinen Gefühlssturm nur innerlich toben lassen und trage ihn nicht nach außen. Nur der Hund spürt, dass ich unheimlich aufgeregt bin, und starrt mich prüfend und irgendwie mitleidig an.

»Der Autor, für den ich zuständig bin, ist einer unserer besten Leute im deutschsprachigen Raum. Ich habe Budget, um ihm ein Präsent als Dankeschön für die großartigen Verkaufszahlen zu machen, aber ich wollte ihm nicht schon wieder einen Weiß-goldfüller schenken. Zu langweilig, zu klischeehaft. Ich war auf der Suche nach etwas Besonderem, das ihm wirklich Spaß macht. Wir arbeiten schon lange zusammen und ich kenne ihn ziemlich gut – er hat mir vor einer Weile verraten, dass er kaum noch Freizeit hat, weil er so viel arbeitet, und dass ihm der Sex fehlt. Da hatte ich eine Idee …«

Jaja, schon klar! Ich bin das Geschenk! Sag mir den Namen!! Ich bin ein Buch-Nerd! Ich kenne viele Bücher und Autoren!

»Ich muss sicher sein, dass du für dich behältst, dass ich dich für ihn gebucht habe. Würde das rauskommen, würde das seinen Ruf schädigen. Du musst diese Buchung absolut diskret behandeln – kein Wort zu niemandem, und bitte auch kein Post im Internet in irgendwelchen Buch-Foren. Das wäre eine PR-Katastrophe …«

»Diskretion ist selbstverständlich. Wir arbeiten oft mit Künstlern zusammen«, versichert Sek und sieht mich erwartungsvoll an.

Ich bin noch damit beschäftigt, meine Anspannung wegen dieser Verlagssache zu überspielen. Um was geht es noch gleich? Ich soll die Klappe halten und nichts posten, oder?

Bevor ich Michael versichere, dass er sich keine Sorgen machen muss, räuspere ich mich, damit meine Stimme den zu hellen, überschwänglichen Ton verliert. »Ich behandle all meine Termine vertraulich, immer. Es wird zu keinen unangenehmen Überschneidungen mit seinem Berufsleben kommen.«

Außer er wird mal Kevins Lehrer. Dann hocke ich in seinem Büro, will ihn vor einem Klavier abknutschen und sehe mir sein YouTube-Video mindestens zehn Mal an. Shit happens.

Michael nickt zufrieden. »Super. Nichts anderes habe ich von einer Agentur erwartet, die so verdammt schwer zu erreichen war, dass ich dafür fünf Kontakte gebraucht habe! In euren Preisen ist das Diskretions-Paket wohl auch mitgerechnet.«

Er spricht zum zweiten Mal an, wie kostspielig die Sache ist. Verlangt Vincent für eine Nacht mit mir tatsächlich so viel, dass man sich dafür auch einen Weißgoldfüller kaufen könnte? Obwohl, das lässt sich schwer in Relation setzen, zumal entweder der ganze Stift aus Gold ist oder nur die Spitze des Käppchens.

»Du warst auf der Suche nach einem exklusiven Geschenk, das hast du definitiv gefunden. Es geht nichts über Rosen mit Orgasmus-Garantie«, meint Sek schmunzelnd.

Er ist gut darin, Werbung für uns zu machen. Ist er unser PR-Typ? Oder der Typ, den sie schicken, um sicherzustellen, dass bei neuen Kunden alles glatt läuft?

»Wenn er Spaß hat, war es das Geld wert. Er ist wirklich großartig und dem Verlag liegt viel daran, dass es ihm gut geht und er bei uns bleibt. Mir auch. Ach, übrigens ...« Michael sieht mich wieder an. »Er weiß nicht, dass ich dich gebucht habe. Das Ganze soll eine Überraschung werden. Ich habe dich ausgesucht, weil du einem Charakter aus seinem letzten Roman ähnlich siehst.«

Er bückt sich nach der schwarzen Tasche zu seinen Füßen und zieht ein Buch heraus. Da klebt ein Post-it zwischen den Seiten. Ich bin mir sicher, er will mir das Buch geben, aber er gestikuliert noch damit herum, während er spricht.

»Ich dachte mir, du könntest die Stelle vielleicht lesen und ihn mit einem kleinen Rollenspiel überraschen. Soll nur Spaß sein – er ist kein Freak oder dergleichen. Wahrscheinlich ist er ziemlich überrascht, aber mal ehrlich, welcher Autor würde nicht gern mal mit einer seiner Figuren schlafen?«

Michael zwinkert.

Ich würde ihm das Buch gern aus der Hand nehmen, um endlich den Titel und den Namen des Autors zu lesen, aber er hat anscheinend vergessen, dass er es rausrücken wollte, und blickt zu Sek, der sich wieder zu Wort meldet.

»Ja, wegen der Sache mit der Überraschung: Dein Autor kennt unsere Vertragsbedingungen nicht. Kein Sex ohne Gummi, auch nicht oral. Kein SM, kein Bondage, kein Würgen. Sie ist kein Fetisch-Mädchen – wenn er auf eines dieser Dinge besteht, bricht sie ab und verschwindet.«

Dass Sek das so selbstverständlich und unmissverständlich anspricht, tut gut.

Die warmen Augen, über denen das Metall glitzert, blicken zu mir. »Ich habe auch ein Wochenendhaus in der Nähe. Ich kann dich jederzeit abholen, falls es notwendig sein sollte«, versichert er mir.

Ich nicke, will eigentlich nach seiner Telefonnummer fragen, aber das würde sich so anhören, als wären wir uns ziemlich fremd, und das durchblicken zu lassen, ist nicht Teil unserer Show. Im Notfall kann ich die App benutzen. Ich habe aber kein schlechtes Gefühl bei der Sache. Obwohl ich im Taxi so nervös war. Meine Ängste sind größtenteils verflogen – ein klein wenig Aufregung bleibt, weil ich bisher nur den Mann kennengelernt habe, der mich gebucht hat, nicht den, mit dem ich schlafen soll.

Rück das Buch endlich raus!

Michael denkt nicht daran. Seks Vortrag war ihm anscheinend unangenehm.»Ihr braucht euch keine Sorgen zu machen! Er ist wirklich ein ganz normaler, netter Typ, der sicher nichts von dir verlangt, das dir unangenehm ist!«, versichert er mir. »Außerdem ist er ziemlich scharf, also kein alter, fetter Sack oder dergleichen.«

Sek schmunzelt amüsiert. Entweder wegen der Beschreibung oder weil er es witzig findet, dass Michael so peinlich berührt von den üblichen Vertragsbedingungen ist. Das ist ganz offensichtlich das erste Mal, dass er bei einer Escort-Agentur bucht. Für Sek war die Anmerkung ein Standardsatz. Er ist freundlich und cool, aber er macht klare Ansagen – das ist in dieser Branche wohl notwendig.

Es tut übrigens gut, dass er hier ist, auch wenn ich keine Angst habe, dass diese Sache eskalieren könnte. Kann er ab jetzt bitte vor jedem meiner Termine auftauchen? Und nebenan warten, bis ich fertig bin?

Du möchtest also ein persönliches Kindermädchen haben.

Ja! Ein Punkrock-Kindermädchen mit Dobermann!

»Na gut. Von Seiten der Agentur war es das«, stellt Sek klar und sieht Michael erwartungsvoll an. Er will wissen, ob er noch Fragen hat. Hat er nicht, er hat nur etwas Stress, weil sein Blick schon wieder auf seine Uhr schweift.

»Nein, ich weiß alles, was ich wissen wollte. Wir sollten dann auch verschwinden – Lii ist meistens ziemlich pünktlich und sein letzter Termin war vor zwanzig Minuten vorbei. Er will das Wochenende über hier schreiben und ist bestimmt schon unterwegs.«

Lii? Lii weiter? Ist er Asiate? Ich kenne keinen Autor, der Lii heißt.

Michael kramt wieder in seiner Tasche und hält mir dann einen Schlüssel an einem silbernen Anhänger vor die Nase. »Hier. Damit kommst du ins Haus, Schätzchen. Du kannst dir zu trinken und zu essen nehmen, was du willst, der Kühlschrank ist voll. Aber wenn du die Stelle, die ich dir markiert habe, noch lesen könntest, damit du weißt, wen du darstellen sollst, wäre das …«

Ich lasse meinen Blick so eindringlich auf das Buch in seiner Hand gleiten, dass er den Satz unterbricht, weil er merkt, dass er es noch immer nicht rausgerückt hat.

»Oh, ja. Sicher – hier. Du kannst es behalten. Lass es dir von ihm signieren – selbst wenn du nicht gern liest, auf eBay bekommst du für ein signiertes Exemplar gutes Geld.« Er zwinkert und gibt mir das Buch.

Endlich! Ich will das Cover unbedingt unter die Lupe nehmen, aber Michael streckt mir die Hand zur Verabschiedung hin und ich will nicht unhöflich sein. Ich kann auch in einer Minute noch ausrasten – wenn ich allein bin.

»Hat mich gefreut, vielen Dank«, sage ich und bewundere noch einmal sein perfektes Make-up, bevor er sich Sek zuwendet und ihm auch die Hand schüttelt. Das geschminkte Gesicht nimmt kurz angespannte Züge an, weil Seks Händedruck so viel Power hat. Freundlich sieht er dabei trotzdem aus, also nimmt man ihm das Hulk-artige Händequetschen nicht übel.

»Wenn wir einem eurer Autoren wieder etwas Gutes tun können – oder dir, du hast ja jetzt unseren Kontakt.«

Michael lacht. »Ja, danke! Ich komme vielleicht darauf zurück!«

Das hängt wohl davon ab, ob er gute Rückmeldung von seinem Autor bekommt oder nicht. Ich werde mich garantiert anstrengen – nicht nur, weil ich unbedingt irgendeinen Weg finden will, mich bei Sanctuary als Grafikerin vorzustellen, sondern auch, weil diese Buchung genau mein Ding ist. Ich bin ein Buch-Nerd und soll einen Buchcharakter spielen – hell yeah, sign me up for this Cosplay!

Während Michael verschwindet, bleibt Sek noch stehen. Er pfeift den hübschen Hund heran, der sich umgehend ganz dicht neben sein Bein stellt und erwartungsvoll zu ihm aufsieht.

»Ich habe kein Wochenendhaus hier«, gibt er zu, als er den Motor von Michaels Wagen starten hört.

»Schon gut. Ich denke nicht, dass es irgendwelche Probleme geben wird«, entgegne ich und zucke mit den Schultern. Ich habe ein gutes Gefühl. Keine innere Unruhe, die von übler Vorahnung getrieben wird.

»Ich denke auch nicht, dass er von der Norm abweicht. Aber wir lassen dich nicht mit einem Kunden allein im Wald, den niemand von uns jemals kennengelernt hat. Auch wenn es höchst unwahrscheinlich ist, dass etwas passiert. Er hätte viel zu viel zu verlieren – seine Reputation, seinen Job. Ich bin mir sicher, er ist ein ganz gewöhnlicher Typ, der nichts von dem Ganzen weiß, so wie sein Assistent behauptet hat. Ich bin trotzdem in der Nähe. Für den unwahrscheinlichen Fall. Ich habe zwar kein Wochenendhaus hier, aber Victor hat eines.«

Victor? Ja, er hat mal etwas von einem Wochenendhaus erwähnt.

Sek zuckt mit den Schultern und legt die Hand auf den Kopf seines Hundes. »Eigentlich sollte er dich abholen und hier auftauchen, aber als Vincent ihm das vorgeschlagen hat, hat er nur gebrüllt, ob er seine Meisterin in Zukunft auch bekochen und dein Fick-Knabe sein soll oder ob es reicht, dass er nur dein Fahrer ist. Dann ist er aus dem Büro gestürmt.«

Ich muss schmunzeln, weil ich mir die Szene hervorragend vorstellen kann. Ob Victor weiß, wie witzig er ist, wenn er grummelt? Ich verstehe, dass er mich nicht schon wieder fahren wollte, und so hatte ich die Gelegenheit, Sek kennenzulernen – wer auch immer er ist und was auch immer er macht.

»Ich bin aber sowieso bei Victor. Falls heute Nacht etwas vorfallen sollte, kannst du dich melden. Ich brauche von seinem Wochenendhaus zehn Minuten hierher.«

»Danke …«, murmle ich und versuche, Sek nicht allzu durchdringend zu mustern.

Das heißt, du bist am Wochenende mit Victor in seinem Haus im Wald? Aha …

Hat Jan nicht behauptet, Victor wäre nicht bi? Ist er sich da sicher?

Als er sich zu mir beugt und mir einen Kuss auf die Lippen haucht, bekomme ich eine Gänsehaut – nicht die unangenehme Sorte, die gute, prickelnde. So weiche Lippen erwartet man bei keinem Rockstar.

Den Hund macht der flüchtige, aber doch etwas verruchte Abschiedskuss etwas nervös.

»Sie wird leicht eifersüchtig«, erklärt er mir schmunzelnd, funkelt die Dobermanndame streng an, hebt dann den Finger und zeigt zu seinem Auto. »Abflug!«, knurrt er mit so tiefer, herrischer Stimme, dass sogar meine Beine kurz zucken. Er meint aber natürlich den Hund, der sich umgehend in Bewegung setzt.

Mannomann, mir war nicht klar, dass er diese Dominanz-Nummer so unheimlich gut draufhat. Er wirkt so locker und cool, aber da steckt noch etwas anderes in ihm.

Was macht ihr noch gleich in Victors Wochenendhaus? Dom-Versammlung?

»Wie heißt deine Hündin?«, will ich wissen, weil ich mich die andere Frage nicht zu stellen traue. Es geht mich nichts an, was sie machen. Außerdem: Wenn Victor erfährt, dass ich neugierig war und wieder private Fragen gestellt habe, explodiert er wahrscheinlich.

»Diva«, antwortet Sek und grinst schief, weil er schon weiß, dass ich es auch tun werde.

Ich verstehe Diva. Es würde mir auch gegen den Strich gehen, wenn mein Herrchen eine Fremde abknutschen würde, während ich an seinem Bein klebe.

Sie ist aber süß. Und unglaublich gehorsam.

Ob Sek noch anderen Divas Nietenhalsbänder anlegt?

Er wendet sich zum Gehen. »Viel Spaß beim Lesen.« Seine Stimme klingt plötzlich fünf Oktaven tiefer – nicht mehr so jung, nicht mehr so freundlich. »Und fick gut, sonst verbringst du das Wochenende mit mir und Victor und wir üben, bis du nicht mehr auf deinem hübschen Arsch sitzen kannst.«

Ich glaube, ich friere gerade ein. Wie dämlich verdutzt und schockiert ich ihn anstarre, fällt mir erst auf, als Sek lacht und dann abwinkt. Seine Miene verliert die Strenge und seine

Stimme klingt wieder viel jünger, als er aussieht. Er zwinkert. »Nur ein Witz! Immer cool bleiben, Emmchen! Tschau, tschau!«

ERSTER AKT

ch blinzle Sek so gedankenverloren nach, dass mir beinahe das Buch und der Schlüssel aus der Hand fallen. Ich würde jetzt wirklich gern hier stehen und darüber spekulieren, dass die gesamte Chefetage bei ›Evig Roses‹ aus exzentrischen Männern besteht, die einen nach dem ersten Aufeinandertreffen irritiert und auf eine seltsame Weise bezaubert zurücklassen, aber dafür bleibt auch später noch Zeit. Jetzt muss ich erst mal ein Buchcharakter werden! Und zwar ein Charakter von …

Ich sehe mir den Roman an, während ich auf die Eingangstür zugehe.

›Rote Sterne lügen nicht‹ von Lias Luxenburg.

Lii – jetzt verstehe ich! Der Name des Autors sagt mir im ersten Moment nichts, dafür kenne ich das Cover aus den Bestsellerlisten. Ein Thriller – dunkler Einband, auf dem nur ein düsterer Himmel mit einem einzelnen Roten Stern zu sehen ist. Ich würde gern behaupten, dass das Cover Schrott ist und er eine neue Designerin braucht, aber es ist der Hammer. Und der Mann ist definitiv berühmt. Im ›Über den Autor‹-Absatz sind zwei Literaturpreise aufgeführt und das Wort ›Bestseller‹ kommt genauso oft vor wie das Wort ›Ausnahmetalent‹. Wenn der Sanctuary Verlag so einen Text über einen verfasst, hat man es definitiv geschafft. Dass ich ihn nicht kenne, liegt nur daran, dass Thriller nicht mein Genre sind. Hätte er Teenie-Romane oder sexy Vampir-Engel-Boys geschrieben, wäre er mir schon unter die Finger gekommen. Das sind aber wohl eher von Frauen dominierte Genres.

Das Foto auf dem Einband ist wirklich …

Aua. Wenn man auf eine Tür zuhält, kommt da auch irgendwann eine. Zum Glück hat das gerade niemand gesehen.

Ich schließe auf, trete ein und schließe hinter mir wieder ab, weil es natürlich erst mal so aussehen muss, als wäre niemand hier. Ich soll ihn überraschen und das klappt nur, wenn er nicht sofort über die offene Tür stutzt und im Eingangsbereich auch gleich über meine Tasche stolpert. Ich stelle sie im Badezimmer ab und tapse dann zurück in den Wohnbereich. Meine Aufmerksamkeit liegt wieder gänzlich auf dem Taschenbuch.

Lias Luxenburg ist niedlich. Dunkle Haare, freundliche Augen, hübsches Kinn. Auf dem Foto sieht er etwas spießig aus, wegen des Hemds unter dem Pullover, aber ich schätze mal, das ist die Schuld des Fotografen. Hoffe ich zumindest, sonst bekommt der Gute heute noch einen Herzinfarkt, weil sein verrückter Assistent ihm eine frivole Nacht statt eines Goldkugelschreibers geschenkt hat.

Das Haus ist cool – spärlich eingerichtet, aber Schnickschnack würde nur von dem wunderschönen Waldpanorama ablenken, das man durch die großen Glasfenster bewundern kann. Ich mag den Duft, der hier überall herumschwebt – Tannennadeln, Holz und eine dezente Zitrusnote.

Ich lehne mich gegen den Sofarücken und beginne, die Stelle zu lesen, die Michael mir markiert hat. Es sind nur drei Seiten – nur die allernötigste Beschreibung des Mädchens, dem ich ähneln soll, und des Hauptcharakters. Dass ich mehr lese, hat er mir wohl nicht zugetraut.

Ich bin niemand, der jedes Buch verschlingt, auch wenn ich gern lese. Von Thrillern habe ich bisher immer die Finger gelassen, weil mir die Romantik und das Schwärmen für die Protagonisten gefehlt hat, aber ich bin so schnell weit über die Stellen, die ich lesen muss, hinaus, dass ich irgendwann hochschrecke, weil ich ein Auto höre.

Scheiße, er ist hier! Ich laufe schnell ins Badezimmer und hoffe, dass er mich noch nicht durch die Fenster gesehen hat. Wieso schreibt er aber auch so spannend?! Das Buch ist der Wahnsinn. Ich werde es definitiv zu Ende lesen. Und ich werde es mir signieren lassen, weil der Typ ein Schreibgott ist.

Fünfzig Seiten und ich bin dem Ex-Polizisten, der die Geschichte aus der Ich-Perspektive erzählt und die Tochter eines reichen Sacks vor einer angedrohten Entführung beschützen soll, so was von verfallen, dass ich inständig hoffe, dass er die Figur nach sich selbst gestaltet hat.

Das Mädchen heißt Ella und trägt in der Szene, in der sie garantiert noch mit dem Hauptcharakter schlafen wird, weil sie sich in seiner Wohnung verschanzen und gerade heftig am Flirten sind, ein gelbes Kleid und blaue Schuhe. Ich verstehe jetzt, dass Michael so gegrinst hat, als er mich gesehen hat. Die Beschreibung passt wirklich: rote Haare, helle Haut, zierlicher gebaut und klein. Außerdem: Wenn man die beiden L in Ella durch M ersetzt und die Charakterisierung ›schüchtern‹ und ›geheimnisvoll‹ durch ›redet zu viel‹ und ›fällt oft wo runter‹ austauscht, hat er quasi mich beschrieben.

Ich ordne rasch meine Haare und lege noch einen Spritzer Parfum auf – nicht auf meinen Hals. Das Buch lasse ich in meiner Tasche verschwinden.

Ready for the show!

Es ist verdammt schade, dass ich den Roman nicht vorab lesen konnte, um mich noch besser vorzubereiten, aber ich schätze, dass die Buchung mit ihm möglichst geheim bleiben sollte, weil er berühmt ist. Ja, ein Autor ist kein Rockstar, aber es gibt auch genügend neugierige Augen in der Öffentlichkeit, die auf ihn gerichtet sind und ihm das Leben schwer machen könnten. Für mich fühlt sich das hier übrigens trotzdem so an, als hätte ich gleich Sex mit Justin Bieber!

Ich positioniere mich im Türrahmen des Badezimmers, lehne mich dagegen und versuche, geheimnisvoll, zerbrechlich und etwas verschüchtert auszusehen – Ella tut das bei Dean zu Hause auch. Ich glaube zwar, dass die Kleine etwas verheimlicht und es vielleicht sogar faustdick hinter den Ohren hat, aber ich habe es einfach nicht übers Herz gebracht, schon mal die letzten Seiten zu überfliegen. Ein Buch muss man fühlen – von der ersten bis zur letzten Seite, so wie der Autor es beabsichtigt hat. Mir fehlt dazu im Moment leider die Zeit, obwohl ...

Mann, braucht der lange, um ins Haus zu kommen. Da hätte ich locker noch ein Kapitel lesen können.

Ich spähe in Richtung Fensterfront und entdecke Lias vor der Tür. Er trägt Jeans und T-Shirt, wirkt bei Weitem nicht so spießig wie auf seinem Foto. Die hellbraunen Haare sind etwas zerzaust, verleihen ihm aber einen niedlichen Look.

Irgendwie wirkt er etwas verpeilt. Liegt vielleicht daran, dass er versucht, eine Nachricht in sein Handy zu tippen, während er zwei Styroporboxen, eine Laptoptasche und drei dicke Mappen trägt. Man könnte auch erst mal reinkommen, alles ablegen und dann texten, aber daran denkt er im Moment nicht.

Versteinert vor seiner Haustür zu stehen und erst mal überfordert mit dem Kram, den man dabeihat, auf sein Handy zu starren, ist ein Verhalten, mit dem ich mich absolut identifizieren kann. Ich dachte schon, dass er mir sympathisch sein würde – sein Hauptcharakter ist mir auch gleich ans Herz gewachsen.

Den Schlüssel hat er übrigens nicht vergessen – das Band, an dem er baumelt, hat er im Mund.

Als er sich das Handy endlich zwischen Schulter und Kopf klemmt und versucht, aufzuschließen, muss ich den Drang unterdrücken, zu ihm zu laufen und ihm zu helfen – das würde die Überraschung kaputtmachen, er muss da allein durch.

Ich achte wieder auf meine Körpersprache und falle in meine Rolle. Lias stolpert ins Haus, lässt alles bis auf sein Handy auf den Küchentresen fallen und tippt dann wieder.

»Bescheuerte Autokorrektur …«, brummt er vor sich hin und kratzt sich mit der freien Hand am Hinterkopf.

Er ist wirklich verdammt süß!

Aus seinem Autorenprofil im Buch weiß ich, dass er einunddreißig ist, er sieht allerdings deutlich jünger aus. Lias ist nicht auffallend groß, aber er überragt mich trotzdem. Seine Statur ist weniger muskulös als die seines Protagonisten, was mir auch nichts ausmacht, weil ich auf schlanke Männer stehe – sie müssen keine Muskelprotze sein.

Gut, dass niemand weiß, dass ich auch ohne Bezahlung mit ihm schlafen würde. Würde ich. Definitiv. Wäre ich ihm damals in der Bar begegnet, als ich meinen Schock wegen der Rechnung von Kevins Internat in einem One-Night-Stand ersticken wollte, hätte ich ihm einen Drink spendiert – oder fünf. Da war aber nur der Typ im Bienenpullover. Wo verstecken sich Männer wie Lias, wenn ich ausgehe und Sex möchte?

Ich denke aber, er tut sich schwer damit, einfach in einer Bar jemanden aufzureißen, weil er Angst hat, dass sein One-Night-Stand am nächsten Tag im Internet landet. Wenn man ihn googelt, ploppen bestimmt unzählige Foren und Social-Media-Seiten auf, in denen man damit angeben könnte, dass man Sex mit ihm hatte. Escort macht für berühmte Leute, die keine gewöhnlichen One-Night-Stands wegen der schlechten Publicity haben dürfen, sehr viel Sinn.

Lias hat mich noch immer nicht bemerkt. Er schreibt und murmelt die Zeilen, die er ins Handy tippt, vor sich hin, so undeutlich und schnell, dass ich keine Ahnung habe, was er sagt. Das klingt nach Kauderwelsch-Fantasiesprache.

Ich muss das Kichern unterdrücken, als sein Tonfall von monoton zu beschwingt selbstironisch wechselt und er plötzlich auch klarer spricht.

»Hochachtungsvoll, Ihr fröhlich dienender Unterhaltungsknecht, Lias … Nein, nicht Lisa! Wie lange kennen wir uns jetzt, Handy?! Du weißt, wie ich heiße!«

Ja, auch damit, Gespräche mit leblosen Dingen zu führen, kann ich mich identifizieren. Ich habe meiner Kaffeemaschine mal einen zwanzigminütigen vorwurfsvollen Vortrag über das Verschwenden meiner Zeit gehalten, während sie sich selbst entkalkt hat.

»Sicher … ›Hochachtungsvoll, Lisa Luxusgut‹ – wieso nicht! Klingt überhaupt nicht nach Pornostar, nein. Danke, Handy!«

Sein Blick schnellt vom Display hoch, weil ich das Lachen zu hörbar unterdrücke. Ich grunze.

Er sieht zuerst in die falsche Richtung, wahrscheinlich weil er das Schweinchen auf dem Sofa vermutet. Ich räuspere mich kurz. Als er mich entdeckt, zuckt er zusammen und lässt dabei beinahe sein Handy fallen.

Ich schmunzle Lias an, lasse den Blick dann aber verstohlen auf meine Schuhe gleiten, weil ich das aus der Szene kenne, die ich vorhin gelesen habe.

»Hallo …«, hauche ich und blicke wieder zu ihm.

Seine hellbraunen Augen sind so groß, als wäre er ein Reh im Scheinwerferlicht und ich ein Autobus.

»Hallo?«, entgegnet er fragend und hörbar irritiert.

Bisher hat er seinen Blick nicht mal über meinen Körper schweifen lassen, er starrt mir nur ins Gesicht. Ich denke nicht, dass ihm das gelbe Kleid und die blauen Schuhe überhaupt aufgefallen sind.

»Ich dachte, wir könnten uns die Zeit ein wenig vertreiben, während du auf mich aufpasst. Ich hoffe, ich bin keine Last für dich, jemand, der dir Mühe macht. Ich will keine Mühe machen«, zitiere ich einen Satz aus seinem Buch, damit klar ist, wen ich darstellen soll.

Lias zieht eine Braue nach oben. »Okay. Ella?«

Ich grinse. »Ja.«

Er beginnt, langsam zu nicken – seine Miene ist noch immer im Reh-Modus, aber seine Stimme klingt beherrscht. »Ich schreibe nur Unterhaltungsliteratur«, stellt er klar und hebt die Hände abwehrend vor die Brust. »Ich bin nicht Dean, ich bin nur ein ganz normaler, langweiliger Typ, in dessen Badezimmer du dich offensichtlich verschanzt hast. Ist okay! Ich bin nicht sauer! Könntest du vielleicht trotzdem rauskommen? Und gehen? Bitte?«

Oje. Mir wird gerade etwas bewusst.

Ich bin ein Idiot.

Was Michael da geplant hat, von wegen ›Spiel ihm zur Überraschung eine Szene vor‹, funktioniert definitiv nur, wenn man halbherzig darüber fantasiert.

In der Realität ist das ganz offensichtlich beängstigend. Lias glaubt gerade zu einhundert Prozent, dass ich ein irres Fangirl bin, das sich selbst Ella nennt und bei ihm eingebrochen ist. Ich habe mich etwas zu sehr von dieser Idee mitreißen lassen – aber nur weil ich ihm eine Freude machen wollte.

Notbremsung! Noch mal von vorn!

Ich begradige die Haltung, höre auf, so lasziv zu gucken, und hebe entschuldigend die Hände. »Sorry! Ich wollte dir keine Angst machen! Das war bescheuert! Michael meinte, ich soll Ella für dich spielen und dich überraschen, aber das kam definitiv zu überraschend! Mein Name ist Emma!«

Dass Emma so ähnlich wie Ella klingt, spielt mir gerade nicht in die Karten. Lias ist noch immer so skeptisch, dass er wohl gleich die Polizei ruft und eine Geisteskranke bei ihm meldet. Ich muss konkreter werden. Scheiß auf die Show!

»Dein Assistent hat mich gebucht, damit ich für dich Ella spiele. Von Michael habe ich auch den Schlüssel und dein Buch.«

Ich mache rasch auf dem Absatz kehrt und laufe ins Bad zu meiner Tasche, um ihm zu beweisen, dass ich nicht durch irgendein Fenster gekrochen bin.

Lias weicht zumindest nicht zurück, als ich auf ihn zugehe und dabei den Schlüssel mit dem silbernen Anhänger hochhalte. Darauf steht ›Work hard – play hard‹, er lässt sich also problemlos zuordnen.

Sein erleichtertes Seufzen beschallt die ganze Hütte. »Michael«, jammert er verständnislos und schmunzelt mich dann an.

»Entschuldige. Ich dachte, du wärst … eine durchgeknallte Leserin. Ich schreibe in letzter Zeit zu viele Mordszenen – ich dachte, ich stecke gleich in einer.«

»Nein! Ich … hätte das gleich sagen sollen. Aber Michael wollte, dass ich dich überrasche.«

Lias lacht seine Erleichterung heraus. »Ja! Die Überraschung ist dir geglückt!«

Er will sein Handy auf den Küchentresen legen, sein Blick bleibt aber an den Zeilen haften. Er kneift die Augen zusammen. »Großartig! Jetzt bekommt mein neuer Lektor tatsächlich eine Mail von Lisa Luxusgut!«

Lias hat die Nachricht wohl aus Versehen verschickt, während er sich ausgemalt hat, wie ich gleich eine Waffe ziehe und ihn zwinge, mich Ella zu nennen, während er es mir macht. Ich habe den Armen wohl ziemlich erschreckt.

»Tut mir echt leid. Mein Auftritt ging voll in die Hose. Ich wollte nicht deine Arbeit sabotieren.«

Ich denke, er ist etwas sauer wegen der Mail, aber er zuckt nur mit den Schultern und legt das Handy dann weg.

»Das ist nicht deine Schuld. Außerdem ist es egal. Die denken doch sowieso alle, dass Autoren ab fünf Uhr nachmittags jeden Tag hackevoll sind. Da gibt man sich schon mal einen Porno-Namen.«

Dass er das so gelassen sieht, bringt mich zum Lächeln. Jetzt, wo er keine Angst mehr vor mir hat, ist er genauso süß und nett, wie ich vermutet hatte. Er hat eines dieser Engelsgesichter – sehr weich, symmetrisch, attraktiv. Irgendwie erinnert er mich an Jan, in braunhaarig, älter und geerdeter.

»Michael hat dich gebucht …«, wiederholt er die erleichternde Erkenntnis abermals und seufzt. »Hat er zufällig erwähnt, wie er auf so etwas gekommen ist? Ich meine, ich weiß ja, dass er einen kreativen Knall hat, aber dass er eine Schauspielerin engagiert, die mir Ella vorspielen soll, ist wirklich … Wie kommt er auf so was?«

Oh, oh. Ich blinzle zu oft und versuche, mir meine Verlegenheit nicht anmerken zu lassen. Lias hält mich für eine Schauspielerin. Er hat nicht mal in Betracht gezogen, dass ich eine Prostituierte sein könnte. Er hatte wohl noch nie Kontakt mit der verruchten Welt, in der ich arbeite – maximal in der Fiktion, aber nicht in der Realität.

»Ich … denke, er wollte dir nur eine Freude machen«, mutmaße ich vorsichtig, weil ich nicht weiß, wie ich raushauen soll, dass ich für Sex mit ihm bezahlt wurde.

›Ach übrigens: Du darfst mich vögeln, Michael hat meinen Körper gekauft, nicht meine unterirdischen Schauspielfähigkeiten‹, klingt so harsch, dass es ihn schockieren könnte. Und eine elegantere Beschreibung fällt mir im Moment nicht ein, weil ich wieder nervös werde.

Klasse! Keine Buchung ohne diesen Moment, in dem ich mich wie eine Vollidiotin fühle, die alles verbocken wird. Diesmal kann ich aber nichts dafür. Okay, die Sache mit der Überraschung war ein Reinfall, aber dass Lias' Gedanken so unschuldig sind, dass er nicht von allein dahinterkommt, wieso ich hier bin, konnte ich nicht wissen.

Was hat Michael sich dabei gedacht, so einem unverdorbenen Mann eine Prostituierte zu schenken?!

Entweder bekomme ich die superversauten Hardcore-Sex-Fetischisten-Künstler oder Disney-Gutmenschen, die Frauen in hochhackigen Schuhen, die sich den Schritt parfümieren, für Schauspielerinnen halten.

Der Raum ist absolut still. Lias war auch in Gedanken, deshalb fällt uns erst auf, dass wir uns anschweigen, als es unangenehm wird. Er macht eine etwas hektisch wirkende Geste in Richtung Küchenzeile.

»Entschuldige! Willst du etwas trinken? Es gibt eine Hausbar. Oder Essen? Ich habe Sushi mitgebracht, das reicht locker für zwei.«

»Hast du zufällig Aperol hier?«

Ich könnte welchen gebrauchen, damit ich mich endlich traue, anzumerken, dass du mich vögeln kannst, weil ich dafür bezahlt wurde …

»Sicher. Setz dich. Ich mache uns etwas zu trinken.«

Ich lasse mich auf einem der Hocker am Küchentresen nieder, während Lias mit den bunten Flaschen aus dem Getränkekühlschrank hantiert.

»Wie war dein Name noch gleich? Verzeihung, ich war vorhin so durch den Wind.«

»Emma«, antworte ich und sehe ihn schmunzeln.

»Ich dachte, ich hätte mich verhört. Emma, das ist sehr nah an Ella.«

Jetzt findet er die Tatsache amüsant. Zumindest hält er mich nicht mehr für durchgeknallt. Im schlimmsten Fall hält er mich bald für ein Flittchen – was ja auch stimmt. Es sollte mir eigentlich nichts ausmachen, aber ich habe Angst, dass ich einen Blick von ihm kassiere, der mich schmerzt. Ein verurteilendes Funkeln, ein angewidertes Mustern – irgendetwas in dieser Art. Ich schätze Lias zu höflich ein, um mir direkt ins Gesicht zu sagen, dass er geschmacklos findet, was ich tue, aber ich würde es trotzdem in seinem Blick lesen können. Und es würde wehtun.

Als er das Glas vor mir abstellt und sich neben mich setzt, klammere ich mich an den Drink und hoffe, dass er mir dabei hilft, nicht gänzlich den Mut zu verlieren und ihm am Ende noch zu erzählen, dass ich Schauspielerin geworden bin, weil mein Ex mich dazu inspiriert hat.

»Also ich muss sagen, du siehst wirklich so aus, wie ich mir meine Protagonistin immer vorgestellt habe. Michael hat dir aber hoffentlich nicht eingeredet, dir extra für das hier die Haare zu färben, oder?«

»Nein, nein. Das ist meine Naturhaarfarbe. Er hat sich ein Mädchen ausgesucht, das dir ... das wie Ella aussieht.«

Lias schüttelt wieder amüsiert ungläubig den Kopf und nippt an dem Drink, den er sich gemacht hat. »Er ist schon ein schräger Vogel. Aber ...«

Ich schöpfe ein klein wenig Hoffnung, dass ich meinen Job doch noch erledigen kann, weil er zum ersten Mal meinen Körper mustert – ganz kurz und sehr diskret, es fällt mir trotzdem auf.

»Ich vergesse manchmal, dass es da draußen auch echte Frauen gibt, die spannender und hübscher sind als die, die ich mir ausdenke – nett, dass er mich daran erinnern wollte.«

Lias' Blick schweift über meine Beine, als ich sie langsam überschlage. Diesmal haftet er länger auf meiner Haut – so lange, dass er mich irgendwann betreten ansieht.

»Entschuldige. Ich wollte dich nicht anstarren – ich komme anscheinend zu wenig unter Menschen und verhalte mich manchmal merkwürdig. Soziale Inkompetenz von kreativer Isolation. Ich arbeite wohl zu viel.«

Großartig. Ein Mann, der so höflich ist, dass er sich entschuldigt, wenn er meinen Körper kurz mustert. Der Countdown, bis er mich rausschmeißt, steht bei maximal zehn Minuten. Ich seufze leise in mein Glas.

»Halte ich dich auf? Du willst sicher nach Hause! Ich wollte dich hier nicht festnageln.«

Dass er mich hier nicht fest nageln will, befürchte ich auch.

»Oder hat Michael dich bezahlt, damit du mir noch ein paar Ella-Monologe hältst? Wie lange solltest du denn bleiben?«, will Lias wissen.

Jetzt oder nie.

»Ich bleibe die ganze Nacht. Wenn du willst …«, sage ich und warte seine Reaktion ab.

Er neigt fragend den Kopf.

Zu subtil. Okay.

»Michael hat mich für die ganze Nacht bezahlt. Er wollte, dass du etwas Spaß mit mir hast – ich bin keine Schauspielerin, ich … arbeite für eine Escort-Agentur.«

»Eine Begleitagentur?«, fragt Lias nach und klingt dabei genauso naiv wie ich, bevor mir Jan erklärt hat, was er bei ›Evig Roses‹ macht.

»Ja, ich leiste dir Gesellschaft – wenn du möchtest. Du kannst mich aber auch haben – wie und so oft du willst, bis morgen Früh.«

Ich warte auf das verächtliche Funkeln in seinen Augen, aber es setzt nicht ein. Er sieht mich nur überrascht an, das warme Braun seiner Iriden glänzt etwas.

»Du bist ...«

Eine Hure? Ja. Sag es. Ich halte das aus.

»... hier, weil du mit mir schlafen musst?«, beendet Lias seinen Satz und klingt überraschend schuldbewusst.

Mit dieser Reaktion hätte ich nicht gerechnet.

»Michael hat dich bezahlt, damit du mit mir schläfst?«

Ich nicke.

»Das tut mir wirklich leid. Ich wusste nichts davon«, versichert er.

»Ich weiß, es sollte eine Überraschung sein.«

»Dass du hier bist, weil dich jemand zwingt, mit mir Sex zu haben? Das soll die Überraschung sein? Wow, Michael hat einen Knall.«

Lias fährt sich mit der Hand brummend durch die Haare und zerwuschelt seine Frisur noch etwas mehr. »Ich habe ihm nur gesagt, dass ich ... schon lange keinen Sex mehr hatte. Das war doch keine Aufforderung, ein Mädchen hierher zu schaffen, das mich bespaßen muss, ob es will oder nicht.«

Er klingt so, als hätte mich jemand entführt und hergeschleppt.

Du verbringst wirklich etwas zu viel Zeit in deiner fiktiven Thriller-Welt.

»Niemand zwingt mich, hier zu sein. Das ist mein Job und ich habe mich freiwillig dafür entschieden, ihn zu machen. Ich muss dir nicht leidtun …«, stelle ich klar und klinge wohl etwas zu vorwurfsvoll.

Lias schüttelt sofort den Kopf. »Das wollte ich damit nicht sagen! Verzeih mir, wenn es so geklungen hat. Ich verurteile nicht, was du tust! Wirklich nicht!«

Wow.

Jetzt weiß ich, wie sich Jan immer gefühlt hat, wenn ich um Worte gerungen habe, wenn sein Job zur Sprache kam. Die Erinnerung bringt mich zum Schmunzeln. Außerdem ist es erleichternd, dass Lias mich nicht so ansieht, wie ich befürchtet hatte. Er ist nur etwas überfordert mit der Info, nicht angeekelt und schon gar nicht herablassend.

»Schon gut. Das kommt auch alles überraschend. Jetzt habe ich dich heute schon zweimal geschockt«, sage ich und sehe, wie sich seine Miene etwas entspannt, weil er sieht, dass er mich nicht gekränkt hat. Nervös ist er trotzdem, er schwenkt sein Glas ziemlich oft.

»Ja, aber die Nummer mit dem verrückten Fan war furchteinflößend. Das war nur … Ich bin noch nie auf die Idee gekommen, mir eine Frau zu buchen. Das ist … neu für mich.«

Ach echt?! Merkt man dir gar nicht an!

»Michael dachte, du könntest etwas Spaß brauchen – er wollte dir nicht schon wieder einen goldenen Füller schenken.«

Lias schnaubt. »Okay. Schön, dass er erkannt hat, dass die Füller mich wahnsinnig machen. Sie laufen immer in meiner Tasche aus.«

»Das mache ich schon mal garantiert nicht«, meine ich und bringe ihn zum Grinsen.

Kurz drauf schüttelt er trotzdem den Kopf. »Du musst nicht mit mir schlafen. Ich weiß! Michael hat dich bezahlt und es ist dein Job, aber du kannst das Geld behalten und ich singe deinem Boss ein Loblied darüber, wie gut du warst. Ich bin kreativ im Geschichtenerfinden«, versichert er etwas, das nicht notwendig ist, weil es auf der Hand liegt.

Ich bin mir sicher, er könnte eine hervorragende Geschichte über all die versauten Dinge erfinden, die wir hier getrieben haben, aber ich kann sein Angebot trotzdem nicht einfach so annehmen.

Sicher, Vincent und die anderen würden glauben, dass der Job erledigt ist, aber Lias würde Michael bestimmt sagen, dass er mich weggeschickt hat, ohne mit mir zu schlafen.

Das sieht so aus, als wäre ich scharf darauf, mir Geld zu erschleichen, ohne etwas dafür zu tun – so jemanden stellt man garantiert niemals wieder ein. Weder als Escort noch als Grafikerin.

Ich will mir das Geld nicht einfach so erschwindeln, das würde sich wie Klauen anfühlen. Ja, ich brauche es, aber das ist nicht die Art, wie ich es verdienen will. Bezahlung für Leistung. Nicht Bezahlung für Lügen.

»Wenn du nicht mit mir schlafen willst …«, beginne ich, den Spieß umzudrehen, und setze mit demselben Satz an, wie er vorhin, »… dann schick mich einfach weg. Aber Michael bekommt sein Geld dann zurück. Keine Angst, ich bekomme keinen Ärger, wenn du mich rausschmeißt, weil du mich nicht attraktiv findest oder keine Lust auf Sex hast. Ich biete es dir an, aber du musst es nicht annehmen. Du wusstest nichts davon, das weiß auch mein Boss. Er peitscht mich deshalb nicht aus, keine Sorge.«

Den letzten Satz untermale ich mit einem Zwinkern, falls er gedanklich noch in seiner Thriller-Welt ist und denkt, ich bin Sklavin in einem Menschenhändler-Ring.

Ich bekomme sicher keinen Ärger, nur weil Lias kein Escort-Girl vögeln will. Das ist wohl nichts für jeden Mann und nicht meine Schuld.

Er überlegt kurz und holt dann Luft. »Ich will dich nicht rausschmeißen. Und falls dir das Anstarren deiner Beine nicht als Beweis genügt hat, hier noch mal verbal: Ich finde dich unheimlich attraktiv. Bleib hier. Wenn du willst. Ich will. Aber es muss nichts passieren. Wir können auch einfach zusammen trinken und du hörst dir an, wie ich darüber jammere, dass ich mit meinem Plot in einer Sackgasse stecke. Du leistest mir Gesellschaft und wenn ich dich die ganze Nacht mit meinem Autorengeschwafel nerve, hast du dir das Geld redlich verdient. Was hältst du von dem Vorschlag?«

Ich glaube, langsam kann ich Lias einschätzen. Er will mit mir schlafen, aber er will nicht, dass es sich so anfühlt, als hätte ich keine andere Wahl. Zwanglos, natürlich, es soll sich echt anfühlen, nicht nach einem Geschäft.

Okay.

Ich beuge mich nach vorn und streife mir die Haare nach hinten. »Guter Vorschlag. Dann erzähl mal, woran schreibst du gerade?«

ZWEITER AKT

ch lache, weil Lias wieder anfängt, in seine Dean-Rolle zu schlüpfen, und es gar nicht merkt. Er läuft beim Plotten gern herum und gestikuliert seine Worte mit. Reden liegt ihm genauso gut wie Schreiben, wobei er sich ab und an mit seinen Gedanken überschlägt und ich ihm nicht immer nahtlos folgen kann. Macht nichts. Der Mann ist genial und es macht Spaß, ihm zuzuhören.

Ich weiß jetzt, wie er auf die Idee für ›Rote Sterne lügen nicht‹ kam und welche Probleme er mit den Folgebänden hat. Es kommt mir so vor, als würde es ihm guttun, alles mal auszusprechen und seine Pläne für den Verlauf der Geschichte zu verbalisieren. Er hat mir verraten, dass er kaum noch Zeit für Freunde hat, weil er so viel schreibt, und die meisten sowieso nichts mit seinem Geschwafel über fiktive Welten anfangen können. Ich habe keine Ahnung, wie jemand diesem Mann nicht an den Lippen hängen kann, wenn er Geschichten erzählt, aber die Welt ist voller Leute, die nicht träumen können, also macht es vielleicht sogar Sinn, dass so viele kreative Menschen sich abschirmen.

Ich schlürfe an der Soda-Wodka-Eistee-Rum-Mischung, die Lias gemixt hat, weil das der sonderbare Lieblingsdrink seines Hauptcharakters ist. Mir schmeckt der Dean-Spezial. Lias meint, der Drink sei nicht sein Fall. Dafür, dass er ihn nicht mag, trinkt er aber ziemlich viel davon.

Er behauptet allgemein oft, dass er seinem Protagonisten nicht ähnelt, aber ich denke, das ist in seinem Fall reine Bescheidenheit, weil er sich selbst nicht eloquent, gutherzig, aufopfernd und sexy nennen will. Dean war auf der Polizeischule und geht öfter ins Fitnessstudio als er – das sind die einzigen groben Abweichungen von der Realität, die ich ihm abkaufe.

»Und Ella? Was hast du mit ihr vor?«, will ich wissen, während sich Lias den Drink mixt, den er angeblich nicht mag.

So viel und ausschweifend er schon über all seine Figuren und Ideen berichtet hat, so geizig war er mit Informationen zu dem rothaarigen Mädchen, das ich heute für ihn verkörpern sollte.

Er schmunzelt mich verstohlen an und blickt dann auf die Flaschen, die wir am Küchentresen aufgereiht haben. Seine Hausbar beschert uns morgen mit Sicherheit Kopfschmerzen, aber im Moment macht das Getränke-Schlaraffenland Spaß.

»Ella ist ... ein etwas komplizierter Charakter«, meint er vage und zuckt mit den Schultern. Er redet sonst so viel, dass ich mir sicher bin, dass er das Thema mit Absicht meidet.

»Basiert sie auf irgendeiner realen Frau, die du kennst?«

»Nein«, lautet die knappe Antwort. Als er sich neben mich an den Tresen lehnt, legt sich ein Schmunzeln auf seine Lippen. »Sie ist ... Ich brauchte ein Mädchen, das Dean so sehr den Kopf verdreht, dass er Fehler macht. Sie verkörpert einfach alles, was Begierde in ihm weckt und ihn schwach macht – unüberlegt.«

»Steht Dean zufällig auf Kanarienvögel?«, will ich amüsiert wissen und drehe mich einmal für Lias. »Gelbes Kleid, blaue Schuhe zu roten Haaren?«, zähle ich den bunten Farbmix auf und sehe ihn die süße Geste machen, die er zum Besten gibt, wenn ihm etwas ein wenig peinlich ist. Er fährt sich über die Nase und kneift kurz die Augen zusammen.

»Die Kombination ist etwas stechender, als ich vermutet hätte. Ich wäre wohl kein guter Modedesigner.«

Männer tun sich oft schwer damit, Frauen einkleiden zu dürfen. Was sie für sexy halten, sieht im Endresultat meistens zusammengewürfelt oder so nuttig aus, dass es jeden Reiz verliert.

Das gelbe Kleid habe ich mir extra für heute gekauft – ich werde es wohl nie wieder tragen, weil meine Haut für die Farbe viel zu blass ist.

»Wenn du ihr das nächste Mal etwas anziehst – ich trage gern gedecktere Farben: Schwarz, Grau, Weiß – das knallt zu den roten Haaren nicht zu sehr.«

»Danke für den Tipp«, meint Lias und neigt den Kopf zur Seite, während er meinen Körper mustert.

Seit er weiß, wieso ich hier bin, entschuldigt er sich nicht mehr für die genießerischen Blicke.

»Weißt du, Ella spukt mir wohl von all meinen Charakteren am meisten im Kopf herum.«

»Du redest trotzdem kaum über sie, wieso?«

Meine Frage lässt ihn nachdenklich werden.

Lias sieht hübsch aus, wenn er sich in einem Gedankenmonolog verliert. Sobald er abschätzend den Kopf neigt und sein Blick leicht melancholisch ins Leere geht, nimmt sein Gesicht diese überdurchschnittlich attraktiven Züge an. Eigentlich ist er optisch ein absolut durchschnittlicher, nicht markanter, sondern süßer Typ, aber dieser überlegte Modus steht ihm.

Ich glaube nicht, dass er über die Antwort nachdenken muss – die kennt er. Ich glaube eher, er schätzt ab, wie ehrlich er sein will.

Als seine Augen zu funkeln beginnen und sich das etwas schwermütige Lächeln auf seine Lippen legt, hat er die Entscheidung gefällt. »Ich rede nicht über Ella, weil sie die Leute glauben lässt, sie wüssten viel mehr über mich, als mir lieb ist. Mir war nicht klar, dass meine eigenen Vorlieben dadurch so im Vordergrund stehen würden. Jeder, der die Szene mit ihr und Dean in seiner Wohnung gelesen hat, grinst mich wissend an und lässt einen Spruch vom Stapel.«

Oh, sie haben also noch Sex. Ich wusste es! Ich konnte die Szenen noch nicht zu Ende lesen und eigentlich wollte mir Lias nicht verraten, ob sie miteinander schlafen oder nicht. Mittlerweile hatte er aber genügend Dean-Spezial, um darüber zu reden.

»Ich habe in meiner Autorenlaufbahn zwölf Protagonisten umgebracht, mehr oder weniger kaltblütig und grausam – dahinter sieht jeder die Fiktion. Aber kaum schreibe ich über Sex mit einer Achtzehnjährigen, glaubt jeder, ich würde gern junge Mädchen verführen.«

Er gestikuliert seine Worte mit, was mich zum Schmunzeln bringt, weil er dabei wie ein Schauspieler aussieht. Ist er in diesem Moment wahrscheinlich auch. Ich glaube ihm die Nummer mit der Fiktion nicht. Klar, Lias hat null Gewalt- oder Mörderpotenzial, er ist eine ziemlich sanfte Seele und spinnt sich die spannenden, blutigen Szenen nur zusammen – aber die Sache mit Ella, dass er nicht zugeben will, dass nicht nur Dean, sondern er sie scharf findet und sie ihm seither bestimmt den einen oder anderen feuchten Traum beschert hat, ist unnötig. Vielleicht hat er irgendeine schlechte Erfahrung mit Gesprächen über sie gemacht. Vor mir ist die gespielte Gleichgültigkeit aber nicht notwendig. Zum einen fantasiere ich selbst oft und gern vom Sex mit Typen aus Büchern und zum anderen sehe ich nichts Verwerfliches daran, dass er sich Sex mit einem jungen –

volljährigen! – Mädchen wünscht, bei dem er seine Erfahrung und seinen Beschützerinstinkt ausleben kann. Ich bin mir sicher, er hat keine Vergewaltigungsszene oder dergleichen geschrieben – das ist nicht sein Stil.

»Du stehst also kein bisschen auf Ella?«, will ich wissen und hätte beinahe ›Emma‹ gesagt, weil mir der Name gewohnheitsmäßig schneller über die Lippen kommt. Zum Glück habe ich aber nicht in der dritten Person von mir selbst gesprochen. Ich kann die Peinlichkeit vorbeiwinken. Geh weiter, es gibt hier nichts zu sehen!

Emma ist manchmal etwas verwirrt.

Ja, das ist Emma.

Emma trinkt zu viel Rum und wird morgen Kopfschmerzen haben.

Emma mag nicht, wenn Emma so vorwurfsvoll mit sich selbst spricht!

Lias hat die Zeit, die ich mit meinem inneren Monolog verbracht habe, auch für ein kleines Gespräch mit sich selbst genutzt. Ob seine innere Stimme ebenso penetrant ist und ihm vorgeworfen hat, dass er zu viel trinkt?

»Ich … Natürlich hat die Kleine was«, gibt er zu. »Aber ich würde nicht ausnutzen, dass sie auf mich angewiesen ist, um sie zu verführen.«

Oh Mann, ist der Gute politisch korrekt – selbst wenn er betrunken ist und wir hier nur über ein fiktives Ereignis sprechen.

Wovor hast du denn Angst? Dass ich dich verurteile, weil du Fantasien hast? Jan und ich haben mal Arzt und Patientin gespielt – er wollte mich nur behandeln, wenn ich ihm einen blase, und Fieber messen lief natürlich nur rektal.

Weil er darauf bestanden hat, einen Augenarzt zu spielen, und wir uns nicht darauf einigen konnten, warum zur Hölle er dann Fieber messen muss, wurde die Sache etwas schräg, aber es hat Spaß gemacht.

Ich unterstelle Jan deshalb aber nicht, dass er das Bedürfnis hat, jemanden zum Sex zu zwingen, der auf Hilfe angewiesen ist.

Fantasien zu haben und im geschützten Rahmen auszuleben, ist, denke ich, normal. Wir hatten auch mal darüber gesprochen, ein etwas härteres Rollenspiel zu machen, in dem er so tut, als würde er über mich herfallen, aber bevor wir das ausprobieren konnten, kam die Sache mit dem Agentur-Job und seinem Fitnesstrainer dazwischen.

Die Rollenspiele mit Jan fehlen mir irgendwie. Wir konnten uns echt zu spannenden Dingen anstacheln, und wenn es nicht heiß wurde, wurde es zumindest immer witzig. Ob ich ihn überreden kann, mal wieder etwas mit mir zu spielen? Strenger Lehrer und dämliche Schülerin? Hätte doch was …

Du weißt schon, warum du gerade auf dieses Rollenspiel kommst, oder?

Nein, weiß ich nicht! Reiner Zufall!

»Über was denkst du nach?«, will Lias wissen, weil ich schon die längste Zeit vor mich hinstarre und wahrscheinlich dabei grinse.

»Darüber, dass ich sexuelle Fantasien für genauso gesund halte wie normales Wunschdenken. Ich denke, das ist das, was uns glücklich macht, wenn uns die Realität erschlägt.«

Jaaaa, wenn ich trinke, werde ich zur Philosophin.

Er lächelt. Wahrscheinlich, weil er den Satz viel besser formulieren könnte als ich – er ist der Autor, ich bin nur ein Flittchen, das gern vor sich hin träumt und zu viele Dean-Spezial hatte.

»Du bist wirklich erfrischend, Ella. Schön, mal einen so positiven, unkritischen Menschen um sich zu haben.«

Weiß er, dass er mich gerade Ella genannt hat? Nein, das war keine Absicht, ist ihm so rausgerutscht. Aber es gefällt mir. Lias ist ein wirklich netter, höflicher, lieber Mensch. Und etwas Spaß würde ihm definitiv guttun.

Was muss ich machen, damit er die Höflichkeit über Bord wirft und zur Abwechslung mal auslebt, worüber er sonst nur unter der Dusche fantasiert, während er es sich selbst macht?

»Gibt es etwas, das du besonders an Ella magst?«, frage ich und schlendere auf den Tresen zu.

Sein Blick ruht auf meinem Körper. »Ich mag ihre Art, zu sprechen. Sie schreibt sich einfach und trotzdem geheimnisvoll.«

Okay. Jetzt noch mal, aber bitte so, dass es nicht wie die Antwort auf eine offizielle Interviewfrage klingt.

Ich bücke mich neben ihm nach der Serviette, die mir runtergefallen ist, als ich nach meinem Glas greifen wollte. Dass das kurze Kleid dabei ein klein wenig von meinem Hintern entblößt, weiß ich. Dass mir die Serviette eigentlich egal ist, ist wahrscheinlich auch klar.

Vor dem Hochkommen drehe ich mich zu ihm, um mich möglichst dicht vor ihm aufzurichten. Er lehnt noch immer am Tresen. Ich lege meine Hand auf seine Schulter, um … Er darf sich einen Vorwand aussuchen, vielleicht will ich ihn von den imaginären Fusseln befreien.

»Und gibt es etwas, das Dean besonders an ihr mag?«

Vielleicht fällt es ihm leichter, als sein Alter Ego auszusprechen, was gerade hinter den glitzernden Augen durch seine Gedanken streift.

Er schmunzelt schief. Eigentlich ist Lias nicht schüchtern, er ist nur … verklemmt. Nein, vermauert? Irgendjemand hat ihm beigebracht, dass man seine Fantasien für sich behält, aber ich denke, das ist auf Dauer Gift für kreative Menschen.

»Ich würde eigentlich ›ihr hübsches Gesicht‹ antworten, aber ich weiß nicht, wieso, mir drängt sich gerade der Satz ›ihr heißer Arsch‹ auf.«

Nein, schüchtern ist er nicht – er genießt seine Worte.

Ich lasse meine Hand von seiner Schulter gleiten und will mich neben ihn an den Tresen lehnen, er greift aber nach mir und zieht mich vor sich.

»Nicht, bleib hier. Du riechst so verdammt gut …«

Er behält seine Hand auf meinem Rücken und mustert mich. Ich lasse meine Finger kurz über seine Brust gleiten, bevor ich zu ihm aufsehe.

»Du riechst auch sehr lecker«, entgegne ich. »Darf ich dein Parfum erraten?«

Lias nickt und ich lege meine Hände auf seine Schultern, während ich mit dem Gesicht so nah an seinen Hals komme, dass meine Lippen seine Haut berühren.

»Davidoff?«, hauche ich fragend gegen seine Halsbeuge und sehe, wie sich sein Adamsapfel bewegt, weil er schluckt.

»Nein …«

Ich gleite mit der Zunge über seine Haut. Während ich das tue, legt er den Arm um meine Taille und drückt mich so nah an sich, dass nicht mal mehr ein Millimeter Luft zwischen unseren Körpern bleibt.

Entweder hat er ein zweites Handy in der Hosentasche oder meine Lippen an seinem Hals erregen ihn.

»Dior?«, frage ich, bevor ich ihn sanft beiße und etwas Unterdruck erzeuge.

»Rate weiter …«, raunt er. Ich spüre die Vibration seiner Stimme an meinem Mund.

Lias kann froh sein, dass Jan ein Parfum-Fanat ist und mich ständig über seine Shoppingtouren zuquatscht. Ich kenne genügend Herrenduftmarken, um seinen Hals so lange zum Kribbeln zu bringen, bis er endlich der Meinung ist, dass wir keinen Vorwand mehr brauchen, um diese Nacht so intim zu gestalten, wie er möchte.

»Ralph Lauren?«

Die Härte, die ich an meinem Oberschenkel spüre, ist definitiv kein zweites Handy – es sei denn, er hat eines, das härter wird, sobald man ihm oft genug in den Hals beißt und mit dem Bein über seinen Schritt reibt.

»Ja. Und falls du auch mein Duschgel erraten willst, hätte ich nichts dagegen ...«

Seine Stimme klingt so rau, als hätte er gerade erst eine Zigarette ausgedämpft.

Ich beiße ein letztes Mal zu und sehe dann zu ihm auf. Lias mustert mein Gesicht mit glitzernden Augen und fixiert dann meine Lippen mit seinem Blick.

»Darf ich dich küssen oder ist das zu ...?«

Er weiß, dass er Sex mit mir haben kann und alles Mögliche mit mir machen darf, aber er ist sich unsicher, ob ein Kuss zu intim ist. Ich verstehe seine Unsicherheit, es ging mir am Anfang auch so. Küssen ist etwas, das nicht jeder bei bezahltem Sex möchte. Deshalb die wichtige Escort-Regel: Der Kunde küsst zuerst. Das weiß ich seit dem Sex mit Victor, der mir knurrend erklärt hat, dass seine Lippen für mich tabu sind. Jeder, wie er will. Lias will aber und ich habe nichts dagegen.

»Du kannst mit mir machen, was immer dir Spaß macht ...«, entgegne ich und schenke ihm einen hungrigen Blick.

Dass ich mutig genug dazu bin, liegt daran, dass Lias der beste Kunde ist, den ich mir nach der Sache mit Finn wünschen kann. Er gibt mir den Glauben daran zurück, dass ich diesen Job weiter durchziehen kann. Ein gutes, erleichterndes Gefühl.

Ich bin ihm sehr dankbar. Und er bekommt meine Dankbarkeit auch bestimmt zu spüren. Ich werde mich anstrengen, damit dieser nette, kreative Schreibgott eine unvergessliche Nacht hat. Außerdem habe ich das Gefühl, dass er einen guten Fick wirklich gebrauchen kann.

Lias turnt meine Erlaubnis, dass er sich an mir austoben darf, sichtlich an. Seine Augen funkeln, bevor er sie schließt und mich küsst.

Ich dachte, der Kuss würde sanfter und zaghafter ausfallen, aber er ist zu hungrig, um seinen Appetit zu verstecken. Während seine Zunge über meine gleitet, rutschen seine Hände auf meinen Hintern. Er drückt mein Becken ein Stück hoch, als er zupackt. Ich spüre seine Erregung an meiner Mitte.

Meine Finger krallen sich in seine Haare, während ich die Nägel meiner anderen Hand sanft in seinen Nacken drücke.

Lias massiert meinen Hintern, schiebt dabei mein Kleid hoch, bis er meine nackte Haut unter seinen Fingerspitzen fühlt. Als sich unsere Lippen voneinander lösen, haucht er mir gegen den Mund.

»Zwei Dinge ...«, setzt er an und schmunzelt vorsichtig, bevor er fortfährt. Seine Hände bleiben auf meinem Hintern ruhen, sein Zeigefinger spielt mit dem Band meines Strings. »Du bist unglaublich heiß und schön, Emma.«

Das Kompliment tut gut, vor allem nachdem ich bei meiner letzten Buchung noch eine ›wertlose Schlampe‹ war.

Ich blinzle verlegen. Er genießt meinen etwas schüchternen Blick und setzt dann zu der zweiten Sache an, indem er anfängt, langsam den Kopf zu schütteln.

»Es ist erschreckend lange her, dass ich Sex hatte. Außerdem bist du die Verkörperung all meiner schmutzigen Fantasien in den letzten Monaten. Und auch wenn ich mir sicher bin, dass viele Männer nicht lange bei deinem heißen Körper durchhalten, könnte meine Performance in Relation trotzdem außerordentlich kurz ausfallen.«

Ich lächle ihn an, weil er ›Ich glaube, ich komme schnell und kann nicht lange‹ so blumig formuliert hat. »Mach dir keine Gedanken. Wir haben die ganze Nacht Zeit und du kannst so oft und schnell kommen, wie du möchtest.«

Mein Daumen streift über seine Lippen. Lias schließt genießerisch knurrend die Augen. Als ich den Finger wieder wegnehme, sieht er mich mit dumpf glühender Erregung im Blick an.

»Dass du hier bist, ist wie Geburtstag, Weihnachten und Bestseller-Benachrichtigung zugleich, weißt du das?«

Ich küsse wieder seinen Hals entlang und hauche ihm dann ein Dankeschön-Angebot für die lieben Komplimente und seine angenehme Art ins Ohr. »Darf ich dir einen blasen?«

Lias bekommt eine Gänsehaut, ich kann die Blitze förmlich fühlen, die über seine Haut jagen. »Darfst du, ja. Auch wenn ich deinen Hintern nicht gern loslasse.« Seine Stimme klingt wieder so rau, als würde er Kette rauchen.

Ich lasse meine Hände über seinen Körper streifen, während ich vor ihm auf die Knie falle. Seine Jeans sitzt im Schritt schon so eng, dass er erleichtert aufstöhnt, als ich seinen Gürtel öffne und ihm die Hose ausziehe.

Lias' Härte prangt unter dem dünnen schwarzen Stoff seiner Shorts. Ich reibe kurz mit den Fingern darüber, ziehe ihn aber weiter aus, bevor ich mein Blowjob-Angebot nicht mehr einlösen kann.

Dass Lias schon vollends erregt ist, ist ebenso offensichtlich, wie es schade ist, dass er seine Männlichkeit seit Monaten vor der Frauenwelt versteckt. Warum er das tut, ist mir ein Rätsel, zumal er sich definitiv nicht verstecken muss.

Er hat eine ansprechende Größe und seine Haut duftet so appetitlich betörend, dass unzählige Frauen auch vor ihm auf die Knie fallen würden, wenn sie kein Geld dafür bekämen.

Wieso hat so ein netter, süßer, eloquenter Mann mit einem super Schwanz so lange keinen Sex? Dass er nicht darauf steht, kann ich absolut ausschließen, zumal er mich mit so glänzendem Blick mustert, als würde jemand ein Feuerwerk hinter seinen Augen veranstalten.

»Im Seitenfach meiner Handtasche sind Kondome«, sage ich und bringe Lias dazu, sich nach meiner Tasche, die am Tresen liegt, umzudrehen. Dass ich ihn darum bitte, sich darauf zu konzentrieren, killt vielleicht ein wenig die Stimmung, aber ein kleiner Dämpfer, was seine Erregtheit betrifft, schadet ihm nicht, zumal ich will, dass er meinen Mund zumindest ein paar Minuten genießen kann.

Als er die Gummis findet und sich zu mir dreht, will ich ihm die Arbeit wieder abnehmen, aber er schüttelt den Kopf.

»Ich mache das schon. Wenn du mit den Fingern an mir herumspielst, lässt du mir gar keine Chance mehr«, meint er.

Ich erwidere Lias' Schmunzeln und sehe mir dann an, wie er sich das Kondom überstreift und sich das T-Shirt auszieht.

Dass er schon lange keinen Sex mehr hatte und ihn die Situation sehr erregt, obwohl noch nicht viel gelaufen ist, ist ihm durchaus peinlich, aber er geht hervorragend mit seinem Schamgefühl um. Ein selbstironisches Schmunzeln kommt viel charmanter rüber als selbstüberschätzende Verbissenheit.

Ich lasse ihm so viel Zeit, wie er möchte, und neige den Kopf erst zu seiner Mitte, als er die Hand auf meine Haare legt und mich zu sich drückt.

Lias stöhnt auf, sobald ich ihn in meinen Mund gleiten lasse. Keine Spielchen, kein Stimulieren mit der Hand, kein Tasten nach noch empfindlicheren Regionen – ich lasse ihn nur meine Lippen und meinen Mund spüren und sehe dabei zu ihm auf.

Während er seine Erregung herausstöhnt und sich verbietet, mir sein Becken entgegenzudrücken, schließt er die Augen. Ich denke, sobald er mir zusieht, wie ich es ihm mache, wird er so heiß, dass er die Kontrolle verliert und den Orgasmus nicht mehr zurückhalten kann. Er will das Feeling ein wenig genießen, deshalb versuche ich, das Tempo langsam und den Druck gering zu halten.

So schlecht schlägt sich Lias nicht. Ich kann mich an Blowjobs erinnern, die schneller vorbei waren, als ich ›Geil?‹ hätte murmeln können. Er wirkt aber auch immer angespannter und um Beherrschung bemüht – ich bin mir gerade nicht sicher, ob er das hier nicht zu einer reinen Willensprobe ausarten lässt.

»Entspann dich. Komm, wenn du willst. So, dass es scharf für dich ist«, flüstere ich ihm zu und streife mit der Zunge über seine Härte.

Lias' Finger zucken merklich an meinem Hinterkopf. Er schlägt die Augen auf und beißt sich auf die Unterlippe, während er sich endlich erlaubt, zu mir runterzusehen. Es folg ein kurzes Nicken, das mir versichert, dass er ab jetzt aufhört, sich zu verkrampfen, und ich ihn zum Höhepunkt bringen darf.

Schluss mit dem Schonprogramm. Ich streife einmal fest mit der Hand über seine Härte und beginne ihn dann mit den Lippen und meiner Zunge zu stimulieren – viel fester als vorhin, schneller.

Dass meine Berührungen so intensiv werden, lässt Lias' Körper ebenso beben wie seine Stimme. Gut, dass dieses Haus so abgeschieden liegt – er ist jemand, der seine Lust ziemlich laut und unbeherrscht herausstöhnt.

Ich würde lügen, wenn ich behaupte, dass mich die heiseren Laute aus seiner Kehle nicht scharf machen. Zu merken, wie er sein Verlangen endlich loslässt und sich meiner Stimulation hingibt, turnt mich an.

Lias' Blick verschleiert in einem Nebel aus Lust. Er verfestigt den Griff in meinen Haaren und beginnt, sich zu nehmen, was er will. Sein Becken drückt sich mir entgegen, weil er mich tiefer spüren möchte.

Ein unterwürfiger Blick von mir und das Fühlen meines Schluckreflexes geben ihm die letzten heißen Impulse, um sich dem Orgasmus hinzugeben und sich zu ergießen. Trotz des Kondoms fühle ich, dass er intensiv kommt und sein Höhepunkt angenehm lange anhält.

Lias stützt sich mit einer Hand am Tresen ab und beugt den Rücken durch, während er meinen Kopf so lange an seine Mitte drückt, bis sein Stöhnen in einem letzten rauen Knurren verstummt.

Er streichelt mir über die Haare, bevor er die Hand gänzlich verschwinden lässt und sich mit den Ellbogen erschöpft an der Küchenplatte abstützt.

»Danke«, raunt er mit geschlossenen Augen. »Danke, danke, danke.«

Ich wische mir über den Mund und frage mich, ob sich schon jemals ein Mann so überschwänglich glücklich für Sex bei mir bedankt hat. Ja. Jan, als ich ihn zum ersten Mal an meinen Arsch gelassen habe. Ich glaube aber nicht, dass Lias jetzt auch gleich anfängt, Bootylicious von *Destiny's Child* zu singen. Das war einer von Jans besonders schwulen Momenten …

Als Lias zu Atem gekommen ist, sieht er mit weicher Miene zu mir hinunter. Während er das Kondom abnimmt und es verknotet, mischt sich etwas Verlegenheit in seinen Blick.

»Ich mag, wie du stöhnst, wenn du heiß bist«, sage ich, weil ich sehen will, ob ich ihn erröten lassen kann. Ich vergesse aber, dass er nur höflich und kultiviert, nicht schüchtern ist. Das freundliche Lächeln nimmt kokette Züge an. »Ich bin gerade gekommen und kann nur daran denken, dich zum Bett zu tragen und richtig zu nehmen …«, raunt er und grinst eine Sekunde später. »Du hast nicht zufällig kleine blaue Pillen in deiner Tasche, mit deren Hilfe ich dich nehmen kann, bis die Sonne aufgeht?«

Viagra habe ich keines dabei, aber ich wette, er bekommt das auch ohne Doping hin – vielleicht nicht bis die Sonne aufgeht, aber eine zweite Runde ist definitiv drin.

Sein Blick ist noch so hungrig, dass sein Körper garantiert mitspielt. Er braucht nur eine kurze Verschnaufpause, die ich vielleicht mit etwas Vorfreude füllen kann.

»In der Szene, in der Dean mit Ella schläft, zieht er sie da aus oder tut sie es selbst?«, frage ich und richte mich vor Lias auf.

»Sie zieht sich für ihn aus«, verrät er und folgt dann gespannt meinen Handbewegungen mit dem Blick.

Ich öffne den Reißverschluss meines Kleids und lasse es langsam von meinem Körper gleiten. Dass meine Unterwäsche im unschuldigen Weiß leuchtet, trifft sich gut – ich glaube mich zu erinnern, dass er erwähnt hat, dass Ella noch Jungfrau ist, bevor sie auf Dean trifft.

Der durchsichtige Stoff meines BHs und der dünne String überlassen das Aussehen meines Körpers nicht mehr seiner Fantasie – was er damit machen will, darf er sich aber noch ausmalen.

»Kannst du dich für mich umdrehen?«, bittet Lias. Seine Stimme wird wieder rauer, sein Blick glänzender.

Ich mache einen Schritt auf ihn zu und gleite mit den Händen von seiner Brust zu seinen Hüften. Sein Körper strahlt so viel Wärme aus, dass ich auf Fieber tippen würde, wüsste ich nicht, dass die Erregung und die Vorfreude sich an seinem Temperaturregler zu schaffen machen.

Ich drehe Lias den Rücken zu, so dicht vor ihm, dass er mich problemlos überall streicheln kann. Ein leises Knurren dringt aus seiner Kehle, bevor er mit den Händen über meinen Rücken gleitet und dann an meiner Taille stoppt und sie ein wenig zusammendrückt. Ich sehe ihn nicht, aber ich spüre seine forschenden Blicke an meiner Haut kleben.

»Komm her …«

Lias zieht mich zu sich. Mein Hintern drückt sich an seine Mitte.

Dass er dachte, er bräuchte eine Pille, um noch mal hart zu werden, hält er bestimmt gerade selbst für lächerlich. Es braucht nichts weiter als meinen Arsch, der langsam über seinen Schritt reibt.

»Du fühlst dich gut an …«, hauche ich, während ich die Hüfte weiter langsam bewege. Den Rhythmus gibt er selbst an, indem er den Griff um meinen Körper verfestigt.

»Du machst mich …« Er stoppt mitten im Satz und drückt seine Erregung fester gegen meinen Hintern.»… so geil. Ich will dich stöhnen hören.«

Lias schlingt einen Arm um meine Mitte, die andere schiebt sich über meinen Bauch in meinen String. Dass unsere Spielchen mich schon erregt haben, fühlt er ganz deutlich, als er mit den Fingern über meine empfindlichste Stelle gleitet. Nur weil das hier ein Job ist, heißt es nicht, dass ich ihn nicht genießen darf. Arbeit macht auch manchmal Spaß und Lias ist ein klasse Kunde.

Während er mich mit den Fingern stimuliert, drückt er meinen Oberkörper mit der anderen Hand an sich. Er sieht an mir hinunter, als er eines meiner BH-Körbchen verschiebt und beginnt, meine Brustwarze zu reizen.

»Fühlt sich das gut an?«, raunt er mir fragend ins Ohr, während ich den Hinterkopf gegen seine Halsbeuge drücke.

»Ja …«

»Fester?«

Er wartet meine Antwort nicht ab, intensiviert nur die Stimulation und brummt, als ich zu stöhnen beginne.

»Mag dein Körper meine Hände? Oder ist es dir zu viel?«

Die letzte Frage macht mir bewusst, dass wir in dem Rollenspiel stecken, für das ich gebucht wurde. Natürlich ist es mir nicht zu viel, wenn mir ein Mann an die Brüste und zwischen die Beine fasst – er weiß, dass er nicht der Erste ist, der mich so zum Stöhnen bringt, aber Dean war wohl der Erste bei Ella. Mich zu fragen, ob ich vor Scham verglühe und mir seine Berührungen zu intim sind, macht ihn scharf – ich kann der Szene auch ihren Reiz abgewinnen.

»Mir ist heiß …«, sage ich so unsicher, als wüsste ich nicht, was gerade in meinem Körper passiert und woher die wohltuenden Gefühle kommen, die mich nach mehr gieren lassen.

»Heiß ist gut … du kannst aber noch heißer werden. Und feuchter.«

Er reibt so zielsicher über die richtige Stelle zwischen meinen Beinen, dass kein Zweifel daran besteht, dass er schon genügend Sex in seinem Leben hatte. Warum das in letzter Zeit anders ist, hinterfrage ich nicht – es geht mich nichts an. Im Moment bin ich eine rothaarige Jungfrau, die gleich von einem erfahrenen Mann zu ihrem ersten Höhepunkt getrieben wird.

Ja, ich mag das Rollenspiel.

»Nicht so fest … ich … kann gleich nicht mehr«, stöhnt Ella gegen Deans Kinn. Emma will Lias damit sagen, dass sie gleich kommt, wenn er weiter so fest und schnell über sie reibt.

Ob er mir den Orgasmus schenkt, ist seine Entscheidung. Er trifft sie nach einem erregten Knurren. Seine Finger hören auf, mit meiner harten Brustwarze zu spielen, und ziehen sich auch aus meinem feuchten String zurück. Er dreht mich zu sich um und hebt mich hoch, beide Hände an meinen Pobacken.

»Ich will dich schmecken, wenn du kommst«, raunt er mir zu, als ich die Hände um seinen Nacken schlinge.

Wir küssen uns, während er mich zu dem großen Doppelbett am anderen Ende der Hütte trägt. Lias lässt mich nicht auf die Matratze fallen, er stellt mich vorsichtig ab und öffnet meinen BH. Während er mir den String auszieht, geht er vor mir in die Knie und mustert meine Beine mit glänzenden Augen.

Seine Hände streicheln über meine Oberschenkel, bevor er eines meiner Beine greift und es sich auf die Schulter legt. Ich kralle die Finger in seine Haare, um das Gleichgewicht zu halten.

Seine Zunge gleitet langsam über mich, aber er erhöht das Tempo und die Intensität schnell, weil er nicht vorhat, meinen Höhepunkt hinauszuzögern.

Die festen Zungenbewegungen bringen mich um den Verstand. Er kitzelt die Erregung in mir so schnell größer, dass es diesmal mein lautes Stöhnen ist, das den Raum beschallt.

Lias knurrt jedes Mal erregt, wenn ich meine Mitte näher an sein Gesicht drücke. Als die wohltuenden Wellen plötzlich unter Strom stehen und mich der Orgasmus überrollt, gerate ich ins Schwanken. Er stabilisiert mich, solange er mich noch leckt. Als seine Zunge verschwindet, kippe ich nach hinten auf die Matratze.

Die Nachwellen meines Höhepunkts sind wirklich angenehm, aber ich bausche die Intensität meiner Reaktion ein wenig auf, um für ihn so heiß wie möglich auszusehen, während ich wieder zu Atem komme. Das leichte Zittern und das Durchdrücken meines Rückens sind Teil unserer ›Ich bin Jungfrau und das war mein erster Orgasmus, der meine Welt erschüttert und meinen Körper in Ekstase versetzt hat‹-Show. Die Übertreibung fällt mir nicht schwer, zumal es Spaß macht und Lias' Zungenfertigkeiten auch wirklich nicht zu verachten sind.

Wieso findest du bloß keine Frau? Meldet sich niemand auf die Anzeige ›Kultivierter, hübscher Bestsellerautor sucht Frau – ist nett, witzig, charmant, leckt gut‹?

Was ist denn bitte mit der Welt los?!

Lias beugt sich über mich und stützt sich mit den Händen neben meinen Schultern ab. Er mustert meine glasigen Augen und mein errötetes Gesicht und küsst mich vorsichtig, bevor er sein Becken zwischen meinen Beinen positioniert.

»Sag mir, wenn ich zu stürmisch bin …«, flüstert er, bevor er sich in mich drückt.

Ich hoffe, ich sehe beim schwachen Nicken nervös genug aus. Durchaus ironisch. Bei meinen anderen Buchungen habe ich immer versucht, meine Nervosität zu verstecken – jetzt, wo ich einen Kunden habe, der darauf steht, ein ungeschicktes, unerfahrenes Mäuschen zu vögeln, das vor lauter Schreck vom Bett fällt, darf ich nicht zu abgebrüht wirken, weil ich so entspannt bin.

Lias ist aber nicht so vorsichtig, wie ich dachte. Er weiß, dass ich keine achtzehnjährige Jungfrau bin, bei der er es nicht übertreiben darf. Seine Stöße sind tief und werden rasch schneller –

eine Frau, die nicht an das Gefühl gewöhnt ist, würde er überfordern. Mir bereitet seine Härte Spaß. Sein Rhythmus ist klasse, sein warmer Körper fühlt sich gut auf meinem an.

Ich stöhne ihm ins Ohr und schlinge meine Arme um seinen Nacken, während er mich nimmt. Dass Lias den Sex genießt, ist nicht zu überhören. Er brummt und knurrt mir seine Erregung gegen die Lippen. Seine linke Hand spielt mit meinen Brüsten, die er immer mal wieder mustert, wenn er sich nicht gerade ansieht, wie ich stöhne.

»Du fühlst dich so geil an, Emma …«

Okay, wir sind wieder in der Realität gelandet – was mir ziemlich schmeichelt, weil ich dachte, er bräuchte für die zweite Runde viel Kopfkino-Unterstützung. Anscheinend nicht.

Na dann …

»Willst du mich von hinten?«, hauche ich ihm ein Angebot ins Ohr, für das er sofort Feuer und Flamme ist.

Der Stellungswechsel gefällt ihm, da er ziemlich auf meinen Hintern fixiert ist. Nicht so wie Jan. Lias weiß, dass ich ihm Doggie-Style und nicht Analsex anbiete – ich denke, auf diese Idee würde er gar nicht kommen. Er ist eher der Typ für brave Sexstellungen – ob das freiwillig oder antrainiert ist, kann ich nicht sagen.

Ich positioniere mich betont langsam vor ihm und streiche meine Haare nach hinten. Ein Blick über die Schulter verrät mir, dass Lias sich auf der Unterlippe herumbeißt, während er meinen Körper mustert. Da ich nicht mehr die Jungfrau für ihn mimen muss, darf ich etwas schmutziger werden.

»Fick mich …«, flüstere ich und drücke meinen Rücken erwartungsvoll durch.

Dass ihn der Dirty Talk so laut raunen lässt, hätte ich nicht gedacht. Seine Augen funkeln, während er seine Hände so fest an meinen Hintern legt, dass ich überrascht aufstöhne.

Nein, die brave Missionarsstellung ist antrainiert – es darf auch gern etwas härter und schmutzig für dich sein, oder?

Lias stößt sich in mich und hält mein Becken fest, während er sich an mir austobt. Sein Durchhaltevermögen ist nicht zu verachten, auch wenn er seit dem Stellungswechsel mit jedem Stoß spürbar verbissener wird. Er maßregelt sich wieder, aber das ist nicht notwendig, er hat eine gute Zeit hingelegt. Ich spanne die Muskeln an, damit mein Körper ihm ein noch engeres Feeling verschafft.

Lias' Stöhnen wird unbeherrscht. Ich weiß nicht genau, was er in seinem Lustrausch raunt, aber es ist eine Mischung aus Stoßgebet und etwas, das verdächtig nach ›Du kleines geiles Stück‹ klingt.

Als er kommt, drückt er sich so fest in mich, dass meine Hände nachgeben und ich mit dem Oberkörper auf der Matratze lande. Sein Körper bricht auf meinem zusammen.

Er ist spürbar ins Schwitzen geraten. Unter das Ralph-Lauren-Parfum mischt sich die persönliche Duftnote seiner Haut, aber er riecht berauschend heiß.

»Entschuldige. Ich bin schwer«, stellt er mit beschlagener Stimme fest, als der Nebel aus Lust seine Gedanken frei macht. Er stützt sich über mir ab und legt sich dann neben mich. Ich bleibe auf dem Bauch liegen und fühle, wie seine Hand über meinen Rücken streichelt.

»Danke. Das war ... unglaublich.«

»Ja, du hast dich toll angefühlt«, entgegne ich und hebe schmunzelnd den Kopf, um ihn an meiner Hand abzustützen und ihn zu mustern.

Lias zieht die Brauen hoch, seine Augen wirken aber müde. Es ist spät, wir sind beide etwas betrunken und Orgasmen wirken sowieso wie Schlafpillen, nachdem die Lust abgeklungen ist.

»Das musst du wohl sagen, aber ich nicht. Das war der beste Sex seit ... Lass uns das nicht ausführen, aber es ist definitiv deine Schuld, wenn in meinen nächsten Büchern so viele Erotikszenen vorkommen, dass der Verlag eine Warnung vor expliziten Szenen auf der ersten Seite abdrucken muss.«

Ich grinse, während Lias mir die Haare zurückstreicht und mich anlächelt. Es freut mich wirklich, dass ich ihm das Wochenende versüßen konnte. Der Sex hat ihm merklich gutgetan, er wirkt richtig tiefenentspannt. Dritte Runde gibt es wohl keine, er kann sich kaum noch wach halten.

Lias rafft sich nur noch mal hoch, um ins Badezimmer zu trotten und sich kurz unter die Dusche zu stellen. Ich nutze die Zeit, um mein Handy neben das Bett zu legen. Eigentlich will ich auf das Display schielen, um die Uhrzeit abzulesen, aber mein Blick bleibt an einer WhatsApp-Nachricht kleben. Unbekannte Nummer. Und nur ein Satz.

0660 5277500

Alles o.k. mit der Buchung?

Ich könnte den Absender nicht sofort zuordnen, wären da nicht die Emojis am Ende. Eine Aubergine, das prüfend guckende Smiley mit dem Monokel und ein Hund – definitiv Sek.

Keine Ahnung, woher er meine Nummer hat, aber es macht Sinn, dass er derjenige ist, der sich nach mir erkundigt, weil er wohl die Verantwortung für diese Buchung trägt. Vincents Nummer habe ich gespeichert und Victor würde garantiert keine Emojis verwenden – maximal das, dem der Kopf vor Wut explodiert, oder die mit den Mucki-Armen.

Ich grinse über meine Gedanken, während ich ein paar Wörter zurücktippe.

Alles okay. Danke.

Ich will ein Herzchen dahintersetzen, dann fällt mir zum Glück ein, dass ich hier nicht mit Jan oder Claire schreibe, sondern mit jemandem, der mein Boss ist – oder so etwas in der Art – und dem ich erst einmal kurz begegnet bin. Sek bekommt ein ganz gewöhnliches Smiley, eine Rose und ein Victory-Zeichen.

Ich erschrecke, als Lias mich anspricht, weil ich so auf mein Handy fixiert war. Er ist fertig mit duschen, seine Haare tropfen noch ein wenig.

»Willst du ein T-Shirt von mir haben? Ist dir kalt?«

»Nein. Danke. Wenn es dich nicht stört, schlafe ich nackt«, entgegne ich und sehe ihn grinsen. Obwohl das Funkeln in seinen Augen ausbleibt, weil er sein Feuerwerk für heute verschossen hat, gefällt ihm mein Outfit für die Nacht.

Lias legt sich neben mich und zieht die Decke über mich, nicht ohne dabei über meinen Hintern zu streicheln. »Wenn ich nicht hundemüde und absolut ausgelaugt wäre …«, brummt er und bettet den Kopf auf das Kissen.

Er riecht berauschend gut – wie eine Duschgelflasche nach einem Sommerregen. Ja, meine Vergleiche werden bescheuert, aber mein Hirn fährt auch gerade in den Schlaf-Modus hinunter.

»Vielleicht hast du morgen früh ja noch mal Lust auf …« Ich gähne und halte mir im letzten Moment die Hand vor den Mund, bevor ich unhöflich wirke.

Lias lacht und schüttelt den Kopf. »Nichts lieber als das. Aber lass uns ausschlafen und sehen, ob du überhaupt Lust hast. Sonst können wir auch einfach frühstücken. Ich kann dich auch nach Hause fahren.«

Er weiß schon, dass das hier eine Buchung und kein Date ist, oder? Er muss nicht so ultranett zu mir sein, aber das liegt wohl in seiner Natur.

Ich hätte mir wirklich keinen besseren Kunden wünschen können. Dass ich heute so problemlos und sorgenlos einschlafen kann, ist schön. Und ich freue mich tierisch aufs Frühstück. Auch darauf, noch mal an Lias zu naschen. Er ist so dankbar, nett und scharf – einfach nur lecker.

Schön, wenn mal zur Abwechslung alles großartig läuft.

DRITTER AKT

ch drehe mich um, weil mich die ersten Sonnenstrahlen im Gesicht kitzeln. Bescheuertes Licht, geh weg, ich will noch nicht wach werden.

Mein Kopf drückt sich gegen die warme Männerbrust, die so betörend duftet. Er murrt leise vor sich hin. Typisch Franzose, immer murren die, wenn man mal kuscheln will.

Ich ziehe mir die Decke über die Schultern, weil mir wieder einfällt, dass ich nackt bin. Wir sind beide nackt, oder? Nicht dass Kevin hier hereinplatzt und sieht, dass wir Sex hatten. So großartigen Sex ... Wie schön kann ein Mann eigentlich sein? Und heiß und unterkühlt und penetrant klugscheißerisch. Er nervt irgendwie. Vielleicht sollte ich ihn piksen. Aber Pascals Brust ist unverschämt bequem.

Ich lege meine Hand auf seinen Bauch. Der Sixpack ist irgendwie verschwunden. Hat er ihn sich über Nacht weggefuttert? Wird er jetzt moppelig? Egal ... er ist so schön.

Obwohl ich noch todmüde bin, zwinge ich mich, die Augen aufzuschlagen, weil ich in dieses hammer Gesicht blicken und mich besoffen grinsen will.

Ich blinzle zweimal, dann fällt mir auf, dass ich wohl sowieso noch besoffen bin. Anders kann ich mir nicht erklären, warum ich davon geträumt habe, ich würde hier mit Pascal liegen und wir wären irgendwo an Kevins Internat.

Natürlich liegt Lias neben mir. Und er schläft noch tief und fest.

Ich schleiche aus dem Bett, weil ich so peinlich berührt von meinen eigenen Träumen bin, dass ich mich zur Strafe unter die eiskalte Dusche stellen will. Meine Libido hat anscheinend einen Knall. Fantasiert von Sex mit dem Lehrer meines Bruders, den ich mit Blut voll genießt habe und der mich für die verwirrteste, aufdringlichste Trulla der Welt hält. Obwohl, die Sache mit dem Beinahe-Kuss war schräg. Das hat mich verwirrt und sich wohl eingebrannt.

Ich hätte mir trotzdem einen anderen Statisten für mein nächtliches Kopfkino-Sexdate wählen können. Wie komme ich nur auf den Franzosen?

Sag mal, warst du das, du Traumflittchen?!

Vive la France ...

Ach, du bist ja noch hackevoll von dem ganzen Rum gestern!

Ich stelle mich nicht wirklich unter die kalte Dusche, ich will nur pinkeln und mir die Zähne putzen. Frischer Atem ist eine absolute Notwendigkeit für das, was ich später noch mit Lias vorhabe. Ich will ihn mit einem netten Blowjob aufwecken – als Dankeschön für gestern.

Trotz all meiner idiotischen Träume habe ich nicht vergessen, dass die Nacht mit ihm toll war. Nicht nur der Teil der Buchung, in dem ich getan habe, für was ich bezahlt wurde, sondern auch die Gespräche über seine Geschichten.

Lias ist eigentlich ein ziemlich perfektes Exemplar der Gattung Mann. Ich bin mir sicher, irgendwann trifft er eine Frau, die …

Also entweder gibt es Bären im Wald, die unter dröhnendem Durchfall leiden, oder das gerade war ein Auto.

Ich schiebe neugierig den Badezimmervorhang zur Seite und spähe auf den Forstweg vor dem Haus. Da fährt ein roter Wagen vorbei.

Erwartet Lias Besuch? Um sechs Uhr morgens?! Davon hat er aber nichts erwähnt. Er hat ein paar Mal von seinem neuen Lektor gesprochen, dem er gestern die verwirrende Mail von Lisa Luxusgut geschickt hat. Wenn der hier reinschneit und sieht, dass ich … Wissen alle im Verlag von der Buchung? Nein, oder? Das war ein persönliches Ding zwischen Michael und Lias, weil sie irgendwie befreundet sind und sich schon lange kennen. Michael meinte, er hätte Budget für ein Geschenk – in was er das Geld investiert, hat er bei Sanctuary bestimmt nicht an die große Glocke gehängt. Wahrscheinlich steht dort in der Buchhaltung ›Goldfüller‹, nicht ›Rose‹.

Scheiße! Ich will Lias und Michael definitiv keinen Ärger machen. Und ich will Sanctuary nicht als das Flittchen in Erinnerung bleiben, das bei einem ihrer Autoren erwischt wurde.

Vertuschen, verstecken!

Ich hetze zurück in den Wohnbereich und greife mir meine Handtasche und mein Handy. Wo liegt noch Zeug von mir herum?!

Meine kleine Reisetasche steht im Badezimmer und ansonsten … Ach du Scheiße, die bescheuerte Fensterfront! Vom Parkplatz vor dem Haus sieht man hier überall rein. Und raus. Der rote Wagen hält quasi vor der Tür.

»Lias!«

Ich versuche, ihn wach zu rufen, aber er murrt nur und ich habe keine Zeit mehr, ihn zu schütteln oder wach zu schreien, weil ich darüber nachdenken muss, wo ich mich verstecken kann.

Der einzige Schrank hier drin ist der Kühlschrank und da krieche ich garantiert nicht rein! ›Sie starb in einem Gefrierschrank‹ klingt sogar für mich zu bescheuert!

Mein nervöser Blick schnellt zu den Fenstern. Als ich eine blonde Frau aus dem Wagen aussteigen sehe, schrillen so viele Alarmglocken in meinem Inneren, dass ich einfach loslaufe. Zurück ins Badezimmer! Scheiß drauf, Hauptsache, nicht hier stehen bleiben!

Ich donnere mir die Tür vor lauter Hektik und Nervosität gegen den Fuß.

Das schmerzerfüllte, laute Piepsen, das ich mir nicht verkneifen kann, lässt Lias aufwachen. Ich sehe noch aus dem Augenwinkel, wie er verschlafen den Kopf hebt, als ich den Blick noch mal prüfend zur Glasfront schnellen lasse. Sie hat mich nicht gehört und den Fenstern keine Beachtung geschenkt, weil sie in der Tasche nach dem Schlüssel gekramt hat.

Wieso hat diese Frau einen Schlüssel?!

Shit! Shit! Shit!

Ich schmeiße die Nerven weg, wenn gleich das passiert, was sich in den dunkelsten Ecken meiner Vorstellungskraft zusammenbraut!

In dem Moment, als ich die Haustür aufgehen höre, ziehe ich die Badezimmertür leise zu – schließen kann ich sie nicht, weil sie das Klacken der Schlösser hören würde. Die Tür bleibt einen halben Zentimeter weit offen und ich versteinere vor Panik dahinter.

»Vera?« Lias Stimme klingt kein Stück verschlafen, nur schockiert, und das, obwohl er erst vor zwei Sekunden wach geworden ist. Ich höre heraus, dass ihm das Herz bis zum Hals schlägt.

»Was? Darf ich jetzt nicht mehr vorbeikommen, wenn du schreibst, oder was? Wieso schläfst du noch? Hast du dir den Wecker nicht gestellt? Lias, ich habe dir tausend Mal gesagt, dass du nicht bis zehn Uhr schlafen und dann die ganze Nacht schreiben kannst. Gewöhn dir einen normalen, erwachsenen Arbeitsrhythmus an! Du bist wie ein Teenager, wirklich!«

»Ich dachte, du wärst bei deiner Schwester …«

Ohhhhh … ich hasse es, dass er diesen Satz in diesem schockierten Tonfall sagt. ›Ich dachte, du wärst bei …‹ – so fangen absolut alle Filmszenen an, in denen die Frau ihren Mann mit einem Flittchen im Bett erwischt!

Er hat aber nicht erwähnt, dass er verheiratet ist. Und er trägt keinen Ring. Er hat auch nichts von einer Freundin gesagt. Nur, dass er niemanden zum Reden hat und seit Ewigkeiten keinen Sex mehr hatte. Das klang nach Single! Oder seit fünfzehn Jahren vergeben und unglücklich …

Bitte, bitte, bitte sei nicht seine Frau! Sei nur eine absolut unangemessen autoritäre Lektorin, die ihn wie ein Kind zusammenstaucht und ihm sagt, dass er zu lange schläft!

»Ich wollte nicht noch länger bei meiner Schwester bleiben – sie macht mich wahnsinnig. Sie hat null Struktur in ihrem Leben und glaubt, sie könnte allein von Luft und Liebe leben – illusioniert ohne Ende. Sie ist nie erwachsen geworden. Deshalb verstehst du dich wahrscheinlich so gut mit ihr …«

Ich kann ihn nicht sehen, aber ich weiß, dass Lias Blick gerade hektisch und nervös im Wohnbereich herumschweift. Er sucht mich – und meine Sachen. Habe ich alles hier?! Liegt noch etwas herum?! Was hat er mit den Kondomen gemacht?!

»Sag mal, hast du gestern getrunken? Drehst du jetzt komplett ab, oder was? Alkohol an einem Wochentag? Willst du

Alkoholiker werden? Weißt du, wie schädlich das ist? Du sollst hier arbeiten und dich nicht allein betrinken!«

Das Wort ›allein‹ lässt mich wieder atmen. Das habe ich mir vor lauter Angst verboten, aber anscheinend hat sie noch keine Ahnung, dass Lias gestern Nacht nicht allein war.

»Vera, kannst du bitte schnell zur Apotheke fahren? Es geht mir nicht gut, ich brauche Migränetabletten. Dringend.«

Gut! Sehr gut! Auch wenn Lias dabei so offensichtlich schuldig klingt wie ein Mörder, der mit einem blutigen Messer in der Hand erwischt wird und behauptet, er hat nur Obst geschnitten, obwohl im Badezimmer eine Leiche liegt. Könnte aber auch an der Migräne liegen. Ich glaube ihm sogar, dass ihm der Kopf dröhnt.

»Wann bin ich denn bitte deine Mutter geworden? Wenn du Tabletten brauchst, hol sie dir selbst, du bist ein erwachsener Mann und ich bin deine Frau, nicht deine Dienstbotin. Gott, hier riecht es, als hättest du gestern eine Sauforgie gefeiert! Sag mal, ist dir das nicht selbst peinlich? Muss ich dir überall hinterherlaufen, um sicherzustellen, dass du konzentriert und vernünftig arbeitest? Du hast eine Deadline, schon vergessen?«

Okay. Sie ist seine Frau. Und sie wird mich kaltblütig ermorden und mir dabei wahrscheinlich noch einen Vortrag darüber halten, wie abgrundtief verwerflich es ist, eine Prostituierte zu sein.

Ich MUSS hier verschwinden! Jetzt!

Fenster!

Meine Hände zittern, als ich den Griff so leise, aber schnell öffne wie möglich. Ich werfe meine Handtasche nach draußen, meine Reisetasche, mein Handy und meine Schuhe, und springe dann hinterher.

Ich lande in einem Busch. Nackt. Egal. Alles ist besser, als in diesem Haus zu bleiben! Alles! Auch, sich Dornen aus dem Arsch zu ziehen! Später!

Lauf, Emma!

Ja! Ich laufe! Und ich weiß nicht, ob ich gerade in meinem Schamgefühl verbrenne, weil ich nackt mit zwei Taschen und einem Paar High Heels in der Hand durch den Wald springe, oder ob mich mein Gewissen verglühen lässt.

Beides.

Ich habe mit einem verheirateten Mann geschlafen. Das ist so beschissen!

Klar, wahrscheinlich sind so einige Männer, die für Sex bezahlen, verheiratet, aber ich will der Frau nicht begegnen! Ich will niemandem wehtun, ich will nicht der Grund dafür sein, dass jemand weint, schreit oder geschieden wird!

Das Schulgeld für Kevin bezahlen, genau dafür mache ich den Job. Nicht, weil ich die gewissenlose Schlampe sein möchte, die Beziehungen zerstört. Ich habe ein Gewissen und es tut mir auch leid, aber was soll ich jetzt noch ändern?

Mir ist irgendwie nach Heulen zumute, als ich hinter zwei Fichten in meiner Tasche krame. Wäre mir nicht bewusst, wie dämlich ich aussehe, als ich mich vor einem gigantischen Käfer erschrecke, während ich in mein Höschen steigen will, würden Tränen fließen.

Ich muss mich aber zusammenreißen. Es war bescheuert von mir, anzunehmen, so etwas würde nie passieren. Dass ich nie mit der Existenz einer anderen Frau konfrontiert werden würde und alle Männer, die mich buchen, Single sind. Wie naiv kann man eigentlich sein?

Lias ist kein einsamer Künstler, der trotz seiner Großartigkeit einfach niemanden findet – er hat schon längst jemanden gefunden und sie geheiratet. Warum auch immer.

Mann, ist seine Frau böse! Wie kann man jemandem, der um Tabletten bittet, einfach ins Gesicht fauchen, dass er sie selbst holen soll? Außerdem bevormundet sie ihn, als wäre er ein Kind, und beschimpft ihn dann im selben Atemzug als ebensolches.

Lass den Mann doch schreiben, wann er will – man kann kreativen Menschen nicht sagen, dass sie sich den Wecker um sechs Uhr morgens stellen müssen, um kreativ zu sein. Er ist doch kein Roboter.

So viele Dinge ergeben auf einmal Sinn. Diese Mauer, die sich Lias aufgebaut hat, wenn es um Erotik geht, und die er erst mal bröckeln lassen musste. Ich bin mir sicher, sie lässt ihn höchstens an seinem Geburtstag ran, und das auch nur in braver Missionarsstellung, weil alles andere verwerflich wäre. Außerdem macht es Sinn, dass ihm die Ella-Szenen irgendwie unangenehm waren. Sie hat ihm bestimmt gesagt, dass er einen

Knall hat, wenn er Dean mit dem Mädchen schlafen lässt, und ihm vorgeworfen, dass er irgendwelche perversen Neigungen hat.

Warum die beiden zusammen sind, obwohl sie offensichtlich schon lange keinen Sex mehr haben und sie ihn garantiert nicht lieben kann, weil man jemanden, den man liebt, nicht so von oben herab behandelt, weiß ich nicht.

Das geht mich aber alles nichts an! Es ändert auch nichts daran, dass ich nicht der Grund für ihre Scheidung sein will! Lias muss das selbst auf die Reihe kriegen. Ja, er ist ein netter Kerl, aber er hat offensichtlich nicht die Eier in der Hose, sich zu trennen, und betrügt stattdessen seine Frau. Er wusste zwar nichts von der Buchung, aber er hat mich trotzdem gevögelt. Obwohl, eigentlich habe ich ihn dazu angestachelt. Oder?

Vielleicht bin ich das Monster …

Du bist kein Monster. Du bist nur ein klein wenig bescheuert und etwas naiv. Und vergesslich. Dein Portemonnaie liegt noch in der Küche. Das gelbe Kleid auch.

Nein, oder?!

Ich krame hektisch in all meinen Taschen – sinnlos, ich erinnere mich nämlich daran, dass ich meine Geldbörse gestern während unseres Gesprächs über seine Geschichten rausgelegt habe, um nicht zu vergessen, Lias am nächsten Morgen meine Visitenkarte unterzujubeln. Nicht die von ›Evig Roses‹, sondern die, auf der die Homepage zu meinen Designs zu finden ist.

Gut gemacht! Absolut großartig!

Ich hoffe, er findet sie vor ihr. Und ich hoffe, er schafft es, das Kleid verschwinden zu lassen, oder hat zumindest eine gute Ausrede parat. Inspirationskleid für die Ella-Szenen. ›Schatz, ich trage gern Frauenkleider‹ – alles ist besser als ›Ich hatte Sex mit einem Escort-Girl‹.

Wie bekomme ich denn jetzt meine Geldbörse zurück? Wenn sie sie findet, verbrennt sie sie garantiert. Zurückgehen kann ich auch nicht, das ist keine Option. Für kein Geld der Welt will ich diese Szene durchspielen.

Ich hocke in einem Wald, ziehe mir ein kurzes schwarzes Leinenkleid an und frage mich, ob mich das Karma gleich mit einem Baum erschlägt, weil ich eine Ehe zerstört habe.

Wie zur Hölle konnte diese großartige Buchung nur so eskalieren?

Als mir bewusst wird, dass ich nicht mal ein Taxi rufen kann, weil ich keinen einzigen Franken dabeihabe, beginne ich, ins Leere zu starren.

Um nach Hause zu laufen, bin ich zu weit im Nirgendwo. Das schaffe ich nicht mal in den flachen Ballerinas. Das Erste, das mir einfällt, ist, Jan anzurufen, aber wohin schicke ich ihn denn? Ich kann ihm nicht Lias' Adresse geben. Das bescheuerte Haus ist ein halber Glaskasten und es fällt auf, sobald jemand dort auftaucht. Und um Jan irgendwo in die Nähe zu navigieren, fehlt mir die Orientierung.

Hallo, Tiere! Mein Name ist Emma. Ich wohne jetzt auch in diesem Wald. Habt ihr hier Internet?

Ich reibe mir verzweifelt die Schläfen, schrecke aber auf, weil mir eine rettende Idee kommt.

Scheiß drauf, ob das jetzt so wirkt, als bräuchte ich ständig persönliche Betreuung. Die Alternativen wären, von Lias' Frau gesehen zu werden oder ein Leben als Waldbewohnerin zu führen – beides ist tödlich.

Es klingelt nur dreimal. Er geht schnell ran, aber es hört sich trotzdem an, als hätte ich ihn aufgeweckt. Es ist auch noch viel zu früh.

»Probleme?«

»Ja. Ich … stehe im Wald.«

Keine Ahnung, wie ich meine Situation anders beschreiben soll.

Sek schweigt erst mal, wahrscheinlich weil er denkt, das ist so etwas wie eine Metapher. Ich glaub, ich steh im Wald …

»Was willst du mir damit sagen, Schätzchen?«, fragt er.

Es klingt, als würde er sich aufraffen und sich erst mal den Schlaf aus den Augen reiben.

»Ich … Seine Frau ist aufgetaucht. Ich musste da raus. Ich bin aus dem Fenster gesprungen.«

Sek lacht und brummt dann. »Hast du dir wehgetan?«

»Ich glaube, da stecken Dornen in meinem Hintern.«

»Na, die gehören da aber nicht rein.«

Schön, dass er so viel Humor hat. Mir ist im Moment trotzdem nicht nach Lachen zumute.

»Ich weiß nicht, wie ich hier wegkommen soll. Mein Porte-monnaie liegt noch im Haus, aber ich kann da nicht mehr rein. Und ich weiß nicht, wo ich bin. Hier ist nur Wald.«

»Schon gut. Ich kann dich mit der Agentur-App tracken. War-te kurz ...«

Keine Ahnung, ob ich es unter normalen Umständen gut fin-den würde, dass er das kann. Jetzt ist es die Rettung schlecht-hin. Falls mich mal jemand verschleppt oder gefangen hält, ist es auch von Nutzen. Nein, es ist schon in Ordnung, dass man als Escort auffindbar ist. Keine schlechte Sache ... bestimmt illegal, aber nicht schlecht.

»Okay, hör zu, Schätzchen. Du hast einen Kompass am Han-dy. Weißt du, wie man den liest?«

»Nein.«

Hier und jetzt ist nicht der richtige Zeitpunkt, um sich klug zu stellen.

»Dreh dich so lange im Kreis, bis der rote Pfeil auf N steht. In diese Richtung läufst du – sie führt etwas tiefer in den Wald, aber nur kurz. Ein Kilometer, dann kommst du zu einer Forst-straße. Dort hole ich dich ab.«

»Und wenn ich mich verlaufe?«

»Das schaffst du kaum. Und falls doch, der Wald ist nicht dicht und gut für Wanderer präpariert. Keine Hänge, keine Schluchten. Solange du dich nicht wieder in einen Dornenbusch setzt oder auf die Idee kommst, Beeren zu essen, die giftig sind, passiert dir nichts. Selbst wenn du dich verläufst, Diva findet dich.«

Oh ja, richtig, der Hund. Das Spürnäschen gibt mir die nötige Sicherheit, mich auf die Wanderung einzulassen, obwohl mir der Wald Angst macht. Ich bin ein Stadtmensch. Ich kenne nur Schlangen an Kassen, keine echten.

»Ich rufe dich an, wenn ich angekommen bin«, sage ich zu Sek, der selbst durch das Telefon so viel Ruhe ausstrahlt, dass mein Herz nicht mehr ganz so schnell schlägt.

»Das wird nicht notwendig sein. Wenn du dort bist, siehst du mich gleich. Ich sitze quasi schon im Auto. Immer cool bleiben, Emmchen.«

Ich nicke, obwohl er mich nicht sehen kann. Auch wenn ich ihn nicht gut kenne, bin ich unheimlich dankbar für Sek und seine beruhigende Art.

Ab in den verwunschenen Wald – wenn mich ein Wolf fressen will, retten mich der verwunschene, voll tätowierte Ritter und sein schwarzer Hund.

SM-LOVESTORY

W arum ich mir so dermaßen vor diesem kleinen Waldspaziergang in die Hosen gemacht habe, weiß ich nicht. Das ist kein dunkler Horrorfilm-Schauplatz, sondern ein malerisch grünes Heimatfilm-Szenario. Mir begegnen sogar zwei Omas, die fröhlich einen Trampelpfad entlangwalken und sich über die letzte ›Tatort‹-Folge unterhalten.

Dass ich am Telefon so panisch geklungen habe, als würde ich gleich allein den Regenwald durchstreifen müssen, ist mir im Nachhinein etwas peinlich.

Als ich auf die Forststraße abbiege, lehnt Sek schon an seinem Auto. Die hübsche Diva streunt gerade in einer der Wiesenflächen herum. Sie schnüffelt an ein paar Bänken, die hier zum Rastmachen aufgestellt wurden.

Ich hatte diese Gegend wirklich für viel verlassener und abgeschiedener gehalten. Die Wochenendhäuser liegen gut versteckt und erwecken den Anschein, man wäre abseits jeglicher Zivilisation. Das trifft aber wohl nur auf einen Radius von einem Kilometer zu.

»Na? Alles gut, Schätzchen?«

Er hat die tätowierten Arme verschränkt und mustert mich schmunzelnd. Die dunklen Haare sehen verwuschelt aus und sein Gesicht ist blasser, als ich es in Erinnerung hatte, aber er wirkt nicht schlecht gelaunt. Sein schwarzes ärmelloses Shirt hat ein paar Löcher, das hat der Designer aber wahrscheinlich so beabsichtigt.

»Ich weiß nicht, ob alles gut ist. Vielleicht hat Lias' Frau etwas bemerkt. Ich habe mein Kleid liegen gelassen. Wenn sie es findet, bekommt er garantiert riesigen Stress und …«

»Der Typ ist mir egal«, unterbricht Sek mich und klingt mit einem Mal strenger. »Es liegt in seiner Verantwortung, dass er sein Privatleben unter Kontrolle hält. Ich wollte wissen, ob es *dir* gut geht.«

Ich nicke, taste aber im nächsten Moment meinen Hintern ab. Ziemlich heiß – und das ist jetzt kein spontan aufkommender Narzissmus, sondern eine medizinische Feststellung. Oh, und da stecken eindeutig kleine Dinge in meinen Pobacken, die da nicht hingehören. Schrägerweise tut es nicht weh, aber das liegt daran, dass mein Körper heute Morgen so viel Adrenalin ausgeschüttet hat, dass ich auch aus dem Fenster gesprungen und weggelaufen wäre, wenn mir ein Arm gefehlt hätte.

Sek stößt sich von seinem Wagen ab und kommt auf mich zu. Er lässt seinen Blick kurz prüfend schweifen, stellt fest, dass wir nicht von ›Tatort‹-Senioren umgeben sind, und neigt dann den Kopf nach unten, um ihn unter mein Kleid zu schieben.

Hallo! Da geht jemand aber nah ran!

Diva spitzt schon prüfend die Ohren.

Keine Sorge, Herrchen guckt nur, ob Dornen in meinem Hintern stecken, er kommt da gleich wieder raus.

Als Seks Finger meinen String zur Seite schieben, quieke ich verlegen auf.

»Jap, dein heißer Arsch ist ziemlich zerschunden. Aber vorne rum ist alles okay.« Er richtet sich auf und grinst kokett. »Nette Muschi. Hübsches Ding – der Latexgeruch ist etwas abturnend, aber ansonsten.« Er hebt zwinkernd den Daumen. »Eins a!«

»Ich konnte mich heute noch nicht duschen. Entschuldige …«, stammle ich peinlich berührt.

Er winkt nur ab und öffnet mir die Beifahrertür. »Latex-Muschis sind besser als kranke Muschis! Immer safe bumsen! Der Tripper schläft nicht!«

Ich muss lachen, weil er der schrägste Kondom-Werbesprecher der Welt ist. Er hat aber recht.

Seine lockere Art besänftigt mein Schamgefühl. Sek schafft es wahrscheinlich, dass man sich vor ihm für nichts schämt. Er ist dieser Typ Mann, mit dem man die verrücktesten Dinge anstellt, wenn er einen mit einem schiefen Grinsen darum bittet. Jan-Magie. Jan-Sek-Magie.

Ich will mich auf den Beifahrersitz fallen lassen, aber er packt plötzlich meinen Arm und zieht mich so ruppig zu sich, dass sich mein ganzer Körper vor Schreck anspannt.

»Auf die Knie!«, herrscht er mich an und klingt vollkommen fremd. Da ist nichts Freundliches mehr in seiner Stimme.

Was ist denn jetzt los?

»Ähm …«

Sek funkelt so streng, dass ich denke, er will tatsächlich, dass ich mich vor ihm auf die Straße knie.

Die dunklen Augen glühen nach einer Sekunde wieder warm. Er grinst, weil ihn meine erschrockene Miene amüsiert. »Es tut garantiert weh, wenn du dich auf deinen Arsch setzt. Knie dich hin und halt dich am Sitz fest, ich fahre vorsichtig.«

»Okay …«

Der kleine Schockmoment war pure Absicht. Er läuft zur Fahrerseite und pfeift dann seine Diva zu sich. Ich höre ihn leise lachen.

»Steig ein, Schätzchen«, flötet er, so als hätte er mich gerade nicht mit seiner Dominanz erschlagen, um mich zu verschaukeln. Wo kramt er nur diese herrische Seite an sich so schnell hervor? Faszinierend … und irgendwie einschüchternd. Schräger Mann. Spannender Mann.

Ich kraule Diva, während ich auf dem Beifahrersitz knie und Sek vorsichtig die Landstraße entlangfährt.

»Du hast keine Angst vor großen schwarzen Hunden«, stellt er fest, als er mich aus dem Augenwinkel mustert.

»Nein. Sie ist süß. Und sehr hübsch.«

»Ja. Aber die meisten Mädchen haben trotzdem erst mal Angst vor ihr. Bewahr dir den Mut – ich kenne noch ein großes, schwarzes, einschüchterndes Ding, das angepisst sein wird, falls wir ihn aufwecken sollten. Es ist gestern etwas spät geworden. Wir müssen leise bleiben.«

Ich mustere Sek forschend, der seinen letzten Satz mit einem genüsslichen Gähnen ausklingen lässt.

»Warte mal. Wohin fahren wir?«

»Zu Victor«, entgegnet er und klingt so, als wäre das selbstverständlich gewesen.

Ich dachte, du fährst mich nach Hause! Wieso soll ich denn um halb sieben Uhr morgens an einem Samstag bei einem mürrischen Wikinger reinschneien?! Hilfe!

»Kannst du mich nicht nach Hause fahren? Ich weiß, es ist weit, aber …«

»Nein. Erstens kriegst du die Dornen nicht allein aus deinem Arsch und am Ende entzündet sich das Ganze noch, und zweitens bin ich noch viel zu verkatert, um irgendwo anders als auf einer privaten Forststraße zu fahren. Ich bringe dich nach Hause, aber erst mal kümmern wir uns um deinen Arsch und meinen Brummschädel. Ich will frühstücken. Diese beschissenen Absinth-Eskalationen machen mich fertig. Ich bin seit Jahren so bescheuert und denke, ich kann Vic unter den Tisch trinken.

Und jedes Mal lacht er mich um drei Uhr morgens aus, wenn ich ins Bett schwanke und er demonstrativ gerade in seinem Zimmer verschwindet.«

Schön, dass ihr gestern eine Party gefeiert habt, aber ich war nicht eingeladen. Victor beantwortet mir nicht mal die Frage nach seinem Alter oder lässt mich ihn küssen – wie reagiert er denn, wenn ich in sein Wochenendhaus platze?!

Sek hat ein gutes Gespür für innere Unruhe. Er verzieht die blassen, etwas spröden Lippen zu einem Grinsen, als er mich leise seufzen hört.»Mach dir nicht ins Höschen, Schätzchen. Du wirst nicht die einzige Escort in seinem Haus sein. Oder dachtest du, ich verbringe mit Vic allein ein Wochenende im Wald? Romantikprogramm? Nur wir beide? Lasse ich mich von ihm bumsen oder er sich von mir? Wie hast du dir das vorgestellt?« Er lacht.

Na ja, hätte doch sein können. Was weiß ich schon über Victor? Oder über Sek? Keine Ahnung, wer von den beiden wen bumst!

»Das Wochenende ist rein geschäftlich«, versichert er, nachdem er sich zur Genüge über meine Ahnungslosigkeit amüsiert hat.»Und vielleicht ab Mitternacht ein wenig Privatvergnügen, aber größtenteils Arbeit.«

Ich nicke und kraule Diva weiter am Ohr, weil ich mal gehört habe, dass Hunde verhindern, dass man nervös wird. Die Dobermanndame legt das Köpfchen auf der Mittelkonsole ab und blinzelt müde.

Wir fahren wirklich nicht weiter als zwei Kilometer die Forst-
straße entlang. Dann biegt Sek auf einen gepflasterten Weg ab,
der uns direkt vor die *Cullen-Residenz* führt, deren moderne
Front irgendwer mit schickem Holz verkleidet hat.

Ich dachte, Lias' Wochenendhaus wäre extravagant – das
Ding verspeist das andere Haus, in dem ich heute war, aber
zum Frühstück und stoßt danach nicht mal auf. Zwei Stock-
werke, viele Fenster, aber alle verspiegelt. Vor dem Haus parken fünf Wagen. Den teuren Mercedes kenne ich, die anderen
sind mir fremd.

Die Haustür steht einen Spaltbreit offen.

Sek lädt meine Tasche aus dem Auto und macht dann eine
auffordernde Kopfbewegung. »Komm. Aber sei leise, die anderen schlafen alle noch.«

Ich folge ihm auf leisen Sohlen in das Haus.

Es gibt keinen wirklichen Eingangsbereich, man steht sofort
in dem übergroßen Wohnzimmer, dessen Blickfänge der Kamin
und die coole Holztreppe sind, die in den ersten Stock führt.

Ich sehe mich staunend um und entdecke viele weiße Möbel,
Pflanzen und gigantische Sofas, auf die Sek zielsicher zusteuert.
Ich klebe an seinen Fersen, gemeinsam mit Diva, die sich am
wohlsten fühlt, wenn sie auf ihr Herrchen vertrauen und ihm
folgen kann. Im Moment bin ich auch dankbar für das Geleit.
Wenn Victor auftaucht, muss nicht ich ihm erklären, wieso ich
in sein Haus geplatzt bin.

Da liegen ein paar Klamotten am Boden, Schuhe und ein, zwei Kondompäckchen – das schockiert mich alles nicht wirklich. Mal ehrlich, ich hatte mit SM-Foltergeräten und Käfigen gerechnet. Hier sieht es aber nur aus, als hätten etwas offenherzige Leute eine Party in einem hammer Haus gefeiert.

Okay, die zwei nackten schlafenden Mädchen auf dem Sofa hätten unter ›normalen‹ Umständen vielleicht nicht die gleichen Halsbänder wie der Hund um den Hals, aber irgendwo muss auch durchblitzen, dass wir im Haus eines SM-Wikingers sind.

Sek zieht im Vorbeigehen eine Decke über die beiden und murrt vor sich hin.»Nie zudecken. Und dann wundern, warum sie erkältet sind …«

Während ich es süß finde, dass er sich so um die Mädchen kümmert, bewegt sich plötzlich etwas in meinem Augenwinkel.

Ich drehe mich erschrocken zur Seite und entdecke jetzt erst den nackten Typen, der auf dem anderen Sofa zwischen den großen hellgrauen Kissen liegt. Jung, sicher nicht älter als ich, niedliches Gesicht und hübsche braune Locken – am Kopf! Der Rest ist absolut glatt rasiert.

»Kannst du mal kratzen?« Seine Stimme klingt so rau, als hätte er gestern ein ganzes Konzert mitgebrüllt. Er zuckt mit der Nase.

»Ähm …?«

Was soll ich kratzen?

»Bitte! Bitte!«, quiekt er und pustet sich selbst ins Gesicht.

Als ich verstehe, dass er seine Nase meint, fällt mir auf, dass er auf seinen Armen liegt. Ich will seiner Bitte nachkommen, aber Sek taucht neben mir auf, greift seine Schultern und dreht ihn zur Seite. Seine Hände sind mit Handschellen hinter seinem Rücken gefesselt.

Hat er so geschlafen?! Bis auf die juckende Nase scheint er sich nicht daran zu stören.

Sek seufzt. »Wenn ihr euch gegenseitig vor dem Schlafengehen aneinander austobt, macht euch gefälligst wieder los. Was machst du denn, wenn du in der Nacht pinkeln musst? Wenn du neben Victors Klo pisst, schlägt er dich k. o. und wischt den Boden mit dir auf!«

Ein mahnender Spruch, ein zielsicherer Griff und Sek löst die Handschellen. Der Lockenkopf seufzt erleichtert und kann sich endlich selbst an der Nase kratzen.

»Danke«, krächzt er und streckt sich ausgiebig, bevor er Sek angrinst. »Habt ihr Frühstück hier?«

»Ja. Mehr als genug. Aber es ist erst halb sieben. Schlaft euch aus. Und wenn ihr aufwacht, macht ihr oben sauber, danach gibt es Frühstück.«

»Kannst du bitte die Klappe halten? Ich versuche, zu schlafen!«

Das genervte Fauchen kam von einem der Mädchen, die Sek wohl mit der tiefen Stimme geweckt hat.

Er wirbelt auf dem Absatz herum und wird von einer Sekunde auf die andere zwanzig Zentimeter größer. »Pass auf, vor wem du diesen Ton anschlägst!«, knurrt er so finster zurück, dass selbst ich vor Schreck zusammenzucke.

Das Mädchen wird noch blasser, als es ohnehin schon ist, und blinzelt verschlafen, aber doch sichtlich erschrocken. »Entschuldige …«, piepst sie leise und weicht Seks fixierendem Blick betreten aus. »Ich dachte, du wärst Daniel …«

»Ach, mich anblaffen ist okay?«, meint der Lockenkopf grinsend und zeigt dann auf das Mädchen, das gerade gern unter die Decke kriechen würde, die Sek über es gezogen hat, um seiner mahnenden Musterung auszuweichen. »Sie hat mich übrigens gefesselt!«

»Du bist so eine Petze, Daniel!«

Sek lässt seufzend den Kopf in den Nacken fallen und wendet sich dann kommentarlos ab. Diva folgt ihm gleich, ich erst nachdem ich kurz die Hand gehoben und gelächelt habe. Mit den Kollegen sollte man sich immer gut stellen, vor allem wenn sie für Aufgaben zuständig sind, die man selbst nicht machen möchte.

Mir ist schon klar, was sie alle hier tun – BDSM-Lehreinheit mit dem Dominanz-Wikinger. Victor bildet die neuen Fetisch-Escorts aus und er macht das ganz offensichtlich nicht allein. Ist Sek für die Jungs zuständig, weil Victor nicht bi ist? Ist er bi? Bi ist ein schräges Wort. Biiii. Mann, ist mein Kopf noch müde und überfordert damit, hier zu sein.

Ich folge Sek und trotte hinter ihm die Treppe hinauf. Seine Vibes haben die stechende Dominanz wieder verloren, er kann diesen Modus innerhalb eines Wimpernschlags ab- und anstellen. Etwas genervt klingt er trotzdem noch, aber auf seine humorvolle Weise.

»Manchmal glaube ich, ich bin Erzieher in einem Problemkinderheim …«, brummt er vor sich hin. Das ist kein Dialog mit mir, sondern ein Selbstgespräch. »Fesseln sich ungefragt, essen nicht vernünftig, springen in Dornenbüsche …«

Hey! Das war keine Absicht! Ich hatte keine Wahl!

»Schuhe ausziehen«, tönt er wieder mit normaler, beschwingter Stimme und dreht sich auf der letzten Stufe zu mir. Er steigt auch aus den schwarzen Boots und stellt sie an den Treppenrand. Ich tue es ihm gleich, nur sehe ich mich viel neugieriger um als er.

Am Ende der Treppe erstreckt sich ein Raum, der sehr ähnlich geschnitten ist wie das Wohnzimmer im Erdgeschoss. Bis auf den Schnitt hat das hier aber nichts mit einem Wohnzimmer gemein.

Jap, ich wusste, dieses Haus hat einen BDSM-Bereich. Und er liegt nicht mal annähernd versteckt, man muss nur die schicken hölzernen Stufen entlanglaufen.

Ich lasse meinen Blick neugierig schweifen, aber Sek geht so schnell, dass ich kaum Zeit habe, mir alles anzusehen.

In der Mitte des Raumes steht eine Liegefläche mit Verankerungen für Hand- und Fußfesseln an allen vier Seiten. Der Bezug ist aus hellem Leder, aber er ist mit einem schwarzen Tuch bedeckt, auf dem sich jemand gerekelt hat, weil der Stoff total zerknittert ist. Eine Lederpritsche, ein Kreuz an der Wand und ein großer, verspiegelter Schrank, der sperrangelweit offen steht und in dem mir erst mal die vielen Peitschen auffallen. In den Schubladen und Fächern findet sich bestimmt noch mehr Spielzeug. Was im Schrank fehlt, liegt im Raum herum. Ich weiß jetzt, was Sek vorhin mit ›zuerst aufräumen, dann frühstücken‹ gemeint hat. Man kann sich noch annähernd ausmalen, was gestern Nacht hier passiert ist.

Definitiv keine gewöhnliche Party – Orgie würde es wohl eher treffen, aber da es für die Agentur und zu Lehrzwecken war, kann man es vielleicht sogar Unterricht nennen.

Das ist der abgefahrenste Klassenraum, den ich jemals gesehen habe. In meiner Vorstellung war ein BDSM-Zimmer immer dunkel und irgendwie … rot. Rot ist hier, bis auf ein paar Sextoys, aber nichts. Beiger, weicher Langhaarteppichboden, wegen dem wir vermutlich auch die Schuhe ausziehen mussten, und weiße Wände. Viele Naturtöne, Leder – alles unglaublich hell. Zumindest bei Tag. Bei Nacht sieht es sicher anders aus. Vor allem wenn sich hier gefesselte und geknebelte Körper rekeln.

Vor lauter Starren laufe ich direkt in die Ketten, die von der Decke hängen und die man eigentlich nicht übersehen kann. Es sei denn, man fixiert gerade fragend ein seltsames Ding am Boden, das wie eine seltsam geformte Computermaus aussieht.

Die Ketten klirren und Sek dreht sich nach mir um.

»Augen auf, Emmchen. Es sei denn, ich sage dir, du sollst sie zumachen«, meint er zwinkernd und öffnet leise eine Tür.

Sek kann auch Dominanz-Anspielungen machen, ohne dominant zu werden. Reizen oder nerven sollte man ihn wohl lieber trotzdem nicht. Obwohl ich denke, dass er ein dickes Fell hat, wenn man ihn nicht gerade direkt anschnauzt.

Er pfeift und macht eine auffordernde Geste. Diva und ich laufen gleichzeitig los, der Hund überholt mich aber.

Wir betreten ein Schlafzimmer mit einem großen Doppelbett. Der Raum ist klein, aber freundlich, mit hübschen silbern schimmernden Vorhängen.

Ich nehme an, Sek schläft hier. Und er schläft nicht allein. Da liegt ein Mädchen mit roten Haaren – gefärbt. Weinrote Haare wachsen niemandem von Natur aus aus dem Kopf. Sie liegt auf dem Bauch, ist erst ab der Taille zugedeckt. Auf ihrem Rücken prangt ein Tattoo – eine wunderschön gestochene Rosenranke.

Während Sek meine Tasche abstellt und in seiner eigenen kramt, läuft die Dobermanndame auf das Bett zu und beginnt, das Mädchen mit der Nase am Arm anzustupsen.

»Diva …«, murrt sie und hebt dann den Kopf, um sie zu streicheln.

Der Hund rastet gerade vor Freude aus. Sie kennen sich wohl ziemlich gut.

»Komm her, Süße!«, tönt sie und klopft auf die Matratze. Der Hund springt auf das Bett und legt sich zu ihr.

Sek murrt. Er dreht sich nicht nach den beiden um, aber er hat gehört, was passiert ist.

»Es reicht, wenn sie sich bei uns zu Hause im Bett breitmacht. Wenn Victor erfährt, dass wir den Hund in den ersten Stock lassen, ätzt er wieder herum – erst recht, wenn sie in einem seiner Betten liegt.«

»Der hatte definitiv schon schmutzigere Dinger in seinen Betten als Diva«, entgegnet sie.

»Du erlaubst ihr alles und ich kriege den Ärger. Kannst du dich bitte einmal in deinem Leben an meine Regeln halten? Nur zu Abwechslung. So als spontan erfrischende Überraschung? Einmal auf mich hören? Wie klingt das?«

»Das klingt, als ob du noch keinen Kaffee gehabt hättest und noch stockbesoffen wärst, mein Hübscher.«

Sek seufzt, ich sehe ihn aber schmunzeln – sie kann das nicht wissen, weil er ihr den Rücken zudreht, aber sie spürt es wohl.

»Widerspenstiges Miststück«, murmelt er.

»Ich liebe dich auch, du Vollidiot.«

Okay. Sehr schräg. Aber irgendwie süß. Die beiden sind offensichtlich ziemlich verschossen ineinander. Sind sie zusammen? Und trotzdem hier? Ich dachte, Sek würde mit Victor die jungen Escorts ausbilden. Und vögeln.

Mir fällt wieder ein, dass Sek mir gestern gesagt hat, er hätte eine Freundin mit einem anstrengenden Humor. Die Beschreibung passt wohl auf die Rothaarige, die sich, ohne mit der Wimper zu zucken, traut, ihn Vollidiot zu nennen und seine

Anweisungen zu ignorieren. Das tut bestimmt keine der anderen Escorts.

Arbeitet sie überhaupt bei uns? Oder nimmt er seine Freundin einfach mit, wenn er am Wochenende seinem Beruf als SM-Lehrer und Zuhälter nachgeht? Was für seltsamen Leuten begegne ich in letzter Zeit eigentlich?

»Wolltest du nicht Vincents neue Kleine abholen?«, fragt sie und hält sich die Hand vor den Mund, weil sie gähnt.

»Ja. Sie steht da«, entgegnet Sek und zeigt auf mich, während er sich aufrichtet.

Ihr Blick schnellt zu mir. Dass ich die ganze Zeit neben der Tür gestanden habe, hat sie nicht bemerkt. Ich war aber auch leise. Wo in diesem ausgefallenen Beziehungsdialog hätte ich denn ›Hallo‹ sagen sollen?

»Oh. Hey. Ich hab dich gar nicht gesehen.«

»Entschuldige. Ich wollte hier nicht reinplatzen, aber ...«

Aber dein Freund hat mich in euer Schlafzimmer gepfiffen? Wie beende ich denn jetzt diesen Satz?

Sie schmunzelt mich an. Ich muss nicht weiter stammeln, sie weiß, dass Sek mich hergebracht hat. »Ich bin Ivy. Du bist Emma, oder?«

»Ja. Freut mich. Entschuldige, dass ich euch aufgeweckt habe.«

Sie winkt ab und streckt sich ausgiebig.

»Sag mal, hab ich die Erste-Hilfe-Tasche mit dem Desinfektionszeug zu Hause liegen lassen? Bin ich so bescheuert?«, will

Sek wissen, während er in dem schwarzen Kulturbeutel wühlt, in dem er offensichtlich nicht findet, was er sucht.

»Die weiße Tasche? Hast du die nicht beim letzten Mal hier liegen lassen?«, entgegnet sie und steigt aus dem Bett.

Sie hat einen wirklich schönen Körper. Ich denke zuerst, das an ihrem Hintern sind Tattoos, aber es sind rote Striemen. Ziemlich viele.

Aua.

Das hat doch garantiert wehgetan.

War das dein Freund oder der Hausherr?

Sie scheint sich aber nicht daran zu stören. Wer mit Sek zusammen ist, muss wohl auf BDSM stehen.

Als sie zu mir blickt, sehe ich verlegen zur Seite, weil sie gemerkt hat, dass ich auf ihren Hintern starre. Und wie ich gestarrt habe. Ihre Striemen müssen von all dem Mustern noch mehr glühen.

»Soll ich draußen warten?«, will ich wissen, für den Fall, dass irgendjemandem hier meine dezente Überforderung damit, in Victors Sexhochburg zu sein, unangenehm ist. Ich weiß nicht, ob ich aufhören kann, zu starren und überrascht den Kopf zu neigen – hier passiert so viel schräges Zeug, und dabei ist das wirklich abgefahrene Zeug schon vorbei.

Sek reagiert zuerst auf mein Angebot. Er nickt. »Ja. Leg dich auf die Lederpritsche und warte, bis ich zu dir komme.«

Ich blinzle ihn an. Ernst? Spaß? Ich kenne ihn nicht gut genug!

Als ihm plötzlich ein Kissen gegen den Kopf knallt und ich Ivy lachen höre, werden meine Augen groß. Sie hat ganz schön viel Schwung in ihren Wurf gelegt. Sek sieht sie an, als würde er sie gleich noch heftiger übers Knie legen, als er es gestern Nacht bestimmt getan hat. Sie grinst trotzdem. Mann, ist diese Frau mutig! Kann sie mir etwas von ihrer Unerschrockenheit abgeben?

»Sek hat manchmal einen ätzenden Humor! Nimm ihn nicht ernst«, rät sie mir zwinkernd.

»Schön, dass du den jungen Mädchen rätst, dass sie mich nicht ernst nehmen sollen. Das macht meine Arbeit um so vieles einfacher. Wenn mir irgendeine mal in die Eier tritt, wenn ich ihr sage, dass sie sich hinknien soll, weiß ich, dass sie vorher mit dir gesprochen hat«, brummt er und zieht eine Braue nach oben, bevor er auf dem Absatz kehrtmacht. »Ich gehe Desinfektionszeug suchen«, kündigt er an und verlässt den Raum.

Diva sieht ihm sehnsüchtig hinterher, neigt aber akzeptierend den Kopf, als Ivy ihr versichert, dass er gleich wiederkommt.

»Hat sie dich erwischt?«, fragt sie. Das galt nicht Diva, sondern mir.

Ich weiß nicht, was sie meint, das sieht man mir aber auch an.

Ivy schmunzelt und wird dann präziser. »Seine Frau ist in deine Buchung geplatzt, oder?« Sie lag wohl neben Sek, als ich angerufen haben. »Ist mir auch schon mal passiert. Sie hat einen Toaster nach mir geworfen. Und drei Schuhe. War wie in einer billigen Seifenoper. Wo hat sie dich erwischt?«

Ich schüttle den Kopf. »Sie hat mich nicht gesehen. Ich bin aus dem Badezimmerfenster gesprungen. In einen Dornenbusch …«

Ivy seufzt mitfühlend. Obwohl ihr Hintern sicher mehr schmerzt als meiner. »Darf ich mal sehen?«

Es ist nur fair, dass ich ihr meinen Arsch zeige, nachdem ich ihren so lange angestarrt habe. Ich drehe mich um und ziehe mein Kleid ein Stück hoch.

»Oh. Ja. Das entzündet sich, wenn du die Stacheln nicht rausbekommst. Leg dich mal aufs Bett, ich habe eine Pinzette hier.«

Ich zögere eine Sekunde, während Ivy in ihrer Handtasche nach der Pinzette kramt. Sie wirkt wirklich nett, aber will ich, dass sie meinen Hintern verarztet? Sek kenne ich aber auch nicht viel besser, also so oder so, ein fremder Mensch, der gestern Teil einer BDSM-Orgie war, wird mir gleich Dornen aus dem Hintern ziehen. Was für ein Tag … und es ist noch nicht mal sieben Uhr.

Ivy winkt Diva vom Bett, die sich müde auf dem Teppich niederlässt. Ich lege mich in die warmen Laken und spüre, wie sie sich auf meine Beine setzt und mein Kleid nach oben schiebt.

Ich möchte anmerken, dass sie noch immer nackt ist! Und ich möchte anmerken, dass ich knallrot werde, als sie mir über den Hintern streichelt!

»Arme Kleine, das tut doch bestimmt weh«, meint sie mit sanfter Stimme.

Ich zucke erschrocken zusammen, als ich etwas Kaltes am Hintern fühle.

Sie lacht leise. »Nicht erschrecken. Ist nur ein Kosmetiktuch aus meiner Tasche. Da ist etwas eingetrocknetes Blut und Erde. Ich bin vorsichtig.«

Ist sie wirklich. Obwohl die kleinen Wunden langsam zu brennen beginnen, tut das kühle Gefühl des feuchten Tuchs gut.

Dass gerade eine nackte Frau auf mir sitzt, die mich abreibt, kann ich trotzdem schwer ausblenden. Vielleicht weil dieses ganze Haus diese verruchte Sex-Atmosphäre hat. Ivys Ausstrahlung ist aber angenehm. Sie und Sek haben die gleichen empathischen Vibes. Entweder waren sie sich schon immer ähnlich und haben sich deshalb gefunden oder sie sind schon so lange zusammen, dass sie mittlerweile die gleiche Aura versprühen. Beides ist schön. Sie sind ein süßes Pärchen. Ungewöhnlich, aber süß.

»Arbeitest du schon lange in der Agentur?«, frage ich, weil ich mich davon ablenken will, dass ich die Wärme ihres geschundenen Hinterns an meinen Oberschenkeln fühle.

»Ich arbeite nicht bei ›Evig Roses‹«, entgegnet sie.

Ich stützte mich auf den Ellbogen ab und drehe den Kopf zurück, um sie zu mustern.

Ivy lächelt. »Nicht mehr«, korrigiert sie und zuckt mit den Schultern. »Ich war aber mal in der Agentur. Früher.«

»Und jetzt?«

»Jetzt arbeite ich als Assistentin bei einer Tierärztin. Das Gehalt ist mies, aber der Job ist schön und ich habe viel mehr Freizeit. Das Geld ist mir zum Glück scheißegal geworden. Sek und ich machen meistens Kram, für den man keine Kohle braucht. Vincent bezahlt ihn gut, aber wir brauchen nicht viel.«

Sie klingt glücklich. Dass die beiden nicht sonderlich materialistisch sind, sieht man ihnen irgendwie an. Obwohl, ansehen ist das falsche Wort, man spürt es.

»Hast du aufgehört, als du mit Sek zusammengekommen bist oder …?«

Ich weiß, ich wirke neugierig – bin ich auch. Ivys und Seks Geschichte ist spannend, und sie stört sich offenbar nicht daran, dass ich sie ausfrage. Sie schmunzelt noch immer.

»Nein, nein. Ich habe noch eine ganze Weile angeschafft, während wir zusammen waren. Es war okay für ihn. Ich hatte aber auch keine andere Wahl, ich musste Schulden abbezahlen.«

Ich werde hellhörig, beiße mir aber auf die Zunge, weil man niemanden fragt, wieso er Schulden hatte.

Egal, ob derjenige einem gerade über den Hintern streichelt oder nicht. Zu privat.

»Vincent hat mir damals einen Haufen Geld vorgestreckt, als ich bei ›Evig Roses‹ angefangen habe. Ich konnte nicht einfach so aussteigen.«

Okay, jetzt werde ich noch hellhöriger.

»Entschuldige, hab ich dir wehgetan?«, fragt Ivy, weil sie mein Zucken gespürt hat. Ich wirke aber nur hibbelig, weil ich mich in ihrer Geschichte wiedererkenne.

»Nein, nein. Ich war … Vincent hat mir auch Geld vorgestreckt. Ich muss das Schulgeld für meinen Bruder bezahlen.« Es ist nur fair, dass ich auch etwas von mir preisgebe.

Ivy summt angenehm melodisch, bevor ich das erste Piksen spüre, weil sie anfängt, die Dornen aus meiner Haut zu picken.

»Für deinen Bruder? Das ist nett. Ich war damals froh, dass Vincent mich aus der finanziellen Misere gehievt hat. Allein wäre ich da nicht mehr rausgekommen.«

»Musstest du deine Schulden lange abarbeiten?«

»Ich war zwei Jahre lang ein Escort. Eineinhalb Jahre lang ein Fetisch-Mädchen. Hauptsächlich passiver SM-Part – das ist am lukrativsten, aber es laugt ganz schön aus.«

Ich kann mir vorstellen, dass es anstrengend ist, sich drei Mal die Woche versohlen und fesseln zu lassen. Die normalen Buchungen schaffen mich bereits. Dabei gibt es schon genügend unvorhersehbare Stressfaktoren.

»Als Sek mich rausgekauft hat, war ich wirklich, wirklich froh, obwohl ich zuerst nicht wollte, dass er meine Schulden bezahlt. Er hat es sich aber nicht ausreden lassen. Als er das Geld zusammenhatte, habe ich aufgehört.«

»Sek hat dich rausgekauft?«, wiederhole ich und kann die Rührung in meiner Stimme nicht verstecken. Was für eine süße SM-Prostitutions-Lovestory!

»Ja. Und ich bin ihm heute noch dankbar dafür. Er hätte das nicht tun müssen – ich war schon vorher bis über beide Ohren in ihn verliebt.«

»Er wollte dich nicht mehr teilen«, mutmaße ich, berauscht von der ungewöhnlichen Liebesgeschichte der beiden.

Ivy lacht plötzlich. »Nein. Darum ging es sicher nicht. Wir führen eine ziemlich offene Beziehung, was Sex betrifft, falls dir das noch nicht aufgefallen ist.«

Ja, das war ziemlich bescheuert von mir. Sie wären nicht hier, wenn sie nicht auch mit anderen schlafen würden.

»Er hat meine Schulden bezahlt, weil er gesehen hat, dass mir der viele Sex zu schaffen macht. Er wollte, dass ich entscheiden kann, wann ich mit jemandem schlafe, und dass ich es nicht mehr muss. Außerdem sieht er gern zu, wenn mich ein anderer Typ nimmt – das ging bei den Buchungen nicht.«

Ivy grinst. Mir wird wieder etwas wärmer, weil sich mein Kopfkino ungefragt einschaltet.

»Er wollte schon immer, dass ich weniger arbeite. Dabei hat er es selbst übertrieben. Ich glaube, niemand in der Agentur hatte jemals eine so große Fetischkundenkartei wie Sek.«

Ich stutze. »Sek ist ein Escort?«

»War«, korrigiert Ivy. »Er hat ziemlich lange für Vincent angeschafft, bevor er angefangen hat, Victor bei der Ausbildung zu helfen und hinter den Kulissen zu arbeiten. Klar war er einer von uns. Daraus macht er eigentlich kein Geheimnis. Seltsam, dass du das nicht wusstest. Die Escorts tuscheln gern über ihn, aber du bist wohl erst zu kurz dabei.«

Ohhhh. Er war auch eine Rose. Spannend. Und es macht Sinn, dass er so viel Empathie für die Jüngeren zeigt. Er weiß aus eigener Erfahrung, wie hart der Job ist. Außerdem hat er die Peitschen, die er heute schwingt, bestimmt schon unzählige Male selbst auf der Haut gespürt.

»Hat Sek dich ausgebildet?«, will ich von Ivy wissen, weil es spannend wäre, wenn sie sich in ihren SM-Lehrer verguckt hätte.

»Nein. Damals war er selbst noch ein Escort. Vic hat mir alles beigebracht.«

»Bist du jetzt auch ...« Ich weiß nicht, wie die genaue Berufsbezeichnung dafür lautet, was Sek tut. Fetisch-Assistenzlehrer? Escort-Zudecker-Teilzeit-Peitschenschwinger?

»Ob ich auch ausbilde? Nein! Ich kann niemanden versohlen. Aber Sek nimmt mich gern mit, wenn sie ganz neue, unerfahrene Escorts an Fetisch heranführen. Ich bin nur so was wie die Erste-Hilfe-Puppe, an der die Sanitäter Techniken zeigen und die Schüler dann verständnisvoll nicken, während sie zusehen.«

Ich lache. Ich mag Ivys Humor, die lockere Art teilt sie mit ihrem Freund.

»Außerdem ficken Vic und Sek mich ganz gern zusammen. Die beiden sind schon länger gut befreundet – auch abseits des Jobs.«

Okay, jetzt nimmt mein Kopfkino richtig Fahrt auf. Der Vampir-Wikinger-Dom-Gott und der Punkrock-Dom-Prinz, dazwischen die rothaarige, zarte Frau, die zum Glück nicht ich bin. Oder leider. Nein, zum Glück. Oder leider. Ich kann mich nicht entscheiden.

Das Ganze klingt unheimlich spannend und anregend, aber ich befürchte, die Realität würde mich überfordern. Ich würde hicksen ohne Ende und Victor würde wahnsinnig werden.

Als die Tür aufspringt, schnellt mein Blick zu Sek, der seine weiße Tasche gefunden hat.

»Wo warst du so lange?«, will Ivy wissen.

Er seufzt. »Ich habe verhindert, dass die sich da unten mit dem Duschwasser verbrennen. Liegt es an meiner schwindenden Toleranz wegen des Absinth-Katers oder werden die von Jahr zu Jahr dümmer?« Nach dem Ende des Satzes trifft mich sein Blick. Sek hebt entschuldigend die Hand. »Nichts gegen dich, Schätzchen. Du bist ein höfliches, kluges Mäuschen.«

Dass er mir so viele Kosenamen gibt, obwohl seine Freundin zuhört, fühlt sich im ersten Moment befremdlich an. Ich bin es nicht gewohnt, mit einem Pärchen zusammen zu sein, das eine offene Beziehung führt, in der Eifersucht wohl überhaupt keine Rolle spielt. Oder doch. Wahrscheinlich können die beiden Flirts und Sex sehr wohl von echten Gefühlen unterscheiden. Sek nennt vermutlich jedes Mädchen Schätzchen oder Mäuschen.

»Sei nicht so streng mit ihnen. Du wirst Victor immer ähnlicher. Außerdem wolltest du doch immer Kinder – so kannst du schon mal üben«, entgegnet Ivy.

»Wenn unser Kind so bescheuert ist, dass es kochend heißes Wasser mit über zwanzig noch immer nicht als potenzielle Gefahr erkennt, schicke ich es zur Gehirntomographie. Versteh mich nicht falsch, ich liebe es dann noch, aber es braucht dann offensichtlich einen Behindertenausweis.«

Ich lache, während Sek ein Fläschchen und ein paar Wattebäusche aus der Tasche zieht und sich neben uns aufs Bett kniet.

Die beiden sind unheimlich unterhaltsam – ich wäre gern öfter mit ihnen zusammen, aber ich denke nicht, dass sie eine verpeilte Zweiundzwanzigjährige adoptieren wollen.

»Gib her, ich mache das«, verlangt Ivy und nimmt Sek das Desinfektionsmittel ab. »Ich habe die Dornen schon beinahe alle draußen.«

»Na gut. Aber hoch mit deinem Arsch, ich brauche auch etwas zu tun.«

Ivy kichert. Ich fühle die Matratze federn, als sich Sek hinter sie schwingt und sie ein Stück nach unten zieht. Er hebt ihr Becken, aber ich sehe nicht, was er mit ihr tut, weil ich den Kopf nicht noch weiter nach hinten drehen kann, ohne mir den Hals zu brechen.

Ähm. Ich bin jetzt aber nicht Teil eines sehr seltsamen Dreiers, in dem Ivy mich weiter verarztet, während Sek sie vögelt, oder?

»Kalt, kalt, kalt!«, höre ich sie quieken.

Wenn Sek sein Ding nicht gerade in Eiswasser getaucht hat, meint sie wohl etwas anderes.

»Wie kann es sein, dass ich dich spanken darf, bis dein Arsch glüht, aber du am nächsten Tag immer jammerst, wenn die Wundsalbe zu kalt ist? Dein Schmerzempfinden ist so verwirrt wie die Escorts, die gerade schreiend unter der Dusche im Kreis laufen, weil sie die Farben Blau und Rot keiner Temperatur zuordnen können.«

Wir haben keinen Dreier. Oder doch, aber einen medizinischen. Ivy zieht mir Dornen aus dem Hintern, während Sek ihre Striemen versorgt. Normal. Absolut normal.

»So. Fertig«, höre ich die helle Stimme sagen und spüre plötzlich ihren Körper auf meinem. Ich kann mich nicht mehr auf den Ellbogen abstützen, weil Ivy so schwer wird. Sie wiegt maximal fünfundfünfzig Kilo, eigentlich dürfte sie mich nicht plattmachen, aber sie stöhnt selbst auf.

Sek drückt uns nach unten. Sein Gesicht taucht vor unseren auf. Er grinst schief. »Ihr seht geil aufeinander aus.«

»Jetzt nicht, Sek! Sie soll schnell duschen. Da ist noch Schmutz in den Wunden, den ich mit dem Kosmetiktuch nicht wegbekommen habe. Und dann kommt Salbe auf ihren Hintern – nicht du!«

»Ja, aber mein Sperma hat Heilkräfte. Wenn ihr mich auf euch kommen lasst, sind eure Hintern wie neu!«

»Ach, Heilkräfte? Ich schlucke es seit Jahren und habe noch immer jeden Sommer Heuschnupfen. Erklär mir das mal.«

Sek brummt resignierend, beißt Ivy ins Ohr und steht dann auf. Sie rafft den Oberkörper hoch und ich kann mich umdrehen.

»Hier, nimm die Salbe mit, du kannst sie haben.« Sie reicht mir die Tube, mit der Sek sie gerade eingerieben hat.

»Danke. Fürs Abholen. Und Verarzten. Ihr seid toll. Wirklich.«

Ja, das muss gesagt werden.

Ivy grinst mich an und streicht mir dann über die Wange. »Du bist süß, Emma. Hast du vor, dich für Fetisch-Kunden ausbilden zu lassen?«

»Nein. Ich denke, ich wäre verdammt schlecht darin.«

Mir fällt auf, dass Sek eine Sekunde lang komisch guckt, bevor er sich wieder seiner Tasche zuwendet.

Ivy nickt. »Alles klar. Vielleicht sieht man sich ja trotzdem noch mal.«

»Hoffentlich!«, piepse ich spontan.

Oh, das klang gerade etwas zu überschwänglich. Peinlichkeitslevel wieder runterfahren. Ich klinge, als würde ich gleich fragen, ob sie eine kleine Schwester haben möchte, wenn sie mich schon nicht adoptiert. Die beiden sind aber auch Menschen, die man gern um sich hat.

»Danke noch mal«, lege ich mit angestrengt tiefer und ernster Stimme nach, um den kurzen Fangirl-Moment zu vertuschen.

»Spring unter die Dusche«, weist Sek an. »Ich esse in der Zwischenzeit etwas und schlucke eine Pille gegen den Kater. Wenn du fertig bist, fahre ich dich nach Hause.«

Ich nicke, steuere auf die Tür zu, drehe mich aber noch mal um. »Könnt ihr mir sagen, wo das Badezimmer ist?«

»Erdgeschoss. Die Tür neben dem Kamin«, erklärt Ivy.

Sek schüttelt den Kopf. »Nein, das Bad ist besetzt. Wohl noch eine ganze Weile, bis die Idioten ihre Genitalien wie Klößchen durchgekocht haben. Dusch oben. Die Tür neben dem Kreuz. Aber sei um Himmels willen leise! Vic schläft. Duschen und wieder raus, okay?«

Ich habe definitiv nicht vor, den Hausherrn zu wecken. Aber wenn er einen festen Schlaf hat, wird er wohl kaum vom Geräusch einer laufenden Dusche wach werden. Ich will im Badezimmer kein Konzert veranstalten, nur die letzte Buchung wegwaschen.

ICH HASSE ROTE GUMMIBÄREN

ch schleiche durch den Fetisch-Raum und verbiete mir, irgendetwas neugierig anzutatschen. Bei meinem Glück berühre ich das SM-Kreuz an der Wand und löse damit eine Kettenreaktion aus, die damit endet, dass ich unter einem Berg Lederpeitschen begraben werde und die Sexschaukel von der Decke knallt.

Einfach nur die Tür aufmachen, rein ins Badezimmer und Tür leise wieder schließen. Ich tue das alles, drehe mich um, sehe mich im Raum um und wiederhole den Prozess von gerade. Falsches Zimmer! Raus hier!

Mein Herz hämmert, als ich die Tür zu Victors Schlafzimmer wieder schließe. Das ist aber der Raum, zu dem Sek mich geschickt hat.

Als ich vorsichtig bei ihm und Ivy klopfe, macht er auf.

»Das ist Victors Zimmer«, teile ich ihm meine Erkenntnis mit und deute auf die Tür, die er mir beschrieben hat.

Sek nickt. »Ja. Was denkst du, wieso ich gesagt habe, du sollst leise sein?«

»Aber … das ist ein Schlafzimmer.«

»Das Badezimmer schließt an das Zimmer an. Lauf durch. Davon wacht er nicht auf.«

»Bist du dir sicher?«

»Ja«, entgegnet Sek seufzend und macht dann eine auffordernde Handbewegung. »Hopphopp.«

Ähm. Nein?

»Ich dusche zu Hause«, murmle ich leise.

Er verfinstert den Blick. »Wasch deinen zerstochenen Arsch sauber, sonst bekommst du Schmutz in die Wunden! Jetzt!«

Ich zucke kurz zusammen, weil er plötzlich wieder den Dominanz-Modus anwirft. Ich hadere kurz mit meiner Reaktion – Sek sieht das und macht einen Schritt auf mich zu, hinaus aus dem Zimmer. Er baut sich vor mir auf.

»Denk nicht mal daran, jetzt ›Nein‹ zu mir zu sagen oder bockig zu werden. Ivy darf mit mir reden, wie sie will, weil sie meine Freundin ist, aber das gilt nicht für dich. Wir können nett zueinander sein und Witze reißen, solange dir klar ist, dass du tust, was ich sage, wenn ich für deine Versorgung nach einer Buchung verantwortlich bin. Haben wir uns verstanden?«

Ich glaube, ich mutiere gerade zum Wackeldackel. Mein Kopf nickt auch noch, als Sek die Hand auf ihn legt und sich seine Züge wieder entspannen.

»Na geht doch. Wasch dich. Ich schmier dir ein Brötchen.«

»Danke?«, entgegne ich, irritiert von seiner starken, einnehmenden und doch fürsorglichen Persönlichkeit, und mache roboterhaft auf dem Absatz kehrt.

Ich muss einfach leise durch das Zimmer einer schlafenden, schlecht gelaunten Wikinger-Bombe schleichen. Wie schwer kann das sein?

Victor schläft allein. Da liegt keine Frau in dem großen Doppelbett, nur ein muskulöser Körper, der ganz ruhig und gleichmäßig vor sich hin atmet. Sein Gesicht ist blasser als sonst, aber seine Miene wirkt entspannt. Irgendwie süß.

Ich habe vergessen, wie überdurchschnittlich schön die Lippen aussehen, an denen er niemanden knabbern lässt. Die Haare, die ihm ins Gesicht fallen, scheinen ihn nicht zu stören. Ein Haargummi würde ihm helfen, die schwarzen Strähnen im Zaum zu halten. Ob ich ihm ein Zöpfchen flechten darf?

Emma, hast du gerade einen Hirnschlag?

Ich mache nur Witze! Für mich selbst … in Gedanken. Bevor ich mich traue, mich auf sein Bett zu knien und ihm einen Zopf zu flechten, stecke ich lieber eine Gabel in die Steckdose und sehe, was passiert – das Szenario mit dem Strom überlebe ich wohl eher.

Ich schleiche an dem Bett mit dem gepolsterten schwarzen Kopfteil vorbei und verschwinde hinter der Tür am anderen Ende des Raums.

Das Badezimmer ist großzügig geschnitten, aber hier liegt verdammt viel Zeug herum. Ich rühre Victors Kram nicht an. Es sieht aus, als wäre sein Kulturbeutel hier drin explodiert. Der Gute ist schon ein wenig chaotisch. Und pflegt seine Zähne anscheinend verdammt penibel. Eine elektrische Bürste, Mundwasser, Zahnseide mit Minzgeschmack. Wer so viel Süßkram nascht, muss aber auch gründlich putzen. Das war keine Anspielung auf die Orgie, sondern auf seine Schoko-Bonbon-Sucht – obwohl, eigentlich beides.

Die Dusche liegt genau vor einem der bodentiefen Fenster. Ich weiß, dass das Glas verspiegelt ist und man nur hinaus und nicht hinein sieht. Es ist trotzdem ungewohnt, sich vor einem riesigen Fenster zu duschen. Das Waldpanorama ist aber der Hammer.

Ich wasche mir die letzten Grasflecken vom Hintern, trockne ihn vorsichtig ab und verteile dann die Salbe darauf. Sie kühlt wirklich ziemlich intensiv. Ich verstehe, warum Ivy gequietscht hat.

Weil meine Tasche noch in Seks Zimmer steht, schlinge ich mir eines der großen dunkelgrauen Handtücher um den Körper und schleiche mit meinem Kleid und meinem Höschen in der Hand wieder in das Schlafzimmer.

Ich laufe um Victors Klamotten herum, die hier überall verteilt liegen, und werfe einen schnellen Blick zum Bett, um sicherzustellen, dass der Vampir-Wikinger noch schläft.

Tief und fest, wie ein … Hund?!

Als ich Diva neben ihm auf dem Bett liegen sehe, lasse ich vor Schreck mein Zeug fallen.

Hat Sek nicht gesagt, Victor darf nicht wissen, dass der Hund im ersten Stock ist? Und dass er etwas dagegen hat, wenn sie in einem der Betten liegt? Er rastet garantiert aus, wenn sie in *seinem* Bett liegt!

Wie ist sie denn hier reingekommen?!

Mein Blick gleitet zur Tür, die einen Spaltbreit offen steht. Anscheinend habe ich sie nicht richtig zugemacht und sie hat sie mit der Nase aufgestoßen.

Scheiße.

Je länger ich sie anstarre, umso fröhlicher wird sie. Als sie anfängt, mit dem Schwanz zu wedeln, werde ich nervös.

»Nein. Nein. Aus, Diva! Aus!«

Dass sie nicht auf meine Gesten und Worte reagiert, mag daran liegen, dass ich zu leise spreche, oder daran, dass sie einen Scheiß darauf gibt, was das kleine, rothaarige Menschlein da so nervös piepsend von sich gibt. Ich denke, sie findet mich nur witzig und freut sich, weil ich sie anstarre und mit ihr rede. Was nicht gut ist, da sie mit jedem Schwanzwedeln nur knapp Victors Oberarm verfehlt.

Zum Glück hat er einen wirklich guten Schlaf. Wenn er nicht merkt, dass ein vierzig Kilo schwerer Hund auf sein Bett gesprungen ist, wird er auch nicht von einem Lufthauch wach.

Trotzdem. Irgendwann wacht er auf und dann sollte Diva definitiv nicht in seinem Bett liegen. Ich will nicht, dass er sauer auf den Hund ist – oder auf Sek.

»Raus aus dem Bett! Hopphopp!«

Mein ›Hopphopp‹ klingt nicht annähernd so eindringlich oder dominant wie das ihres Herrchens. Ich habe das mit dem Befehleknurren echt nicht drauf – nicht mal ein Hund hört auf mich. Domina wird schon mal keine aus mir.

Ich schleiche auf das Bett zu und versuche, sie am Halsband zu greifen. Das gelingt mir zwar, aber sie dreht sich nur auf den Rücken und zeigt sich absolut unbeeindruckt von meinen Versuchen, sie zum Aufstehen zu bewegen. Dass sie sich dabei an Victors Seite drückt, lässt mein Herz beinahe stehen bleiben. Er rührt sich aber genauso wenig wie die Dobermanndame, die will, dass ich ihren Bauch streichle.

»Nein! Nicht kuscheln! Komm!«

Wo ist Sek?! Wahrscheinlich macht er mit Ivy Frühstück. Wie lautet sein Kommando dafür, dass der Hund sich rührt?! Ach richtig, er pfeift!

Ich spitze die Lippen und versuche, ganz vorsichtig einen Pfeifton aus meinem Mund kommen zu lassen. Nur nicht zu laut, gerade mal so, dass der Hund ihn hören kann.

Ich bin sowieso beschissen im Pfeifen. Und wenn ich versuche, leise zu pfeifen, spucke ich Victor nur aufs Bett.

Mir fällt ein, dass der Hund meiner Oma immer ausgerastet und aus dem Haus gelaufen ist, wenn wir ihm gesagt haben, dass er dort die Katze suchen soll.

»Diva. Such …«

Sie spitzt die Ohren. Das Wort ›Such‹ kennt sie schon mal. Sehr gut! Jetzt muss mir noch einfallen, was sie suchen soll.

»Such … dein Herrchen! Wo ist Sek? Wo? Such!«

Okay. Das war der Trigger-Satz, auf den sie reagiert. So überschwänglich, als hätte ich ihr tausend Leckerchen angeboten.

Oje! Da war zu viel anstachelnde Motivation in meiner Stimme. Diva dreht am Rad. Sie springt auf die Beine, dreht sich wie ein wild gewordener Brummkreisel, zerwühlt dabei die Decke und leckt Victor auch noch über den Oberarm, bevor sie aus dem Bett springt und durch die Tür davonrast.

Ich will ihr hinterher, aber ich bin nicht annähernd so schnell wie der Hund. Als ich mich vom Bett abstoßen will, werde ich ausgebremst. Von Fingern, die sich um mein Handgelenk schlingen. Mein Hintern knallt auf die Matratze.

Klar ist Victor wach geworden! Er hat zwar fest geschlafen, aber er war nicht tot!

»Wieso???«, brummt er mit dämonisch tiefer Stimme, klingt dabei aber nicht ausschließlich finster, sondern mindestens genauso genervt.

Ich drehe mich vorsichtig zu ihm um. Er hat sich auf den Bauch gelegt, die dunklen Augen funkeln unheilbringend, bevor er sie schließt und so laut angepisst in sein Kissen grunzt, dass man den entnervten Stier bestimmt auch im Erdgeschoss gehört hat.

»Entschuldige! Ich wollte dich nicht wecken!«

»Wieso?!«, wiederholt er. Seine Stimme klingt dumpf, da er in das Kissen jammert.

Ich schätze mal, er will wissen, wieso ich hier bin. Eigentlich würde ich gern etwas Abstand zwischen mich und den Muskelberg von Mann bringen, der mich nicht in sein Haus eingeladen hat und trotzdem von mir geweckt wurde, aber er hält noch immer mein Handgelenk fest.

»Die Buchung mit Lias lief gut! Er war wirklich zufrieden! Aber seine Frau ist plötzlich aufgetaucht. Ich habe sie früh genug gesehen und mich im Badezimmer versteckt. Ich weiß aber nicht, ob sie bemerkt hat, dass ich da war. Mein Kleid liegt noch dort. Und ich habe mein Portemonnaie liegen lassen. Ich bin aus dem Fenster gesprungen. In einen Busch. Sek hat mich abgeholt. Jetzt bin ich hier.«

Victor hebt langsam den Kopf und zieht eine Augenbraue nach oben. »Tausend Wörter«, brummt er und funkelt mich finster an, bevor er leidend das Gesicht verzieht. »Ich bin dreißig Sekunden wach. Wieso redest du so viel mit mir?!«

Ähm ... weil du mich etwas gefragt hast?

Er vergräbt das Gesicht wieder im Kissen. Hören kann ich ihn trotzdem.

»Denkt, ich will eine Biografie über sie schreiben ... labert ohne Punkt und Komma. Ich hasse die roten Gummibären ...«

Es gibt Leute, die nach dem Aufwachen schlecht gelaunt sind. Und es gibt Victor, der nach dem Aufwachen wohl in einer Art Grummel-Trance feststeckt.

Nach ein paar Sekunden Stille denke ich schon, dass er wieder eingeschlafen ist, aber er dreht sich plötzlich schwungvoll auf den Rücken und legt sich die Hand, mit der er mich festgehalten hat, auf die Augen.

Ich will vorsichtig vom Bettrand rutschen, aber kaum bewegt sich mein Hintern einen Millimeter, packt er mich wieder.

»Hierbleiben! Still sein!«

Er lässt mich gleich nach dem Knurren los und ich versteinere auf der bequemen Matratze. Nach einer Weile traue ich mich, die Muskeln zu entspannen. Das Bett ist eigentlich ziemlich bequem.

»Soll ich ...«

»Shhhhh!!«

Ich warte eine Minute. »Wenn du wieder schlafen ...«

Victor reißt sich die Hand vom Gesicht und starrt mit großen, wacheren Augen an die Decke. »Wie kann es sein, dass du immer reden musst?! Leidest du an einer seltenen Form von Tourette, die unser Arzt nicht diagnostizieren konnte und die deshalb nicht in deiner Akte steht?!«

Ich schweige. Zucke nur entschuldigend mit den Schultern, als Victor erwartungsvoll zu mir rübersieht.

Er seufzt resignierend. »Wieso bist du hier?«

Okay, er hat mir vorhin nicht zugehört. Darf ich jetzt reden? Ich nehme mal an, er will kurze Sätze hören.

»Sek hat mich hergebracht. Die Frau meines Kunden ist heute Morgen aufgetaucht.«

Victor brummt. »Bescheuert.«

Ich sehe betreten auf meine Hände und beginne, an meinem Handtuch zu zupfen.

Er überdreht die dunklen Augen. »Nicht du! Der Kunde. Wenn er sein Privatleben nicht unter Kontrolle hat, soll er sich eine andere Agentur suchen. Wie hieß er?«

Na toll, jetzt kriegt Lias nicht nur von seiner Frau in die Nüsse, sondern auch von der Agentur. Diesmal würde ich gern schweigen, aber Victor kriegt sowieso raus, wer mich gebucht hat.

»Der Autor. Sein Assistent hat mich gebucht. Sanctuary Verlag …«

»Amateure.«

»Er war aber nett! Er konnte nichts dafür. Mein Portemonnaie liegt noch bei ihm. Kann ich es irgendwie zurückbekommen oder …?«

»Vincent kümmert sich darum. Du bekommst deine Sachen wieder. Und jetzt …« Er dreht sich zu mir und mustert mich eindringlich. »Wieso zur Hölle warst du auf meinem Klo?!«

Er meint wohl Badezimmer. Natürlich sieht er, dass ich gerade geduscht und eines seiner Handtücher geklaut habe.

Ich blinzle verlegen. »Ich war nicht auf deinem Klo. Nur unter deiner Dusche.«

»Es gibt ein Badezimmer im Erdgeschoss. Das da ist privat. Meines!«

»Das untere Bad war besetzt.«

»Ach, und wenn in deiner Schule mal das Klo besetzt war, hast du dann in das deines Direktors gepinkelt?!«

»Ich schwöre, ich war nicht auf deinem Klo!«

Mann, ist der empfindlich mit seinem Thron.

Victor schlägt die Decke weg und streckt den muskulösen nackten Körper durch. Der Versuch, seine Männlichkeit dabei nicht zu mustern, scheitert kläglich. Das ist, als würde man einem exzentrischen schwarzen Hirsch auf einer Lichtung begegnen und sich dann verbieten, auf sein riesiges Geweih zu starren – man kann es versuchen, aber es wird nicht funktionieren.

Dass er mit seiner Nacktheit kein Problem hat, liegt auf der Hand. Mich stört es auch nicht – sein Körper hat etwas von einem Kunstwerk, das mich auf gewisse Weise einschüchtert, aber trotzdem fasziniert.

Wie oft trainiert man wohl für solche Muskeln? Fünf Tage die Woche? Sechs? Über Jahre?

Victor reibt sich die Schläfen mit einer Hand, während die andere zu seiner Mitte wandert. »Du starrst mich schon wieder an, als hättest du noch nie einen nackten Mann gesehen«, murrt er genervt.

Okay, zu meiner Verteidigung: Er hat sich gerade komplett schamlos an den Eiern gekratzt, da fallen einem schon mal die Augen raus.

Sogar Jan hat damit immer gewartet, bis ich zumindest abgelenkt war.

»Dein Haus ist wirklich der Wahnsinn«, wechsle ich das Thema. Ich tue ab jetzt einfach so, als wäre er nicht nackt. »Ich störe dich aber nicht lange – Sek fährt mich gleich nach Hause.«

»Schön. Du kommst, wann du willst, und gehst, wann du willst. Möchtest du vielleicht noch frühstücken, bevor du aufbrichst? Darf ich dir Kaffee kochen? Oder dich lecken, damit du entspannt hier rausschwebst? Wann haben wir beide noch gleich geheiratet?«

Oje, er ist wach genug, um mit Sarkasmus um sich zu werfen.

»Ich kann ...«

»Was kannst du?!«, knurrt Victor und beugt sich so schnell über mich, dass ich zusammenzucke und meinen Körper so tief wie möglich in die Bettwäsche drücke. Seine Haare fallen trotzdem in mein Gesicht, da er mir so nah kommt.

Er öffnet mein Handtuch mit einem gezielten schnellen Griff, mustert meinen nackten Körper aber nicht. Die dunklen Augen sind nur auf meine gerichtet.

Ich kann mir eigentlich kaum vorstellen, dass er Lust auf Sex hat. Er hatte gestern doch mindestens sieben Orgasmen. Und heute Abend geht es in die nächste Runde. Braucht er nicht mal eine Pause?!

»Du kannst dich umdrehen, aufs Bett knien und warten, bis ich dir ein Halsband und einen Plug ausgesucht habe. Du gehst heute nirgendwo hin, du bleibst hier!«

Ich will etwas sagen, aber in meinen Gedanken wiederholen sich erst mal nur die Worte ›Plug‹ und ›Halsband‹. Er kann nicht von mir verlangen, einfach spontan Ja zu einer SM-Orgie zu sagen.

»Ich … kann kein Fetisch-Escort werden. Ich kriege das nicht hin«, sage ich und unterdrücke den Schluckauf, der sich schon in meinem Hals breitmacht. Schlumpfine erschreckt gleich zu Tode. Sie will kein Halsband tragen.

Victor greift unter mein Kinn, bevor er anfängt, den Kopf zu schütteln. »Du wirst mit einer Nacht Erfahrung kein Fetisch-Mädchen. Aber wenn du schon nicht aufhören kannst, mich anzustarren, kann ich dich doch gleich an mir festketten, oder? Du darfst auch plappern – ist mit einem Knebel im Mund nur schwieriger.«

Die schwarzen Brauen über Victors glänzenden Augen ziehen sich plötzlich zusammen. Er verfinstert die Miene so schnell so intensiv, dass ich erschrocken die Augen aufreiße und das Hicksen nicht mehr unterdrücken kann.

»Musst du hier stehen?!«, knurrt er mir ins Gesicht, fokussiert mich aber nicht mehr. »Hast du nichts zu tun!? Ivy streicheln? Escorts spanken? Deinen Hund ficken?«

Sein Kopf dreht sich zur Seite und ich folge seinem Blick zum Türrahmen. Dass Sek dort lehnt, ist mir nicht aufgefallen – Victor hat unseren Zuschauer bemerkt.

»Also erstens …«, setzt der Mann mit den vielen Tattoos und den coolen Vibes an, der mit verschränkten Armen im Türstock lehnt. »Hör endlich auf mit den Hunde-Fick-Witzen. Die nerven langsam. Und zweitens …«

Weder in Seks Körpersprache noch in seiner Stimme stecken Anzeichen dafür, dass er sich von Victors Funkeln beeindrucken lässt.

Er ist sichtbar daran gewöhnt, mit der direkten, brummigen Art des Wikingers umzugehen, und strahlt ebenso viel Ruhe und Selbstsicherheit aus, wie ich es bisher immer bei ihm gesehen habe.

»Bevor du weiter irgendetwas mit der Kleinen planst, sieh dir ihren Arsch an.«

Seks Aufforderung bringt Victor dazu, aus dem Bett zu steigen – ich muss es ihm gleichtun.

Dass er mich mit einer Hand hochheben und festhalten kann, als wäre ich ein Kissen, fühlt sich unglaublich einschüchternd an. Und irgendwie seltsam anregend. Ich habe mich eigentlich nie von extrem muskulösen Männer angezogen gefühlt, aber an diesen steinharten Körper gedrückt und dann von den starken Händen dort abgestellt zu werden, wo er mich stehen haben möchte, hat etwas.

Victor dreht mich um, mustert meinen Hintern und greift dann von vorn mit der Hand um meine Schultern, bevor er mir ins Ohr knurrt. »Wieso sagst du nicht, dass du verletzt bist?!«

Ich habe ihm von meinem Unfall erzählt, aber er hat nicht zugehört.

»Ich bin in einen Dornenbusch gefallen, als ich aus dem Fenster gesprungen bin«, wiederhole ich meine Geschichte.

Ich sehe über meine Schulter zu Victor auf, der sich hinter mir wieder größer macht und fragend zu Sek blickt. Er sieht ihn an, als würde er auf die Bestätigung meiner Geschichte warten.

Sek nickt. »Ja, sie war das selbst. Es waren Dornen.«

Wieso sollte ich denn lügen? Und wer sollte mir denn den Hintern zerkratzen?

Mir fällt wieder ein, dass weder Victor noch Sek noch irgendjemand aus der Agentur Lias bisher kennengelernt hat. Sie sind nur vorsichtig und etwas misstrauisch neuen Kunden gegenüber.

Victor knurrt ein letztes Mal, bevor er mich loslässt und Abstand zwischen unsere Körper bringt. Er bückt sich und bewirft mich dann mit meinen Klamotten, die ich fallen gelassen habe, nachdem ich Diva auf seinem Bett entdeckt habe. »Ab nach Hause mit dir!«

Fetisch-Praktiken mit angeschlagenen Mädchen sind wohl tabu. Selbst wenn es nur Kratzer und ein paar Einstiche sind. Mein zerschundener Arsch hat mir den Arsch gerettet. Durchaus ironisch.

Als ich fragend zu Sek blicke, weil ich auf sein Kommando zum Gehen warte, sehe ich ihn schmunzeln. Das Grinsen gilt nicht mir, sondern Victor. »Ärger dich nicht. Sie hätte sowieso nicht bleiben können. Sie hat heute Abend eine Buchung.«

»Du hast recht, das ärgert mich«, entgegnet Victor und macht noch mal einen Schritt auf mich zu, um mein Kinn anzuheben. Ich sehe zu ihm hoch, während seine Stimme ungewohnt sanft wird. »Ich hätte so gern, dass sie bleibt. Ich bin ganz verknallt in das kleine, verwirrte Mäuschen, das mich schon wieder so ansieht, als hätte es nur meinen Schwanz im Kopf und keine Ahnung, wie Sarkasmus klingt.«

Okay, das war ein ziemlich schroffer Vortrag, der nur dazu gedient hat, mir und Sek klarzumachen, dass es ihm scheißegal ist, ob ich gehe oder bleibe.

Victor lässt mich wieder los. Ich halte zur Abwechslung mal die Klappe, dafür kann Sek sich gerade nicht zurückhalten.

»Mister Sarkasmus …«, murmelt er amüsiert. »Sag mir, dass du nicht scharf darauf bist, zu sehen, wie sie reagiert, wenn du eine hübsche Lederpeitsche in der Hand hast.«

Jaaaa!! Stachel ihn an! Danke!

Victor hebt den Kopf und funkelt heroisch – der vernichtende Blick trifft nicht mich, sondern Sek. »Unterstell mir weiter, dass ich es notwendig habe, auf hicksende junge Dinger geil zu werden, und ich reagiere meine schlechte Laune an deiner Freundin ab. Ich kann Ivy den ganzen Tag an meinem Bett festketten und ficken. Wie klingt das für dich?«

»So, als ob du dringend einen Kaffee und eine Aspirin brauchst, weil du Kopfschmerzen vom Absinth hast, die dich unausstehlich machen. Tu was dagegen. Du bist für die Escorts schon ohne miese Katerlaune furchteinflößend genug.«

Mir war klar, dass Sek kein Angsthase ist, aber dass er sich traut, Victor so unverblümt ins Gesicht zu sagen, dass er es mit seiner Laune übertreibt und runterkommen soll, ist mutig ohne Ende. Ich dachte, nur Vincent hätte so große Eier.

Victor fixiert ihn noch fünf Sekunden mit dem finsteren Blick. Wenn er sich gleich dazu entschließt, Sek ungespitzt in den Boden zu rammen, kann ich leider nichts für ihn tun. Für Victor wäre ich nur ein hicksender Schmetterling, den er wegpusten kann, wenn er ihn beim Verprügeln an der Schulter kitzeln sollte.

Victor geht nicht auf Sek los, er zieht nur eine Augenbraue hoch, grinst schief, zeigt seinem ehemaligen Escort und jetzigen Arbeitskollegen den Mittelfinger und verschwindet dann in seinem Badezimmer.

Ich atme erleichtert aus. Sek muss das nicht tun. Er wusste, wie Victor reagieren würde.

»Na komm, Emmchen. Zieh dich an, ich warte draußen vor dem Auto. Aber beeil dich. Der Boss will mit dir reden.«

»Vincent ist hier?!«

»Nein. Aber er ruft mich gleich noch mal an. Ich habe ihm von deinem Zwischenfall erzählt.«

IMMER COOL BLEIBEN

A ls ich durchs Erdgeschoss laufe, versuche ich, jedem der Escorts noch mal ein freundliches Lächeln zu schenken, aber ich bin mit den Gedanken schon längst bei dem Telefonat, das mich erwartet.

Die drei sitzen an dem großen Esstisch und trinken Kaffee. Ivy hantiert in der Küche herum und zwinkert mir noch mal zu. Unter anderen Umständen würde ich mich wirklich gern mit ihnen unterhalten, aber wenn der Obervampir anruft, würde jeder hier alles stehen und liegen lassen und zum Telefon hetzen. Mit Ausnahme von Victor – der würde brummend trotten, aber auch er würde umgehend rangehen.

Diva folgt mir nach draußen und läuft zu der Wiese neben dem Haus. Kaum sehe ich Sek mit dem Telefon am Ohr an seinem Wagen lehnen, schlägt mein Herz doppelt so schnell.

Ich habe keine Ahnung, warum Vincent mit mir reden will. Die habe ich nie. Bisher habe ich einen mächtigen Anschiss und einmal fürsorgliches Ausfragen von ihm kassiert. Die Chancen stehen wohl fünfzig-fünfzig, dass ich mir gleich vor lauter Ehrfurcht ins Höschen mache. Er versprüht aber auch selbst übers Telefon so viel Dominanz, dass man in keiner Sekunde vergisst, wie undurchschaubar düster und faszinierend einnehmend seine Aura ist.

Ich bleibe vor Sek stehen und versuche, aus seinen Antworten schon mal zu schließen, wie das Gespräch gleich ablaufen wird.

»Nein, aber ich kümmere mich darum. Ja. Sicher. Wann du willst.«

Mir fällt auf, dass selbst der coole Mann mit den Nerven aus Stahl, der so gut mit Victor klarkommt, ganz anders spricht, sobald er mit Vincent redet.

Sek wirkt etwas angespannt, beißt sich auf den Lippen herum, während er zuhört. Ich sehe plötzlich ganz deutlich in seiner Miene, dass er eine devote Vergangenheit hat, in der er die Peitsche noch nicht selbst in der Hand hatte. Vor Vincent lässt er diesen Modus wieder zu – auch wenn es nicht um Sex geht, sondern ums Business.

»Nein, sie steht vor mir. Willst du sie jetzt sprechen?«

Als Sek mir sein Handy reicht, bekomme ich Herzrasen. Das Telefon ist ganz warm – gleich glüht es, weil meine Wangen noch heißer sind als seine.

»Hallo?«

»Mir war nicht klar, dass du so unbedingt zum Fetisch-Training willst, dass du am Samstagmorgen in Victors Haus platzt.«

»Das war keine Absicht! Ich musste …«

»Ich weiß, was passiert ist. Ich wollte einen Witz machen. Du kannst aufhören, die Luft anzuhalten. Wie war die Buchung?«

Er hat doch schon alles von Sek gehört, oder? Wieso fragt er mich?

»Gut. Bis auf das Ende. Ich denke, er war zufrieden. Nur seine Frau war …«

»Hat sie dir wehgetan?«

»Nein. Ich bin von selbst in den Busch gefallen«, gebe ich peinlich berührt zu, weil wohl auch Vincent unsicher ist, ob ich vielleicht vertusche, dass ich in eine Handgreiflichkeit oder dergleichen verwickelt war.

»Kannst du heute arbeiten?«

»Ja! Kann ich.«

»Gut. Braves Mädchen. Gib mir Isak.«

»Wen?«

»Den Mann, der neben dir steht und den ich im Gegensatz zu dir nicht als Dom, sondern als Sub kenne.«

Sek. Ich hatte vergessen, wie er wirklich heißt. Und dass er auch mal in Vincents Büro saß und sich für eine Stelle als Escort beworben hat. Ich kann mir die Szene kaum vorstellen. Obwohl. Wenn ich in diese hübschen, großen Augen sehe, die mich gerade erwartungsvoll mustern, weil sein Boss wieder mit ihm reden will, kann ich es doch.

»Danke für ... den Anruf«, sage ich noch zu Vincent, bevor ich das Handy an Sek weitergebe.

Er nickt noch ein paar Infos ab, notiert sich etwas auf dem tätowierten Handgelenk, weil er in seinem Auto zwar einen Stift, aber kein Papier hat, und findet seine entspannte Coolness wieder, als er auflegt.

»Gut. Lass uns fahren«, meint er, lässt seinen Blick aber noch mal kurz zu seiner Hündin schweifen. »Diva! Kack Vic nicht in den Garten, der rastet aus!«

Ob der Hund das versteht, weiß ich nicht, aber wir fahren trotzdem los.

Nachdem Sek das Radio angemacht hat, muss ich eine Frage loswerden. »Ruft Vincent eigentlich jede seiner Escorts immer nach einer Buchung an?«

Er grinst. »Nein. Nur sein kleines, zartes neues Lieblingsblümchen.«

Ich blinzle verlegen und irgendwie irritiert, weil ich nicht weiß, ob er nur einen Witz gemacht hat. »Ich bin doch nicht sein ... Ich meine ... Hat er das gesagt?«

Sek zieht eine Braue hoch. »Was?«

»Dass ich seine Lieblings... Blume und so.«

Ja, sehr eloquent, ich weiß, aber ich kann nicht einfach so wiederholen, was er rausgehauen hat, weil es mir peinlich wäre, wenn er nur Faxen macht.

Seks Miene wird plötzlich ernster. »Sag mal ›Vincent‹«, verlangt er.

»Wieso?«

Er bedenkt mich mit einem Blick, der mir klarmachen soll, dass er heute nicht mehr mein Stricher-Kollege ist und er mich, ohne mit der Wimper zu zucken, übers Knie legen würde, wenn ich ihn anzicke.

»Vincent«, murmle ich vor mich hin und sehe Sek leidend die Miene verziehen.

»Oh Gott, du sagst es so!«

»Wie sage ich es denn?!«, will ich wissen, weil ich nicht verstehe, was ihn dazu bringt, das Gesicht zu verziehen.

Ich sage seinen Namen wirklich nicht falsch. Vincent – ich habe keine Sprachstörung, aber Sek scheint das anders zu sehen.

»Du sagst es, wie dumme, naive Mädchen es sagen, die sich irgendwann in den Mann verknallen werden, für den sie anschaffen gehen.«

Das Piercing an seiner Braue funkelt in der Morgensonne, während er mir etwas unterstellt, für das ich ihn gern anfunkeln würde. Ich traue mich aber nicht. Zum einen, weil ich weiß, dass er unheimlich dominant sein kann, wenn man ihn reizt, und zum anderen, weil ich denke, dass er es nicht böse meint. Er will mich nicht verarschen, er glaubt wirklich, dass ich seinen Namen mit irgendeinem Anflug von naiver Verliebtheit sage. Mache ich nicht! Vincent! Ich brumme es in Zukunft nur noch!

»Stell das ab, bevor es schlimmer wird. Vincent ist nicht in dich verknallt. Du wirst von gut zahlenden Kunden gebucht, deshalb beschäftigt er sich viel mit dir. Das ist auch der Grund, warum er dich oft anruft – das und nichts anderes. Es wird nie etwas anderes sein. Verstanden?«

Ich nicke monoton und versuche, nicht zu peinlich berührt auszusehen, weil ich vorhin so nervös war, als Sek mir gesagt hat, dass ich Vincents neues Lieblingsblümchen bin. Klar geht es hier nur ums Business. Vincent beschäftigt sich mit den Rosen, die am meisten Geld einbringen. Die Fetischbuchung mit Finn und die teure Über-Nacht-Buchung mit Lias hat mich wohl auf seiner Liste der lukrativen Investitionen nach vorn geworfen. Gut so. Ich muss meine Schulden abbezahlen. Um nichts anderes geht es.

Sek seufzt nach einer Weile und wird dann los, was ihm scheinbar durch den Kopf gegangen ist. »Wenn ich dir einen persönlichen Rat geben darf: Wenn du dich in Vinc verknallst, bist du bescheuert.«

»Tue ich nicht! Er ist nur …«

»Jaja – bla, bla! Er ist nur dein Boss, aber er ist so geheimnisvoll und düster und irgendwie anziehend – vielleicht ändert er sich ja für dich und bittet dich, aufzuhören und nur noch ihm zu gehören. Nein! Tut er nicht! Hat er nie getan! Für keine Frau.«

»Ich weiß«, versichere ich Sek eindringlich.

Ich kenne Claires Geschichte. Zehn Jahre, und er hat sie an tausend Männer verkauft. Wenn man versucht, Luzifer zu ändern, verändert man sich maximal selbst – Teufel bleibt Teufel und Rose bleibt Rose.

Während mir auffällt, wie müde und schwer mein Kopf durch die etwas düsteren Gedanken wird, ziehe ich mein Handy aus der Tasche. Ich will sehen, ob Tina endlich geschrieben hat, um den Termin für heute Abend zu konkretisieren. Hoffentlich kann ich mich noch mal hinlegen und gründlich ausschlafen. Im Moment sieht man mir an, dass ich einen harten Start in den Tag hatte.

Tina hat eine Nachricht geschickt. Mit allen fehlenden Infos. Als ich den Namen lese, wird mir schlecht.

»Alles gut?«, will Sek wissen, da sein Empathie-Radar wieder anspringt. Zu Recht. Ich fühle mich beschissen.

Ich starre perplex auf den Namen und den Ort, den sie mir genannt hat, und halte den Atem an.

Der Termin steht – ich habe Tina schon vorgestern zugesagt und Vincent gerade versichert, dass ich heute Nacht arbeiten werde. Scheiße.

»Der Kunde, den ich bedienen soll ...«, setze ich an, weil ich Seks Blicke auf mir spüre. »Das wird ein verdammt unangenehmer Termin ...«

Ich fühle plötzlich seine Hand auf meinem Bein. Er klopft mir auf den Oberschenkel und füllt das Auto dann mit seiner ›Alles wird gut‹-Ausstrahlung.

»Kopf hoch. Du bist ein umgängliches, liebenswertes Mädchen und klüger und tougher, als du dir selbst eingestehst. Ich bin selten jemandem begegnet, der so gut mit Vic kann, wie du – Ivy war die Letzte. Du kriegst die Buchung auf die Reihe. Und jede andere. Ganz sicher.«

Er macht eine kurze Pause, damit ich seine Worte verinnerlichen kann, und sieht mich dann schmunzelnd an.

Ich weiß, was jetzt kommt:

Immer cool bleiben, Emmchen!

ÜBER DIE AUTORIN

 Jasmin Romana Welsch wurde 1989 in Graz geboren und lebt auch heute noch mit ihrem Freund und ihrer Hündin Yuki in der Steiermark. Obwohl sie bereits im Teenageralter das Schreiben für sich entdeckte, begann sie ein Jurastudium. Erst nach der Veröffentlichung ihres ersten Romans widmete sich die junge Autorin gänzlich der Schriftstellerei. Aus ihrer Feder stammen mehrere Jugendbücher, in denen sich fast immer humoristische, aber auch dramatische Akzente wiederfinden.

Kontakt

Homepage: www.jasminromanawelsch.com

Facebook: www.facebook.com/ JRWelsch

Im selben New-Adult-Universum spielend

Jasmin Romana Welsch
Be with us Band 1 + 2
580 Seiten, broschiert
New Adult Liebesroman
Als Taschenbuch

Jasmin Romana Welsch
Teach me Love: ONCE & TWICE
616 Seiten, broschiert
New Adult Liebesroman
Als Taschenbuch

Jasmin Romana Welsch
Ghetto Engel
350 Seiten, broschiert
New Adult Liebesroman
Als Taschenbuch

Weitere Bücher der Autorin:

Küss mich (Sammelband)
530 Seiten, broschiert
Liebesroman
Als Taschenbuch

Absolution: Wie man eine Sünde überlebt
224 Seiten, broschiert
Urban Fantasy
Als Taschenbuch und E-Book

Krieger des Lichts Reihe
616 Seiten, broschiert
Urban Fantasy
Als Taschenbuch

C. M. Spoerri & Jasmin Romana Welsch
Conversion (Band 1): Zwischen Tag und Nacht
424 Seiten, broschiert
Jugendroman-Dystopie
Als Taschenbuch und E-Book

Neu aus dem New Adult Sortiment

C. M. Spoerri

Angel: Dein Weg zu mir

472 Seiten, broschiert

New Adult Liebesroman, Gay Romance

Klappentext:

Als Angel de Flores eine Kreuzfahrt im Mittelmeer bucht, will er nur eines: Frieden mit seinen inneren Dämonen schließen und damit die traumatischen Bilder jenes Tages loswerden, der seinem Leben als Navy SEAL ein brutales Ende setzte. Doch schon am ersten Tag an Bord begegnet er dem jungen Kunsthändler Hannes Schmidt, der ebenfalls aus New York stammt und mit seiner Chefin Kate durch Europa reist. Der blonde Sonnenschein droht mit seiner fröhlichen Art Angels Dasein als einsamer Wolf ein Ende zu bereiten. Obwohl der Ex-Soldat keinen Kopf für eine neue Liebe hat und ihn Hannes' Annäherungsversuche nerven, muss er sich eingestehen, dass der quirlige Mitpassagier ihn nicht so kaltlässt, wie er es gerne hätte. Aber reicht die Sonne Griechenlands aus, um die Dunkelheit einer gequälten Seele zu durchdringen? Und kann man wirklich ein normales Leben – oder gar eine Beziehung – führen, wenn der Alltag aus Abgründen besteht, in die man jederzeit fallen könnte?

Besucht uns im Netz:

www.sternensand-verlag.ch

www.facebook.com/sternensandverlag

www.instagram.com/sternensandverlag